いきなりクレイジー・ラブ

Masumi & Tatsuki

桧垣森輪

Moriwa Higaki

EB
エタニティ文庫

目次

いきなりクレイジー・ラブ

プロローグ

朝の通勤ラッシュで混み合う電車。私のすぐ近くに立つ一人の女性が、一瞬視線をさまよわせる。それから彼女はなにかを堪(こら)えるようにぐっと目を閉じて俯(うつむ)いた。

顔は青ざめて見えるが、頬(ほお)だけはほんのりと紅潮(こうちょう)している。

そんな彼女を含めた大勢の人々が、電車の規則正しい揺れに合わせて身体を上下に揺らしていた。

やがてカーブがやってきて、電車が一段と大きく揺れる。体勢を崩した彼女は、わずかに目を開けてすぐそばにある手すりにしがみつくように身体を寄せた。すると、うしろに立つスーツ姿の男も移動し、彼女にピッタリと密着する。

――私は最初、男もよろけて立ち位置を変えたのだと思った。でも、やっぱり気のせいではない。男の左手は、彼女の臀部(でんぶ)に向かって不自然に伸びている。

男の微(かす)かな動きに合わせて、彼女の身体が小さく跳ねる。耳元に男の吐息がかかり、目が大きく見開かれた。

私は咄嗟にスマホを握り締め、動画を取り始める。

そして男が、ゆっくりとその手をスカートの中へと潜り込ませたところで――

「はい、そこまで」

私は乗客を掻き分けて彼女たちの横へ行き、不埒な手を掴む。次の瞬間、下品な笑みを浮かべていた男の表情が変わった。

「朝から痴漢とは、男の風上に置けないヤツ。恥を知りなさい」

しっかりと握った男の手首を捻り、できるだけ高く持ち上げる。

百七十センチの身長に剣道でならした腕を持つ私は、大して鍛えてなさそうな男を捕まえるなんてわけない。

「え……、痴漢？」

気配に気づいた周囲が徐々に騒がしくなってきた。先ほどまでこの男に痴漢行為を受けていた女性は、涙目になりながらもホッとした表情で事の成り行きを見守っている。

彼女の様子を横目で確認していると、こちらを睨み上げる男が、苦し紛れに大声で叫んだ。

「この……離せ！　濡れ衣だ、俺はなにもやってない！」

この期に及んでまだシラを切ろうとするとは。男の手首を掴む手とは反対の手で握っていたスマホを、某時代劇の印籠よろしく突きつける。

「見苦しい言い訳は止めなさい。あなたの愚行はしっかりと動画に収めさせてもらいました。大人しく、観念なさい」

男の顔から一気に血の気が引き、その場に力なくへたり込んだ。

ちょうどその時、電車が次の駅に着いたので、男の手を引っ張り、被害女性を伴って降りた。

そして二人で男を駅員のところへ連行し、身柄を引き渡したり必要な手続きを行ったりした。

「さて、と。これでひと通りのことは終えたわね」

振り向いて、女性に声をかける。

精神的ダメージは計り知れない。彼女の心情を慮って声をかけたところ、背筋を伸ばし、しゃんとしていた。もう少し付き添っていたほうがいいかと思ったが、これならば大丈夫そうだ。

「あの、ありがとうございました！」

そう言って腰を直角に折った彼女の頭を、ねぎらうようにそっと撫でる。

「怖かったでしょう？」

ふたたび彼女が顔を上げたとき——その瞳にうっすらとハートマークが浮かんでいるように見えたのは、気のせいだと思いたい。

「あの、お名前をお伺いしても……？」

「ああ。私は、本郷といいます」

自らの名を告げ、スーツの胸ポケットに入れていたカードケースから名刺を一枚取り出して渡した。

「本郷、真純さん。匠コンストラクションの主任さん……すごいんですね」

どこか恍惚とした表情で、彼女は受け取った名刺を見つめている。

「主任と言っても大勢いるうちの一人ですよ。それじゃあ、私はお先に」

お礼は無用だと言い、次の電車に乗り込むために彼女と別れる。

私たちの距離が十分に離れた頃、彼女が大声で叫んだ。

「あの……お姉様って呼んで、いいですか⁉」

――私の背中に流れる長い髪が大きく揺れるほどにガックリと肩を落としてしまったのは、言うまでもない。

第一話　サムライ、王子に出会う

「──といった具合で、遅刻しました。申し訳ありません」

会社に着いた私は、今朝の出来事について一通りの説明を終え、課長に深く頭を下げた。

ちなみに、去り際に言われたお姉様うんぬんについては話していない。

「うん……まあ、先ほど警察からも同様の連絡は受けたよ。感謝状は断ったんだって？」

「はい。そんなことのために助けたわけではありませんし。それより遅刻をしてしまって、本当に申し訳ありませんでした」

いくら痴漢（ちかん）から女性を助けていたとはいえ、遅刻は遅刻。規律を重んじる体育会系としては、時間に間に合わなかったことが引っかかる。

「いや、まあ……、君のしたことは正しいよ。でも、くれぐれも気をつけなさい」

「以後気をつけます」

もう一度課長に頭を下げてから、ようやく自分のデスクについた。

「真純さん、大丈夫でしたか⁉」

それと同時に、後輩の女子たちに取り囲まれる。

「課長からなにか言われたりしませんでしたか？」

心配してくれていたことが伝わってきて、心遣いについ口元が緩む。

「ええ。口頭注意だけでお咎めはなかったわ」

「お咎めなんてあるわけないですよ！　女性を痴漢から助けたんでしょう？　お手柄ですよ！」

女の子たちは痴漢撃退の話題に色めき立つ。

「でも、遅刻したのは事実だもの」

「満員電車で毅然と声を上げるなんて……私だったら見て見ぬふりをしちゃうかも」

見て見ぬふりは、考えなかったな……

痴漢に遭っていた彼女を見捨てることは、父親の教えにも反する。

私の父は警察官だったが、子供の頃に他界している。

追跡中の犯人との銃撃戦の末の殉職――というわけではなく、病気であっけなくこの世を去った。

その父が常々『困っている人がいたら助けてあげなさい』と言っていたので、その教えを守るようにしている。

「困っている女性をほっとけないところが真純さんらしいですよね。さすが、我が社の誇る二大王子様の一人です！」

キャーッと盛り上がっているけれど……私は「王子様」なんかではない。

本郷真純、二十九歳。大学の建築学科を卒業後、中堅建設会社の匠コンストラクションに入社し、以降八年間、設計部の製図担当の部署にて勤務している。女らしさに欠ける振る舞いはあるかもしれないけど、れっきとした「女性」なのだ。

「仕事ができるし、正義感があって面倒見もいい。こんなに男らしくてかっこいい人、なかなかいませんよ。さすがはサムライ王子と呼ばれるだけはありますね！」

「……いや、私、女だから」

断っておくが、外見で男と間違えられたことは一度もない。『見た目だけでも女の子らしくいて』という母の願いから長く伸ばした髪は、耳のうしろの低い位置で結んでいる。この髪型は父の影響もあって剣道をしていたときの名残だ。防具を被るには、この髪型が一番適している。

父が他界したとき、私の弟と妹はまだ小さかった。それまで公務員の妻としてのんびり暮らしていた母は、女手ひとつで三人の子供を養っていくために働きに出ることを余儀なくされたのである。私も学生生活の傍らでそんな母を支えることになった。

『真純は強い子だから――母さんと、弟たちを頼んだぞ』

それが、父から私への最期の言葉でもあった。

やんちゃ盛りの小さい弟と妹相手に、可愛くて優しいお姉ちゃんなどはやっていられない。父亡きあとは仕事で留守がちな母に代わって、私が彼らの世話を焼いた。

『真純ちゃんはしっかりしていて偉いわ』

『真純ちゃんは強いから、一人でも大丈夫だね』

男勝りで正義感が強くて面倒見がいい。おまけに剣道の心得もあり頼りになる。近所の人たちからそう言われてきた私は、職場でも似たような目で見られている。そんな期待に応え(こた)たくて己(おのれ)を律し続けていたら、いつしかポーカーフェイスが標準仕様(デフォルト)になってしまった。

そんな私のことを女子社員たちは──「サムライ王子」と呼ぶようになった。

「男とか女とか関係ないです！　真純さんを毎日傍で見ているお陰で私たちの男性を見る目は厳しくなってしまって。ああ、婚期が遅れたらどうしよう？」

彼女たちの何気ない言葉に、わずかながらも笑顔が引きつる。

婚期の遅れを真(しん)に気にするべきは、私のほうなのよ──!?

男性社員に交じって仕事に没頭してきた私。そのせいか、周囲の皆は私を男性に興味のない人間だと思い込んでいる。

男社会という建設業界のイメージのせいか、うちの会社では男性社員に比べて女性社員の比率が圧倒的に低い。それは、女性にとって出会いのチャンスが多い職場とも言える。同期たちは、年を重ねるごとに次々と姿を消していった。社内恋愛を成就させた者もいれば、取引先の人と運命の出会いを果たした者もいる。気がつけば、現役で独身を貫いているのは私だけ。しかも、主任という役職をもらい、ますます仕事に没頭した結果、恋愛からは遠ざかるばかり。

——こういうのを、世間では「お局様」と呼ぶのだろう。

「でも、真純さん以上に素敵な男性なんてそうそういないものね。真純さんは十分に自立した女性だから一人でも大丈夫だし、私たちみたいに焦らなくていいですよね？」

「そ、そうね……」

——そんなの、ちっともいいわけがない！

本当は私、寿退社がしたいのよ……！

私だって、結婚して出産して母になって、幸せな家庭を築きたい。それに、今まで何人の友人や同僚にご祝儀を渡してきたと思ってる!? 出すだけ出して回収できないなんて、そんなもったいないことがあるか！

父がいないことで、我が家は決して裕福ではなかった。粗末な食事や衣服で毎日を過ごしたというわけではないけれど、娯楽や贅沢なんかはできなかった。休日に弟たちを相手に戦いごっこやおままごとに興じるのも悪くはなかったが、それでも家族旅行に出かける友人たちを、いつも羨ましく思っていた。

だから、いつかは私も家庭を持って、夫や子供たちとの時間を大切に過ごしたい。最低でも子供二人。できれば男の子と女の子を一人ずつ。庭付きの一軒家で犬を飼い、休日には散歩がてら家族揃って公園にピクニックに行ってバドミントンやサッカーを楽しみ、市が運営するようなファミリースポーツ大会にも出たりする、健全かつアクティブなスポーツ一家を目指したい。

――でもそれ以前に、まずは素敵な男性と、素敵な恋愛をしてみたいの！

それというのも、二十九歳という年齢は、イコール彼氏がいない歴でもある。

ちなみに私の理想は、警察官として剣道の他に柔道も嗜んでいた父のような、筋骨隆々とした、いわゆるガチマッチョと呼ばれるタイプ。筋肉は常にまとっていられる最高の鎧だ。鍛え上げられた肉体は男性らしさを象徴し、守ってもらえる安心感がある。それに、己の身体とストイックに向き合った証でもあり、精神力の強さだって証明している。

これまでの人生で、そういう相手に出会う機会がなかったわけではない。だけど、なんと言って声をかければよいのかわからず、連絡先さえ交換できなかった。

口下手なことに加え、ずっと恋愛を二の次にしてきたつけが回ってきている。学生時代は学業と剣道と弟たちの世話とアルバイトに明け暮れ、就職してからは仕事に没頭し、この年になるまで恋愛を疎かにしてきた。なんとも思っていない相手には平然と振る舞えるのに、好みの男性の前だと緊張から固まってしまう。それがまた余計に可愛げのない姿に見えるのだと、自覚はしていた。

でも、どうすることもできない。それに私は男性の庇護欲をそそる、か弱い女性なんかじゃない。

可愛い後輩を守るためなら男性社員にも立ち向かい、痴漢だって撃退する。だから、大抵の男は私の強さを目の当たりにすると蜘蛛の子を散らすように去って行く。

その結果、もうすぐ二十代の終わりを告げる誕生日が近づいているというのに、私はいまだに恋愛経験ゼロなのである。

いくら晩婚化が進んでいるとはいえ、経験値なしの三十路となれば、結婚できる確率はぐんと減るだろう。そんな状況でこれから相手を探さなければいけない現実に、焦っていた。

――だって、このままでは私、未婚女性界のラスト・サムライになってしまう……！

そんなことを内心叫びながら俯いた私の傍に、一つの人影が近づいてきた。

「えー？　一人でも大丈夫だなんて、そんなのあるわけないでしょう？」

甲高い声に交じって響く、男性の声。

ふと顔を上げると、スーツ姿の男が立っていた。

年齢に似つかわしくない高そうな細身のスーツに、やや派手目なネクタイ。だけど悔しいかな、華やかな印象が彼の感じには合っている。

「本郷さんだって女の子なんだから、勝手に決めつけちゃダメですよ？」

彼は、自らの左右に立つ女子たちの肩に腕を回すと、顔を覗き込んで「ねえ？」と同意を求める。

至近距離で目と目が合った子は真っ赤になって固まり、もう片方の子も、やはり顔を赤らめながら口元を手で覆う。

それ以外の子たちは――

「キャーッ！　き、如月さん⁉」

黄色い悲鳴を上げていた。

悲鳴を上げさせた張本人はといえば、名前を叫んだ女子に向かって平然と「はい、如月ですよ？」などと呑気に挨拶する余裕っぷりだ。

如月達貴――入社四年目の彼は、我が社の営業部のエースと呼ばれる若手の有望株。営業成績トップの実績はもとより、百九十センチ近くはあろう長身にすらりと伸びた手足と、アイドルのような甘いルックス。常に笑顔を絶やさず、上には可愛がられ下には慕われて社内でも人気ナンバーワンを誇っていた。ついでに言うと、私が「サムライ王子」と呼ばれているのに対して彼は「正統派王子」と呼ばれている。

如月くんのことは、彼が営業成績で頭角を現し始めた二年くらい前から知っていた。

だからといって他部署の彼との関わりは薄い。社員食堂などで、若い女子社員たちに囲まれているのをたまに見かける程度だ。如月くんにはいつも、受付や総務課のお化粧の派手な女の子たちの取り巻きがいた。

そんな彼の登場に、うちの女子たちが色めき立つのも無理はない。

「き、き、如月さん、どうしてここに……？」

肩に手を置かれた女の子が、真っ赤な顔をして狼狽えている。

そんな彼女の顔を見ていて、はたと気づく――今は勤務時間だ。

ついうっかり彼女たちと雑談してしまったが、一歩引いて周囲をよく見てみれば、すでに仕事に取りかかっている同僚たち――特に男性社員が、冷ややかな目をこちらに向けていた。

「皆、お喋りはこれくらいにして自分の仕事に取りかかりましょう」

このままではいけないと、剣道で鍛えた鋭い声で場の空気を一気に緊張させる。

「これだから女は……」と男性社員に小言をもらわないよう早めに待ったをかけるのも、お局様の私の重要な役目だ。

女だから、という下らない理由で差別されないために重要なのは、仕事に対する真面目な姿勢。

私の一喝に後輩たちは心得たもので、すぐさま軽い会釈とともに己が席へと散っていく。

——他部署の、一人を除いては。

「えー？　本郷さんだって、ついさっきまでお喋りしてたじゃないですか？　せっかくなんだから、もう少し俺と話をしてくださいよ」

「雑談の時間は終わったのよ」

ただでさえ遅刻によって時間をロスしているのに、これ以上の遅れはよくない。彼の存在は無視して、すぐさまデスクの上に資料を並べ作業に取りかかる。

「これが、本郷さんが今手がけている案件ですね？　工程でいうと、六割ってところかな」

彼は相変わらず私のデスクの隣に立ち続け、興味深そうにパソコンを覗き込んできた。

「ここまでくれば、あとは他の人に引き継いでも大丈夫そうですね」

よくわからないことを呟きながら、大事な資料をひょいと持ち上げた。

「ちょっと、邪魔しないでくれる？」

無視を決め込んでいたのだけれど、目を通していた資料を取り上げられては、さすがに反応せざるを得ない。取り返すために伸ばした手は、彼がさらに高い位置までプリントを上げたことで空を切った。

キッと睨み付けた先で、如月くんが人のよさそうな……いや、そう見せかけて裏がありそうな笑みを浮かべている。

「そんな目を向けられたら怖いですよ？　しっかし、製図の作業ってずっとパソコンと資料との睨めっこなんですね。そんなんだから目つきが険しくなっちゃうんですよ？」

「……ほっといてよ」

つり目で目つきが悪いのは生まれつきだ。目元に遮るものがあれば少しは印象が和らぐのではないかと仕事中は眼鏡をかけているものの、それが逆にクールできつい印象を与えると言われることもある。

「でも、本郷さんって眼鏡を外して髪型を変えたら雰囲気がガラッと変わりそうですよね？　メイク次第では随分と化けそうな気がするな。まあ、今のままでも知的な美人さんって感じで嫌いじゃないですけど」

大して面白くもない話題でクスクスと笑っている相手に、イラッとした。

——この男、私を馬鹿にしてる？

もしも私がまだ二十歳そこそこの小娘だったならば浮かれるのかもしれないが、今の私には嫌みにしか聞こえない。

三十路手前のお局様を相手に喧嘩を売るとは、いい度胸をしてる。

そんなことを考えているうちに資料をデスクに戻した彼の指が私の眼鏡へと伸びてき

たので、瞬時にパシンと払いのけた。

「……そもそも、どうして営業部の君が設計部にいるの？」

部署の中で話をしているのは私たちだけで、その他にはマウスを動かす音や、キーボードを叩く音くらいしかしていない。設計の部署というのは元々皆が無口で静かな場所なのだ。

そんなところに、べらべらと口ばかり動かす営業の男がいるのは不似合いだ。仕事の打ち合わせで来たであろうことは察しがつくものの、こんなところで油を売ってないで担当者に会ったらどうなのか。

それなのにこの男ときたら、動じず笑みを浮かべて叩かれた手を大袈裟にさすっている。

「ひどいなあ、仕事で来たに決まってるじゃないですか」

「それはわかってるけど、さっさと用事を済ませて自分の部署に戻りなさい」

「だから、用を果たすためにここで待ってるんじゃないですか。本郷さんもそれ、切り上げてくださいよ」

大事な仕事をそれ呼ばわりされて、さすがの私もカチンときた。

「どうして、私の仕事を他の者に引き継がないといけないの？」

この男と話していると、なんだか妙にイライラする。気が散るからどこかに行けと言っているのに、一向に理解する様子もなければなにが言いたいのかも要領を得ない。

――やっぱり、私を馬鹿にしている？

だったら面白い。その喧嘩、買ってやろうじゃない。

いよいよ立ち上がって一戦交えようかというとき、恰幅のよい中年男性たちがフロアに入ってきた。

「やあ、如月くん。お待たせして悪かったね」

「おはようございます、部長。全然待っていませんのでお構いなく」

「部長……」

そこにいたのは、我が設計部の部長と、営業部の部長。二人は睨み合う私たちに向かって、ほう、と感嘆の声を上げた。

「如月くんはもう本郷くんに挨拶していたのかい？　さすがに仕事が早いね」

「はい。もう準備万端ですよ」

私たち二人の顔を見ながらにこにこしている部長たちに、如月くんも満面の笑みで応える。

わけがわからないのは私だけのようだ。

「あの、部長？　何のことでしょうか？」

「ああ、本郷くんには仕事の説明がまだだったね。実は――」

「は……？」

──それは、突然のビッグチャンスだった。

数年後、首都圏で開催される大規模な国際スポーツ大会。それに合わせて競技場の建設が開始されるのだが、我が社もそのコンペに参加することが、先日の役員会にて正式に決定した。

「担当者として、営業部から如月くん、そして設計部から本郷くんに携わってもらいたい。これは我が社にとって社運を賭けた一大プロジェクトだ。大変だろうが、引き受けてもらえるね？」

「……っ、光栄です」

名誉な仕事に、歓喜するとともに身が引きしまった。

ようやく、念願が叶うかもしれない……！

世界規模の祭典で使うような、大きな会場の建設に携わるというのが、この仕事を始めたときからの私の夢だった。

入社八年目にしてようやく巡ってきたチャンスに心が躍る。だが同時に、疑問も浮かんだ。

「でも、どうして私なんでしょうか……？」

営業の彼はともかく、なぜ表舞台での経験の少ない自分が担当に選ばれたのだろうか。

すると、部長の口から驚くべき事実が伝えられた。

「それは、如月くんの推薦なんだよ」

咄嗟に如月くんに顔を向けると、彼はやはり笑顔のまま私を見下ろしていた。

「僕には今回売り込むべき我が社の技術に関する知識が不足していますからね。だからこそ補佐役が必要なんです。それで、実績もあって信頼もおける本郷さんを推薦したんですよ」

確かに、実務レベルの話であれば、彼よりも私のほうが経験がある。

――だが、釈然としない部分も多い。

これまでに彼と仕事で関わった覚えはなく、信頼に足りるようなやりとりをした覚えがないのだ。それに、実績というのは、要するにベテランということだろうが、私よりも経験値の高い男性社員だって大勢いる。

なのに、どうして私なのか……?

それでも、自分の夢と不信感を天秤にかけた結果、私の選択肢はひとつしかなかった。

「わかりました。精一杯努めさせていただきます」

彼に対する不信感はあっても、背に腹はかえられない。

こうして如月くんとの、波乱の日々が幕を開けたのである。

私の勤める匠コンストラクションは、数ある建設業界の中でも体育館や博物館などを主に扱う中堅の建設会社だ。そのため、国際スポーツ大会の会場となる競技場もお手の物と言いたいところだけれど、今回のような大規模事業の入札に参加するには、それ相応の会社規模や実績が求められる。従ってうちのような中小企業には参加する権利すら与えられない。

「当然と言えば当然ですよね。何百億といった自社の資本金を軽く超える工事を受注して、万が一のことがあっても賠償できませんから。今回の話も、当然元請けは他にあります。うちは、その内の一社である日本トップクラスのゼネコン朋興建設が行うコンペに勝ち、下請けとして事業に参加しようってことです」

電撃的な大抜擢から数日。私は如月くんと一緒に電車に揺られ、元請け会社へと向かっていた。

ゼネコンとは、総合建設業者のことを言う。発注者から工事を請け負い、専門工事業者をマネジメントして工事の施工を監督するのだ。実際に建物を建てていくのはサブコンと呼ばれる専門業者たちになる。

営業知識のない私のために、パートナーとなった如月くんは仕事の内容とおおまかな流れをレクチャーしてくれる。

「今回の事業を通しての俺たちの目標は匠コンストラクションを朋興建設のサブコンに組み込んでもらうこと。そのために、まずは顔と名前を覚えてもらうべく、自分たちをアピールする……あ、チョコ食べます？」

「いらない」

——電車の中でチョコを食べるとか、子供か⁉

そういうわけで、私と如月くんは、朋興建設に挨拶へと向かっているところである。

「でも、車じゃなくてよかったんですか？　俺、免許を持ってますよ？」

「電車のほうが早いからよ」

車ではなく電車を選択したのは、如月くんの運転技術に疑問を抱いていたというわけではなく、単純に移動時間が早いから。

それに、午後の車内は朝に比べれば余裕がある。車窓の近くで景色でも眺めていれば、気の合わない後輩との道中でも少しは気が紛れるというものだ。

改めて隣に立ってみると、百七十センチの私よりもゆうに高い彼の身長は周囲よりも抜きん出ていた。背筋もスッと伸びているから、立ち姿も様になっている。

「そんなに時間を切り詰めなくとも、今日は挨拶だけなんですけどね。駐車場だって、あちらさんは自社ビルだから探す必要もないのに」

「この件に関して急いでいるわけじゃないわ。なるべく早く戻って、抱えている他の仕事を今日中には終わらせたいの」

　完成までにあともう一息のところまできている仕事がある。如月くんとの案件を抱えながらこの仕事を私が仕上げるのには若干のペースアップが必要なため、少しでも時間を切り詰めておきたい。

「引き継ぎしないんですか？　あの仕事よりこっちのほうがでかい案件なんですよ？」

「仕事に大きいも小さいもないわ。それに、あと少しだから最後までやり切りたいの」

　私の所属する設計部製図課は通称「図面屋」と呼ばれ、設計士がデザインした建築デザインをより精密に製図していく作業を担当している。

　建物をひとつ建てるのに必要な設計図は数十枚から場合によっては数百枚単位にまで及ぶ。同じ場所であっても、見る角度を変えたり拡大したりとその都度図面が必要になるからだ。

　私は仕事の正確性と仕上がりの早さを買われ、お陰様で取引先から好評をいただいている。自分のことを信頼して任せてくれた案件を、他の人に任せるのは気が進まなかった。

「だからといって、こっちの仕事に手を抜くこともないから安心して」

　なにしろ、このプロジェクトには自分の夢がかかっている。

「本郷さんが手を抜くなんて考えてませんけどね。俺としては、車の中で二人きりでじっくりと親睦を深めたかっただけなんですけど。……あ、もしかして俺と二人きりになるのが嫌だったとか⁉」

人が真面目に話しているのに、如月くんのノリは軽い。

「……それもあるかもね」

「ひどいなぁ。パートナーなんだから、もっとお互いのことを知ったほうがいいと思いません？」

「思わない」

「そんな冷たいこと言わないでくださいよー。一緒に仕事をするんなら人間関係も円満なほうが絶対にいいですって」

それはそうだけれども、第一印象が好ましくなかったこともあり、どうしても彼に対しては苦手意識が先行してしまう。

だが、如月くんはどんなに私が怪訝な顔をしていてもまったく気にする様子はなく、子犬のように澄んだ瞳をまっすぐ向けてくる。

「それは……そうね」

諦めのため息を吐きながら言ったのに、如月くんはそれを了承と捉えたようで顔を輝かせた。

「ね、本郷さんはどうして建設業界に入ったんですか？」

「それは――」

私が建設の道を志したのは、幼い頃から習っていた剣道にルーツがある。

片親となって経済的負担が大きい中でも高校卒業まで続けていたのは、父親の影響や心身の鍛練のためだけではない。

一歩足を踏み入れただけで自然と背筋が伸びる、剣道場の、あの独特な雰囲気が好きだった。

特に、大きな試合で使用される武道場の中には有名建築家がデザインしたものもあり、私はその建物に魅せられた。デザイン性の高い外観はもとより、高い天井に美しい模様を描く梁も壮観だ。

それらは不思議と私に安心感を与えてくれた。

試合前の緊張した気持ちや、勝ったときの嬉しさ、負けたときの悔しさ……

その時々の自分の気持ち次第で、見上げた天井はいつも違う顔を見せた。

「大学進学を機に剣道は引退したけれど、いつか自分でそういった施設を建ててみたいと思ったの。だから、建築学科に進んだのよ」

「へえ、そうなんですね。自分で設計してみたいとは思わなかったんですか？」

「そりゃ、最初のうちは思っていたわよ。でも今の仕事が、思いのほか自分の気質と合っていたみたい」

設計のイロハを覚えるためにと入社当初に配属された今の部署だったが、図面と向き合い細かい計算をしてコツコツと組み立てていく地道な作業は性(しょう)に合っていた。

節約と計算は、幼い頃から身についているのだ。

それに、納期が迫れば残業続きで時には徹夜もある体育会系な職場は、まさに自分にはうってつけだった。

そんなことをしていたから、気がつけば女子では一番の古株になっていたのだけれど……

「本郷さんって、長女気質ですよね」

黙って話を聞いていた如月くんが急に小さく微笑(ほほえ)む。

「真面目(まじめ)でしっかりしていて、お姉ちゃんって感じ。本郷さんがいつも凜(りん)としているのは、剣道を習っていたからなんでしょうね」

凜としているというのは褒(ほ)め言葉なのかもしれないが、融通(ゆうずう)の利かないストイックな侍という見方もある。

この性格から、妹キャラだと思われたことは一度もない。お姉ちゃんならまだよくて、男らしいと言われることは最早(もはや)、日常茶飯事(にちじょうさはんじ)だ。

本当に、生まれてくる性別を間違えたのかもしれない……

「でも、いくら武道の心得があるからといっても、痴漢(ちかん)と戦うのはほどほどにしてくださいね」

ふいに、如月くんの声が低くなる。

これまでとは違うトーンに少し驚いて顔を上げると、彼は意外なほど真面目な顔をしていた。

「……どうして？」

もしもあのとき自分が助けなければ、被害を受けていた女性は一生消えない心の傷を負っただろう。それに、目の前で犯行が行われているのに見て見ぬふりをするのは、自分も荷担したのと同じじゃないのか。

私はキッと睨みつけたが、如月くんに怯む気配はなかった。

それどころか、まっすぐに向けられた真摯な表情に心臓が大きくトクンと音を立てた。

「だって、本郷さんが危険な目に遭う可能性だってあるじゃないですか」

心地よい低音が耳に響いて、目の前が大きく揺らぐ。

それは、気のせいではなく物理的に、だ。

次の駅が近づいたため電車の速度がゆっくりになって、よろけたのである。

次の瞬間。身体が、力強い腕に支えられた。

「ちょ、ちょっと……」

突然の出来事に動揺しているせいで声が上ずってしまう。

――これって、抱き締められているようなものじゃない⁉

彼はふらついた私を支えただけであって、今も他の乗客の邪魔にならないように身を寄せているに過ぎない。けれど、男性に免疫がない私は極度に緊張してしまう。

期せずして如月くんのスーツの胸元に添えてしまった両手。

彼の胸板は、意外にも硬く引き締まっている。

簡単にふらついてしまった私とは違って、如月くんは衝撃にも微動だにしなかった。

華奢だと思っていた身体は、体幹がしっかりとしている。それに、腰に回された腕だって筋肉質で……って、私ったら、なにを考えてるの⁉

「いい加減、離れなさいよ」

いつの間にか電車は動き出して、私たちの周囲には大人二人が立つのに十分なスペースが確保されていた。目の前の身体を押しのけようとするものの、これがまたビクともしない。

――ふいに、頭頂部になにかが触れた。

「痴漢と戦って、あなたにもしものことがあったら、どうするんですか？」

彼の言葉に合わせるように、頭に吐息がかかる。

多分、私の頭に触れているのは、如月くんの唇だ……。

私のように身長の高い女性は、男の人に頭のてっぺんを見られることは滅多にない。

ましてや頭にキスされるなんて初めてのことで、動揺するのもおかしくはないだろう。

ただでさえドキドキとうるさい心臓に、如月くんはさらに追い打ちをかける。

「どんなに強くても……本郷さんは女の子なんですよ？」

甘いささやきに、不覚にも胸の奥がキュンと疼いてしまった。

――この男、天然ものの王子だ！

どんな女性に対しても紳士的で優しい言葉が自然と出てくるなんて、生粋の王子以外にあり得ない。

「お……女の子って、私はもうすぐ三十になるんだけどね？」

彼の発言に不覚にもときめいてしまったけど、私はいい年をした大人だ。ちょっとくらい女扱いされたからといって、目に見えて狼狽えるわけにはいかない。

それに、からかわれているのかもしれないし……

無駄にジタバタと抵抗するのを止めたら、如月くんの腕からも力が抜けていく。緩んだ腕にゆっくりと手を当て押すと、簡単に身体から離れられた。

「それに、私より強い男なんてそうそういないのよ？　如月くんなんて、身体も細いし喧嘩も弱そうじゃないの」

「そうですか？　こう見えて、格闘技とかも習ってるんですけどね」

下げた両腕を腰に当てて、如月くんがポーズを取る。それは往年のプロレスラーのような格好で、つい口元が綻（ほころ）んでしまった。

だってやっぱり、ちっとも強そうには見えない。

「ずっと好きな人がいて、その人のタイプは強い男だと聞いたんで、鍛（きた）えてるんです」

「へえ……」

私は如月くんのファンでもなんでもないから、彼に想い人がいると知ってもショックなんて受けるはずがない。

なのに、さっきまで高鳴っていた胸の鼓動が急速に静まっていく。

——好きな女の子、いるんだ……

社内の女子の人気を集めている彼だけれど、これまでに浮いた噂を耳にしたことはなかった。それに、社内外問わずモテるであろう彼が、好きな女性を振り向かせるために身体を鍛えているというのも、意外な話だ。

「格闘技って、どんな？」

恋愛話に首を突っ込む気にはなれなくて、特に興味もない格闘技の種類について聞いてみた。

「一応剣道も習ったけど、一番力を入れてたのは居合いかな？　あとは、空手、柔道、合気道、ジークンドー、混合格闘技（MMA）とか、いろいろと」

すると、出るわ出るわ。しかも後半は聞いたこともない格闘技ばかりだ。

「……なんだか、珍しいものもあるわね」

「まあ、スポーツというより護身術というか、実戦的なものが多かったから――」

そこまで言うと、如月くんは急にぷいとよそを向いてしまった。

……はて。実戦的とは、なにかと戦うことでもあったのか？

もしかすると学生時代はいじめられっ子で、いじめっ子と戦うために格闘技を習っていたのだろうか。

あまりそういうタイプには見えないが、人は見た目によらないとも言うし、なんとなくこれ以上は立ち入ってはいけないような気もする。

急に黙り込んでしまった彼のことを、車窓越しにじっと見つめた。

黒目がちな彼の瞳はガラス越しでも存在感を放つ。時折額を覆う前髪をふわりと掻き上げる仕草なんかは様になっていて、さすがに王子と称されるだけのことはある。

年下らしくあどけないかと思ったら、不意に男らしさを感じさせたり、急に無口になったりで、なんだか掴みどころがない。

さっきは一瞬ドキッとさせられたけど、彼を男性として意識することはないだろう。

入社四年目の彼は、ちょうど自分の弟と同い年。だから絶対に如月くんを好きになることはないと思うのだけど……ほんのわずかな時間で色々な面を見てしまった私は、少しだけ彼に興味を持ち始めていた。

この不思議な感情の正体はなんだろうか。よくわからないものの、深追いする気もない。

その後、目的の駅に着くまで、私たちは無言のまま電車に揺られた。

電車を降りた私たちは、朋興建設の本社ビルの前へとたどり着いた。

日本有数のゼネコンだけあり、地上三十階建ての自社ビルはなかなかの存在感だ。いざ目の前にすると迫力がある。

この胸の高揚感は剣道の試合前に似ている。私はこんなに大手の会社を訪問するなどほぼ初めてで、実のところ、緊張していた。

一階の受付でアポイントメントを伝えると、そのままロビーの応接セットへと通された。

担当者を待つ間に、如月くんが口を開く。

「朋興の責任者さんとうちになにか繋がりがないかと調べたら、その人と本郷さんって偶然にも同じ大学だったんですよ」

「……なるほど、それもあって私を指名したのね」

この業界は妙に体育会系なところがあって、縦の繋がりや同族意識が強い。同じ大学出身というのは話のきっかけになりやすく、貴重な武器だ。

「でも、同じ大学だからといって知り合いとは限らないわよ?」

「とりあえず顔と名前を覚えてもらうきっかけになればいいんですよ。でも、念のため……責任者は三枝晃司って人なんですけど、知ってます?」

「え、三枝先輩……!?」

久しぶりに聞くその名前に、ついつい声が大きくなった。

「……知り合いなんですか?」

「同じゼミの先輩なの。私より五つ年上だから顔を合わせることは少なかったけど、院生だった先輩がよく教授のアシスタントをしていたから。ただ、向こうが私を知っているかどうかはわからないけれど……」

三枝先輩は、なにを隠そう大学時代に憧れていた人だ。

だから私は三枝先輩のことをよく知っている。

アメフト部に所属していて、よく鍛えられた筋肉に高身長。日焼けした肌から覗く白い歯が爽やかで、スポーツマンの王道を行く風貌はとにかく目を惹いた。

分厚い胸板、太い二の腕、逆三角形のフォルム——男らしくて逞しい先輩は、まさに私の理想にドンピシャだった。

夢だった仕事に、憧れの先輩。——これは、ついに私にも運が巡ってきた!?

私の反応に如月くんの眉がひそめられたのだけれど、予期せぬ再会に浮かれていた私は、さして気に留めていなかった。

「まさか本当に知り合いだったとは、想定外……」

彼が小さく呟いたとき、ロビーの向こう側にあるエレベーターから、一際体格のいい男性が降りてきた。

「——あっ」

私たちの姿を見つけた男性は、スポーツマンらしく小走りでこちらに駆け寄ってくる。

その一歩一歩が、私にはまるでスローモーションのように見えた。

「匠コンストラクションの如月さんですか？　お待たせして申し訳ありません」

色黒の肌に白い歯を輝かせながらやって来た男性から発せられたのは、聞き覚えのある声。

ああ、間違いなく、三枝先輩だ……！

あの頃はラフなTシャツやポロシャツ姿だったのが、すっかりスーツが板についている。だけど、日焼けした肌や、ワイシャツのボタンがはち切れんばかりの分厚い筋肉は当時のままだ。

久しぶりに会う憧れの人は、昔に比べてさらにどストライクな見た目になっていた。

年齢を重ねたことで男の深みが増している。パワー溢れる二十代とはまた違った、大人の色気を醸し出していた。

「お忙しいところをおそれいります、匠コンストラクションの如月です」

如月くんがスーツの胸ポケットから名刺入れを取り出すのを見て、慌てて私もそれに倣う。

「ほ、本郷です、よろしくお願いします……」

「ご丁寧にありがとうございます。担当の三枝です」

先輩はにっこりと微笑みながら私の名刺を受け取った。その先輩が不思議そうに尋ねる。

「私の顔に、なにかついていますか？」

「あっ、いいえ、失礼しました」

――いけない、つい見入ってしまった！

急いで先輩の顔から目を逸らし、先ほど交換した先輩の名刺に視線を落とす。

肩書きは課長。一流大学出身者がひしめく大手ゼネコンにおいて、なかなかの出世だと思われる。強靭な肉体に加え収入も安定しており、社会的地位もあるなんてすごい。

三十歳を目前にして、憧れの相手と再会できた感動に、その後の社交辞令的なやりとりは私の耳を上滑りしていくだけだった。

「本郷さんって、ああいうのがいいんですか？」

帰り道、どことなくテンションの下がった如月くんに問いかけられた。

あれほど早く帰って残りの仕事を片付けたいと思っていたのに、今はこのビルを出るのに名残惜しささえ感じている。あちらは大手のゼネコンの営業で、ビッグプロジェクトを抱えるエリートなのだから、打ち合わせ時間が限られてしまうのは致し方ないのに。

「あの人は本郷さんになんの反応もしませんでしたけど」

「仕方ないわよ……」

私の名前を聞いても顔を見ても、残念ながら先輩は私を覚えてはいなかった。私と先輩の繋がりを期待していたはずの如月くんも、会話の中で一度もそのことに触れなかったのは、微妙な空気を感じ取ったからに違いない。

それもそのはず。だって、先輩と会話らしい会話をしたのは、今日が初めてだったのだから。

先輩に憧れてはいたが、アプローチをしたことはない。剣道の対戦相手と向き合う心構えは持っているけれど、好意を抱いた相手とどう接していいのかはまるでわからないのだ。

道場の仲間やただのクラスメイト、職場の同僚という関係であれば男女分け隔てなくコミュニケーションもとれるのに、そこに恋愛感情が絡んだだけで途端にダメになってしまう。これこそが、私が今まで誰ともお付き合いできなかった最大の要因だろう。

一方的に見つめるだけで、話しかけることなんてできなかった。

それが、今になって再会できるなんて——

「ふーん。俺には脳筋(のうきん)ゴリラにしか見えませんでしたけどね」

「……っな」

——ゴ、ゴリラ、だと⁉

人の理想の相手に向かってなんてことを言うんだ。許せん！

振り返ると、如月くんは両手を頭のうしろで組んで、だるそうに歩いている。

「素敵な男性だったじゃない。社会的地位もあるし、君よりよっぽど頼りがいがあるように見えたけどね」

「えー、だから俺、鍛(きた)えてますって。なんなら脱いでみせましょうか？」

「脱がなくてよろしい！　そもそも君はまず、その軟派(なんぱ)な態度をどうにかしなさい」

ジャケットに手をかけて本当に脱ごうとする彼を一喝(いっかつ)して、これ以上構うものかと歩調を上げる。

「でもこれ、わざとなんです。可愛い弟キャラのほうが、お姉ちゃん気質の本郷さんには親しみやすいかと思って」

早足で追いついてきた如月くんが隣にピッタリと並ぶ。

確かに、彼の前では緊張しない。でもそれは親しみやすさからではなくて、如月くんに対して恋愛感情を抱いていないからだ。

「弟には見えなくもないけど、社会人としてはどうかと思うわ」

彼の態度は、母や私の前ではわがまま放題の弟を彷彿(ほうふつ)とさせた。でも、弟だって外ではちゃんと社会人としての顔を持って、立派に会社勤めをしている。

「そうですか……。なんとなく男性が苦手そうに見えたから、同い年の弟さんっぽくしてみたんですけどね」

――はて？　如月くんとうちの弟が同い年だなんて、話したっけ？

それに今の説明だと、まるで彼は私のためにキャラ作りをしているような口ぶりだけど……

だがそんな疑問を口にする間もなく、話題は次へと移る。

「本郷さんは、男性には社会的地位があるほうがいいんですか？」

「ないよりはね？」

母子家庭出身を舐(な)めるな。有り余るほどの財力までは望まなくとも、お金がなくて苦労するのはできる限り避けたい。

父の死後に苦労してきた経験は、私の根底にしっかりと根付いている。

「だったら俺にも、まだチャンスはあるかな……？」

――如月くんの声はオフィス街を吹き抜ける風にかき消され、はっきりとは聞き取れなかった。

第二話　夢のような初体験

『はい、本郷です』

電話の向こうから聞こえてきたのは、妹の真奈美の声。受話器を通して聞く彼女の声は母に似てきていて、随分と成長したと改めて実感させられる。

「もしもし？　私よ」

『あ、お姉ちゃん！』

妹の声がワントーン明るくなった。

八歳下の妹は現在大学四年生。そんな年になってもまだ姉からの連絡に喜ぶのかと思うと嬉しくなって、自然と顔が綻ぶ。

実家には今、母と弟、妹の三人が暮らしている。

私が一人暮らしをすると決めたとき、弟は高校生、妹は中学生で、彼らを残して家を出るのはあまりに忍びなかった。だけど費用や通勤時間を綿密に計算した結果、現在の形が一番ベストという結論に至ったのだ。

『どうしたの？　電話なんて珍しいね。なにかあった？』

無邪気な妹に、用件を伝えることを一瞬躊躇した。

「実は明日、急な用事が入って帰れなくなったの」

『えー⁉』

心底ガッカリしたような声に心が痛む。けれど、これも仕事なのだから仕方がない。

——事の発端は、昨日のことだった。


『は？　パーティー？』

パソコンに向かって一心不乱に図面を入力していた私のもとへ、ふらりと如月くんが現れた。そして彼は手にしていた封筒をこれ見よがしに振りかざした。

『そう。朋興主催のパーティーが来月あるんですけど、そこに三枝氏も来るんです。お近づきになれないものかと画策した結果、潜り込めることになりましたー！』

『……声が大きい』

それはつまり裏でこそこそと手を回したということなのに、こんな大々的に発表してどうするつもりだ⁉

チラチラとこちらに投げられる同僚たちの視線が気になって、如月くんの腕を掴むと設計部のフロアを出て、同じ階の隅にある自販機コーナーまで引っ張っていった。

自販機と背の高いテーブルがひとつ置かれたスペースには、私たちの他には誰もいない。

如月くんは相変わらず黒目がちな瞳をキラキラと輝かせながら、手柄を褒めろと言わんばかりに胸を張り続けている。……犬か、君は？

『伝手を頼って苦労してゲットしたんですよ？　すごいと思いません？』

『あー、はい。エライエライ』

一応褒めてやると、如月くんの背後にぶんぶんと左右に揺れる尻尾が見えた。

だが突然、幻覚の尻尾がピタリと止まる。

『でも、ひとつ問題があって。このパーティー、ドレスコードがあるんですよね。本郷さん、ドレスとか持ってます？』

『持ってるわけないじゃない』

同僚の結婚式のために購入したセレブレイトスーツの類いならあるが、それ以外は着たこともない。

第一、ドレスなんてキャラじゃない。

――でも、本当は私だってドレスを着てみたい。いつか自分の結婚式では……と密かに憧れている。

キャラ的には白無垢に綿帽子に文金高島田のほうがしっくりきそうだが、ウエディングドレスでお姫様抱っことかされてみたいの……！

そんなことを考えていると彼は、なぜかパアッと顔を輝かせた。

『ですよね？　だから、一緒に買いに行きましょう！』

『——は？　今から？』

『嫌だなあ。仕事中に堂々とショッピングなんて、サボりですよ？』

腰に手を当てた如月くんが、サボりはダメだと偉そうに首を振る。

——くっ、なんか調子狂う。

『今度の土曜、予定はありますか？』

如月くんが指定した土曜日は、実家に顔を出すことになっている。

まあ、どうしても帰らなければというわけでもないけど……いや、それよりも。

『買い物はいいとして、どうして君と一緒に出かけなきゃならないの？』

『だって一応パートナーとして同伴するんですから、ちぐはぐな格好をしていたら可笑しいじゃないですか。それに、出席者は朋興を筆頭に一流企業ばかりで、量販店にあるような服ってわけにはいきませんよ。本郷さん、一人で百貨店とか行けます？』

——うっ、なんで私の考えをお見通しなのよ⁉

私の買い物の定番は、値段が手頃で良心的なお店。たまに百貨店に足を運ぶことはあっても、身体に染みついた貧乏人根性のためか萎縮してしまうのだ。

そんな私の心情を察してか、如月くんは知り合いの店を紹介してくれるという。

『俺、百貨店に当てがあるんですよ。知り合いだから少しは融通(ゆうずう)もつけてもらえるし、心強いと思いませんか？』

如月くんの身につけているスーツは、仕立てのよいものばかりだ。営業という仕事柄、身に着けている服や靴などを見られることも多いだろうし、人一倍気を遣っているに違いない。

ならばここは、彼の顔を潰(つぶ)さないためにも、彼の方針に従おう。

郷に入っては郷に従え。ちゃんとしたパーティーに出るのであれば、それなりの格好はしなくてはならない。

『……わかった』

というわけで、私は実家への帰省をキャンセルすることにした。

よくよく考えてみれば、どうして一か月も先の予定の買い物をすぐしなければならないのか疑問だが、当てを紹介してもらうのだから彼に予定を合わせるべきだ。

『でも……明日は、お姉ちゃんの誕生日なのに』

――そう。明日は、私の三十回目の誕生日である。

「もう祝ってもらうような年でもないから」

弟や妹の誕生日であればなにがあっても駆(か)けつけるが、さすがに自分の、しかも三十回目のなんて、嬉しくもなんともない。

だから、今回のことはいいきっかけかもしれない。

さすがに三十歳にもなって、家族で誕生日パーティーはちょっと……いや、かなりイタい。

そんな姉の複雑な胸中を知ってか知らずか、突然妹の声が鋭くなった。

『ねえ、お姉ちゃん。用事って本当に仕事？　もしかして、デートなんじゃないの？』

「バ、バカな！　そんなわけないでしょう⁉」

――なにを急に言い出すの⁉

『えー、そうやって慌てて否定するところが怪しいな』

想定外すぎて動揺しただけなのに、妹は勘ぐったようだ。

「本当に、仕事なのよ？　デートなんかじゃないもの……」

仕事を強調したことで、自分で落ち込んでしまう。

だって、三十歳にもなって、家族しかお祝いしてくれる相手がいないなんて……空しい。

そんな私に、妹はさらに追い打ちをかける。

『ふーん……まあ、いいや。お姉ちゃんのを中止にするなら、次の私の誕生日も家族で祝うのはやめて、彼氏と過ごしてもいいよね⁉』

「――は？　か、彼氏⁉」

　突然の爆弾発言に、落ち込んでいた気持ちが一気に吹き飛ばされた。

「あんた、彼氏がいるの⁉　どこの馬の骨よ、お姉ちゃんは聞いてないんだけど⁉」

『聞いてなくて当たり前でしょ、言ってないもん。あー、よかった。これで私も堂々とデートできるー！』

　家族で計画していた私の誕生日パーティーがキャンセルになって落ち込んでいるかと思った妹が、語尾に音符でもついていそうな勢いで喜んでいる。

「ちょっと、真奈美⁉」

『――もしもし、姉貴？　明日帰ってこねぇの？』

　いくら呼びかけても返事をしない妹に代わって電話に出たのは、弟だ。

「ま、真弘⁉　真奈美、彼氏がいるの⁉」

　妹の身に起きている一大事に取り乱す私に対して、電話の向こうの弟から乾いた笑いが聞こえた。

『なんだよ今さら。あいつにだって彼氏の一人や二人くらいいるだろうよ』

「ふ、二人もいるの……⁉」

　二股なのかと慌てふためいていると、弟からは冷静に『いや、同時に付き合ってるわけじゃないから』と突っ込まれた。

「真奈美に彼氏がいるなんて聞いてないんだけど？　どんな男なの⁉　ちゃんとしている人なんでしょうね⁉」

　可愛い妹が、海のものとも山のものとも知れない男に捕まったのではないかと考えるだけで背筋が凍りそうだ。

　こうなったら、今すぐにでも実家に帰って、どんな相手かしっかり見極めなくては……！

『そんなに心配しなくても、あいつだってわかってるよ。人のことより、自分の心配したら？』

「なんでそんなに冷静なのよ……はっ、もしかして、あんたも……？」

『それは、ご想像にお任せします』

「ちょっと、真弘⁉」

　思わせぶりな台詞を残して、逃げられてしまった。

　電話の向こうでは、楽しそうな弟と妹の笑い声なんかがしていて……やっぱり買い物なんてキャンセルして、今すぐ実家に帰らなくては！　と思い直す。

『もしもし、真純ちゃん？　明日デートなんですってぇ？』

「お母さん……」

　ヒートアップした私の耳に飛び込んできたのは、どこか間の抜けた母の声だった。

『真純ちゃんにも、やっといい人ができたのねぇ。まったく男っ気がないから、本当はちょっとだけ心配してたのよ？　お母さん嬉しいわぁ』

このの、のんびりおっとりとした話し方。私の母は、私とはまるで逆の性格の人間である。

父と母の馴れ初めも、交番勤務だった父のもとに落とし物や迷子やらでしょっちゅう母が顔を出していたことらしい。迷子って……子供じゃないんだから。どれだけドジっ子なのよ。

そのため父が急逝して母が働きに出ることが決まったときには子供ながらに心配した。

「お母さん、私、デートじゃないから……」

『隠さなくてもいいのよぉ。真純ちゃんももういい年なんだから、お誕生日くらい好きな人と一緒に過ごしなさいな。お母さんが真純ちゃんの年の頃には、もう真奈美だって生まれていたんだからね』

そう。母は二十歳のときに父と結婚した。……っていうかお父さん、交番に来た相手に手を出すってどうよ？

知り合ったときはいったいいくつだったんだ、なんて質問は怖くてできない。

『それに、真弘や真奈美だってもう子供じゃないんだから、そんなに心配しなくても大丈夫。あの子たち、お姉ちゃんを追い越して結婚するのは忍びないって思っているんだから、なるべく早く安心させてあげてちょうだい？　じゃあね』

――ブツリ。

言いたいことだけ言って、母は勝手に電話を切ってしまった。

この親にして、あの子たちあり……通話終了を告げる電子音が、もの悲しさを掻き立てる。

私、弟妹にまで心配されていたのか……

いつまでも小さいと思っていた弟と妹が自分よりもずっと進んだステージにいるということに、ショックを覚えた。

いつかは自分の家庭を持ちたいとは思っていても、ずっと色恋沙汰とは無縁の生活を送ってきたから、どうやって恋愛を始めればいいのかなんてわからない。とはいえ彼氏がいなくて不自由することなんてないし、本当は、心のどこかで、もうこの先一人で生きていかなくてはいけないんだと覚悟はしていた。

このままだと確実に弟や妹に先を越されて、二人の結婚式に出る日も近い……？

未婚で留め袖は――やっぱり、悲しい。

でも、本当に明日はただの仕事だもの。それに、如月くんとデートなんて考えられない。だって私のタイプは、三枝先輩みたいな……

そこで、ハッとした。

そうだ、そもそもの出かける理由が先輩に会うためのパーティー用ドレスであることを、すっかり失念していた。

明日買うドレスは、つまりは先輩のためのものなんだ……！

脳天に雷が落ちたような衝撃を受けたあと、急に視界が開けていくような気がした。

——始めればいいんだ、三枝先輩と。

三十歳の節目を迎える誕生日。その日を、新しい自分に生まれ変わる日にすればいい。

そう考えると、明日が楽しみに思えてきた。


百貨店での買い物ならば開店と同時でもいいのに、如月くんは午前中に用事があるとのことで、待ち合わせは午後になった。

現地集合にしようと、どこに行くのかを何度尋ねても「ヒミツです」とはぐらかされ、仕方なく私のアパートの最寄りの駅で待ち合わせることになっている。

まあ、なにを着ていけばよいのかと頭を悩ませていたので、待ち合わせが午後なのはありがたい。それは決して、デートの服を選んでいたからではない。

着飾って「そんなに楽しみにしてたんですかー？」とからかわれるのは嫌だが、貧相（ひんそう）な格好では百貨店には入りづらい。

あれやこれやと検討した結果、白のアンサンブルニットに黒の七分丈パンツという無難な格好に落ち着いた。髪もいつも通りにひとつに結び、予定の時間よりも少しだけ早く待ち合わせ場所に着く。……規律を重んじる体育会系としては、如月くんを待たせるわけにはいかない。

駅前には、まだ如月くんの姿はない。辺りを見回すと、ロータリーに一際目を惹く鮮やかなブルーの車が停まっていた。

車には詳しくはないが、大きくて立派なのでかなりの高級車だろう。その証拠に、通り過ぎる人たちがチラチラとその車に視線を向けている。

どんな人が乗っているのか気にはなったけれど、覗き込むのは不躾なので前を向いて通り過ぎようとしたら、小さくクラクションを鳴らされた。

運転席に座っていた人物と目が合い、思わず目を瞠る。

そこにいたのは、飼い主を見つけた犬みたいな顔の、如月くんだった。

ブンブンと手を振っていた如月くんは、急いで車のドアを開けて外に出た。

「行き違いにならなくてよかった。おはようございます、真純さん。さあどうぞ」

間近に来た彼は、はにかんだような笑みを浮かべている。

「お、おはよう……？　っていうか、どうして急に名前で呼ぶのよ!?」

あまりにも自然に言うものだから、見過ごしそうになったじゃない！

「ずっと下の名前で呼んでみたかったんです。今日は休日だし、いいじゃないですか」

如月くんは平然とそう言うけど、気恥ずかしすぎていきなり受け入れられるものではない。でも今は、ほかにもいろいろ気になることがあり、ひとまずこの話題は横に置いておくことにする。

「それにこの車、どうしたの？」

近くで見れば見るほど立派な車は、およそ一介のサラリーマンに手が出せるようなものには見えない。

「どうしたって、俺の車ですよ？　まあ、買ったのは親父ですけどね」

質問に答えながら、如月くんは私の背中に手を添えて助手席のドアを開ける。そのエスコートは流れるようにスマートで……大人しく、乗らざるを得なかった。

外観に違わず車内は広く、飾りっ気はないが黒のレザーシートがやたらと高級感を漂わせている。

こんな車をポンと購入できるとは、彼のお父さんはいったいどんな仕事をしているのだろうか？

「如月くんのお父さんって、なにをしている人なの？」

「ああ、えっと……ちょっとした、会社経営？　車は多分、趣味です」

――ちょっとした規模の会社を経営しているくらいで買える車には思えない！

彼の言葉はなんだか妙に歯切れが悪く気になった。けれど私を座らせた如月くんは、さっさと運転席に戻って車を発進させたものだから、私も慌ててシートベルトを着けた。

高級車は動き出しもスムーズで、音も静かなんだな。車内のＢＧＭは、落ち着いた昔の洋楽っぽいものだ。

「自分で買った物でもないから普段はあまり乗らないんですけど、あれこれ移動するなら車のほうが楽かと思って。でも、運転技術は信用してもらって大丈夫ですよ」

そう言って如月くんはダッシュボードに置いてあったサングラスをかけた。

これがまた、彼のはっきりとした顔立ちに似合っている。

――もしかして、さっき駅にいた人たちは車じゃなくて車内の彼を見ていたのだろうか。

今日の如月くんは、白のバンドカラーシャツに紺色のジャケット、黒のスキニーというシンプルな出で立ちで、会社にいるときよりも落ち着いて見える。ハンドルを握る手は意外と大きくて、指は細いけれど骨張った感じがなんだか力強く思えなくもない。

「どうかしましたか？　なんだか大人しいですね」

「……なんでもないわ。細い腕だなって思ってただけ」

急に話しかけられてドキッとして、つい憎まれ口を叩いてしまった。

「ひどいなぁ。これでも鍛えてるって言ったじゃないですか。今日も午前中はジムに行ってきたんですよ？」

　彼の午前中の用事というのはジム通いだったらしい。鍛えているとは聞いていても、ジムに通っているという話は初耳だ。まあ、お互いのことをそんなにいろいろと話した覚えもないから、当たり前だけど。

「もしかして、私の言ったことを気にしてジムに……？」

　ふと、私が先日散々細いだの喧嘩も弱そうだのとけなしたことが原因かと気になってしまった。

「違いますよ、ただの日課です。もう四年も前から、休日には通ってるんです」

　四年前というと、ちょうど彼が入社した頃だ。サラリーマン、特に営業は身体が資本。日頃から運動して体力づくりを欠かさないのは、よい心がけだ。

「そんなこと気にするなんて、真純さんは相変わらず優しいんですね」

　こちらを向かずにクスリと笑った横顔がなんだか大人びていて、不覚にも胸がときめいてしまった。

　相変わらず、というほど普段の私を知らないのでは、と彼の言葉に引っかかるものはあっても、そんな些細なことを気にする余裕もない。

「べ、別にそういうわけじゃないわ。ジムに通って疲れているなら、わざわざ今日じゃなくてもいいんじゃないかと思っただけよ」

「平気ですよ。それに、トレーニングの後はスパに行きましたから汗の臭いも心配いりません」

――なんだか、急に女子力が高いな。

「……汗臭いのは剣道で慣れてる」

「そうですね。でも、せっかく真純さんと二人なのに不快にさせてしまうのは、俺が嫌だったんで」

いつもは彼の軽口を不満に思うこともあるものの……今日の如月くんにそういう雰囲気はない。

それどころか、会社で見かけるときとはまるで別人のようだ。

先日の朋興建設への挨拶（あいさつ）のときも思ったが、改めて見ると社内の男性人気ナンバーワンは伊達（だて）ではなかった。端整な顔立ちは、特に面食いでもない私であっても素直に綺麗だと思う。運転する姿は頼もしく、なんだか妙に異性を意識させられるというか……

――ちょっと待って。そういえば私、こういうシチュエーションって初めてじゃない⁉

仕事で男性と車に乗ることはあっても、私服で休日にというのは、正真正銘（しょうしんしょうめい）初めての経験だ。

それに気がついたら、いくらデートなんかじゃないと自分に言い聞かせていても意識してしまう。

流されるままについ助手席に乗ってしまったけど、座る位置ってここでよかったの⁉　後部座席のほうがよかったんじゃないの⁉

「急に百面相してどうしたんですか？　珍しく、顔に出てますよ」

「な、なにが⁉」

しまった。いつものポーカーフェイスが、崩れかけていたらしい。

こんなことで動揺しているなどと悟られるのは恥ずかしい。

――平常心、平常心。心頭を滅却すれば火もまた涼し。

心を落ち着かせ、背筋を伸ばした私を横目に、如月くんが小さく苦笑する。

「あれ、もう戻っちゃった。もう少し肩の力を抜いてもいいと思うんですけどね」

「これがいつもの私だから、お構いなく。それより、目的地はどこなの？」

「もうすぐ着きますよ」

その言葉の通りに、車は高級百貨店やブランドショップの立ち並ぶ繁華街の大通りを流れるように進んでいく。如月くんは、その中でも一際大きい老舗百貨店の地下駐車場へと車を滑り込ませた。

あまり経験はないのだけれど、普通は入り口で駐車券をもらって、表示に従って空きスペースを探すというのが一般的だと思う。なのに如月くんは、迷うことなく一般の車とは別の方向へと車を向かわせて、警備員に誘導されつつ、広々としたスペースに停車した。

「車の規格が一般の駐車場向きじゃないんですよ。それに、知り合いがいるって言ったでしょう？」

不審がるというより不安がっている私に、如月くんはそう説明してくれたけれど、様子が違うのはそれだけではなかった。

車を降りた如月くんは、これまた一般用とは違いそうなエレベーターに乗り込むと、迷うことなくボタンを押した。

百貨店のエレベーターは、あちこちの階に停まったり、到着しても人がいっぱいで乗れないこともある印象だったけど、意外なほどにスイスイ進む。

「ねえ、これ何階に向かってるの？」

「十一階です」

建物は十三階までで、上の二つはレストランフロア。十一階は催事場があって、ナントカ物産展とか全国ナントカ大会とかをやってるイメージなんだけど、婦人服が売っているものだろうか。

「婦人服フロアって、もっと下の階にあるものじゃないの？」

一階が化粧品やバッグ類、二階・三階がレディースフロア、上に近づくごとに年齢層も上がって値段も上がるというのが私の百貨店に対するイメージだ。

「カジュアルウェアはそうですけど、今日はパーティー用のドレスじゃないですか」

なるほど、フォーマルドレスだから高層階にあってもおかしくないのか。

ニッコリと笑って余裕な如月くんに先導されて降り立った十一階には、大きな催事場があった。今は大きな催（もよお）し物もなく、閑散（かんさん）としている中、如月くんの後を追う。その先にあったのは、「ゲストラウンジ」と書かれた別区画への入り口だった。

——もしかしてここは、お得意様専用のＶＩＰルームとかいうところじゃないの⁉

「き、如月くん？　ここで、合ってるの？」

もう、不安どころの話ではない。噂には聞いたことがあるけど、株主だとか上位ステータスのクレジットカードを持っているとか、選ばれた人間しか立ち入ることのできない聖域なんじゃないのか。貧乏人の私が怯（ひる）まないはずがない。

「仕事用のスーツとかを作る関係で、いつの間にか使えるようになっただけです。ここなら周囲を気にせずに買い物できますよ」

ガチャリと開いた扉の先では、上品なスーツ姿のダンディなおじさまが私たちを……いや、如月くんの到着を待っていた。

「いらっしゃいませ、お待ちしておりました。お久しぶりですね。お父様はお変わりありませんか？」

「ご無沙汰してます。父も相変わらずですよ。今日はよろしく頼みます」

如月くんが挨拶すると、おじさまは嬉しそうに目を細めて、それから私に対しても軽く会釈した。多分、うちの部長と同じくらいの年齢だと思う。自分より目上の人間にこういう扱いを受けた経験のない私は、やっぱり萎縮してしまう。

……如月くんはなんともない様子でおじさまと雑談しているけど、お父様の知り合いのようだから、付き合いも古いのかな。それとも、第一線の営業マンというのは、そういうものなのかしら？

ラウンジの中には先日の朋興建設のロビーで見たものよりも立派な応接ソファが等間隔に設置されていた。おじさまはなぜかそこを通り抜けて、さらに奥にある個室へと繋がるガラス戸の中に私たちを案内する。

「フィッティングがあるから、個室のほうがいいですよね？」

なんて如月くんが聞いてくるけど、もう、どうでもよくなってきたかもしれない……

個室には外にあったのと同じようなソファセットがあって、如月くんはそこに腰を下ろすと私にも隣に座るよう促した。

正直、もうなにも考えられなくて素直に座ると、ほぼ同時にドアが開いてティーセットを持った女性が現れる。目の前に並べられた陶器のカップから上品な紅茶の香りが溢れる。添えられたお茶菓子も、うちの会社が商談時に出すものより何倍も高そうだ。

ああ、至れり尽くせり過ぎて、ダメ人間になってしまいそう……！

「それじゃ、この前電話でお話しした通りでお願いします」

一息吐いた頃、如月くんがおじさまに向かって話しかけた。

「それでは始めましょうか」

おじさまがガラス戸の向こうに合図をすると、女性が二人室内へ入ってくる。なにもかもタイミングが完璧で、まるでお芝居のようだ。

彼女らはしずしずと入室を済ませると、私の真横に立った。

彼女たちの手に握られているのは……メジャー？

「え？　な、なに⁉」

メジャーを持っているということは、採寸されるってことだと予想ができる。でも、どうして身体のサイズを測られなきゃいけないの？

「真純さんはここで洋服を買うのは初めてなんだから、きちんとフィッティングをしないとサイズがわからないじゃないですか」

ティーカップを持った如月くんがにこやかに微笑む。

言われてみれば、普通の洋服とは違うから、MサイズとかLサイズとかで済ませられないのだろうけれど……

「ここで測るの⁉」

「俺は構いませんよ。ああ、でも須藤さんには席を外してもらいましょうか」

「かしこまりました」

どうやらおじさまは須藤さんというお名前らしい。……ってそういうことはどうでもよくて！

「如月くんがいたら、私が構うの！」

いくらなんでも、彼の目の前で服を脱いで測るということはないと思う。

でも、如月くんが近くにいたら、サイズがバレバレじゃないの！

それはイヤ、スリーサイズを知られるなんて、絶対イヤ。

「冗談ですよ。そのためにフィッティングルームがあるんですから、俺はここで待ってますので気にせずにどうぞ」

本気で焦る私に、如月くんはクスクスと笑う……遊ばれてるわ、完全に。

個室の中には、きちんと仕切られたフィッティングルームがあって、採寸はそこでやってもらうことになった。

でも、このフィッティングルームというのがまた普通の試着室と違う。大人が三人入っても余裕の広さで、パイプハンガーと、ご親切に椅子とメイク台まで設置されている。

「せっかく別室に移りましたので、やはり服を脱いでから測りましょう。ドレスは身体にフィットするものを選んだほうが美しいですから」

メジャー片手に笑顔で迫られ、仕方なく、下着姿になった。

女同士だから恥ずかしくはないけれど、私、胸ないのよね……

「あら、お客様。ブラのサイズが合っていませんね。それに今はノンワイヤーのものをお召しですが、ドレス用の下着はワイヤー入りになります。金属アレルギーなどございますか？」

「いや、ありません……」

ノンワイヤーは、単に楽で値段も手頃という理由で選んだに過ぎません。

「では、ドレスの件もありますので身体に合ったものをお持ちします」

ささっと胸元と腰回りにメジャーを当てた一人がなにかを伝えると、もう一人はそそくさと出て行った。しばらくすると、彼女はいくつかの下着と洋服を手にして戻ってくる。

——こうなったら隠すものなどなにもない。

開き直って思う存分好きにしてもらおう。私は、まな板の上の鯉になる！

かくして下着から総取っ替えされた後、二人に身体の隅々まで採寸されてから、ようやくお着替えタイムが始まった。驚いたことに、きちんとサイズを測った結果、私の胸のサイズはAからBカップへアップした。

あとはドレスをちゃちゃっと決めて……と思っていたけど、そこからがまた、長かった。

「お客様は長身でいらっしゃるので、ドレスの丈は長めでもよろしいかと存じます」

フィッティングルームを出て、すぐ傍にある大きな姿見の前に誘導された。

「うん、スタイルは申し分ない。でも、もう少し短いものもあるかな? あと、色も変えてほしい。青とか紺とかも用意してくれますか」

「かしこまりました」

指令を受けた一人がささっと退室していく。指示をしているのは私ではなく、なぜか、如月くんだ。

いちいち着替えるごとに、彼女たちは如月くんの前へと私を立たせた。その都度彼はあれやこれやと注文をつけて、その服が届けられるとまたフィッティングルームへ逆戻り、の繰り返し。気がつけば、パイプハンガーには赤、黄色、緑、ピンクと色とりどりのドレスが並び、今着ている青色のと合わせれば全部で五着。……私は、地球を守る戦隊ヒーローにでもなるのか⁉

私の意見がまるで無視なのは、この際よしとしよう。なぜなら私は自分のバストサイズさえ把握できていなかった無頓着女だ。でも、いちいち如月くんの前に晒されるのは嫌だ。その恥ずかしさにはまったく慣れない。

新しい服に着替えて彼の前に立ったび、如月くんは「綺麗です」だの「似合ってます」だの、うっとりしたような顔でお世辞を言ってくれる。ただ、逆に心苦しい。だって、ピンクなんか全然似合ってなかったもの……。

「どれもよかったですけど、真純さんは気に入ったものがありますか？」

「……これでいい」

今着ているのは、マリンブルーのノースリーブワンピース。

「そうですか？　ピンクも可愛かったですよ。足ももう少し出してもいいんですけどね」

――どこぞのファッションコーディネーターか⁉

それにしてはピンクを薦めてくるとか、三流もいいところだ。

「これがいい。色が好きだから」

深みのある青や藍色が一番しっくりくる。剣道の、袴と同じ色だから。

結局自分の根底にはそれしかないのかとガッカリもするが、如月くんはやけに嬉しそうな顔で瞳を輝かせていた。

「ですよね。真純さんにはその色が一番似合うと思います。それに俺も、青が好きです」

青が好き。そういえば彼の車も同じ色だ。

そんなことを考えていたら、如月くんはおじさまに聞き捨てならないことを言った。

「それじゃ、今着ているもの一式いただきます。このまま着て行くのでなにか羽織るものも。それから試着したもので……ピンクも一式揃えて、お願いします」

「ちょ、ちょっと待ってよ⁉」

今着ているものって、アクセサリーや靴も？　小物も準備されたので身には着けたけど、私にだって予算というものがあるんだ。

さっきこっそりタグを確認したが、このドレスの値段だと明らかに私が設定していた予算をオーバーしている。

「大丈夫ですよ。とてもよくお似合いです」

清水の舞台から飛び下りる思いでこの服は購入するが、ドレス以外の出費は控えなければ、明日からの食生活にも影響が出る。

にこにこ顔のおじさまが迫ってくるが、ちっとも大丈夫なわけがない。

そりゃあ、あなたは商品が売れてほくほくでしょうけれど、私はカツカツなんですから！

「そうそう、今日は細かいことは気にしないで。ほら、結構時間がかかったから次に行きますよ？」

「次？　次ってなによ⁉　ちょっと如月くん⁉」

あれよあれよという間に上着を着せられ、出入り口に向かわされる。支払いとか最初に着ていた服はどこへ行ったとか気になることはたくさんあるのに取り付く島もない。

如月くんは、おじさまに軽く挨拶(あいさつ)をしてさっさと出て行こうとしている。もう、このまま追いかけるしかないじゃない⁉

「ねぇ、荷物と支払いはどうするの⁉　どこでお会計するのか教えてよ！」

「だから、心配いりませんって。荷物はちゃんと受け取りましたから」

出口で受け取った老舗(しにせ)百貨店のロゴ入りの紙袋をひょいと持ち上げた如月くんは、来た道をまっすぐ戻って、またさっきのエレベーターへと乗り込んだ。

「ほら、今からならちょうどいい時間になりそうです。早く乗ってください」

またも背中に手を添えられて、車の助手席へと誘導される。

履き慣れないヒールの高いパンプスは不安定で、軽く背中を押されただけなのに身体は自然と前に進んでしまう。なんだか釈然(しゃくぜん)としないが、ここから外に出る道もわからないので、大人しく乗り込む。

車の乗り口に頭をぶつけないように前に屈(かが)んだら、横に立っていた如月くんも身体を倒し、私の右耳のすぐ傍にそっと顔を寄せた。

「……とても、似合っています。綺麗ですよ」

少し掠(かす)れた、低い声でささやかれる。その瞬間、私の心臓が大きく跳ねて、発火する勢いで顔が熱くなったのは言うまでもない。

――いきなりそんなこと言うなんて、反則でしょう⁉

本当に今日の如月くんには、調子を狂わされる。

彼が素敵に見えるだなんて思ってしまったのは、秘密にしておこう。


地下駐車場から出ると、周囲はすっかり薄暗くなっていた。まあ、あれだけ何着も脱ぎ着していたのだから、時間がたってしまっていても不思議ではない。

「ねえ、どこに行くの？」

次はどこに連れて行かれるのかという不安はある。でも、運転する如月くんに迷いがないだけ、不思議と落ち着いている自分もいる。驚きの連続に慣れてきた私は、次はどんなドッキリが待っているのかと期待してしまっているのかもしれない。

「ちょうど食事時になるし、疲れてお腹も空いたんじゃないですか？」

「言われてみれば……」

午後から出かけるからと早めに昼食を食べたためか、いつの間にか空腹を感じていた。

特に運動らしいことはしていなくても、試着だって案外エネルギーを消費するものだ。

「俺も、昼食は軽めだったんで実は腹ぺこなんです。付き合ってもらえれば助かります」

腹ぺことは子供っぽい言い方である。落ち着いて見えていても、やっぱり中身は二十代前半の若者のようだ。

今日は随分雰囲気が違って戸惑っていたけれど、こういうところは私の知っている如月くんらしくて、少しだけ肩の力も抜けた。

「いいわよ。買い物に付き合ってもらったんだし、それくらいするわ」

「実は最初からそのつもりで、知り合いの店を予約しているんですよね」

如月くんに迷いがないのは、今日のコースをすべて決め打ちしていたからだった。……抜け目がないというか、なんというか。

車まで出してもらったことだし、ここは先輩としてご馳走するのが筋だろう。ただ、先ほどの例もあるのでそれなりのお店かもしれない。……出費がかさむが、致し方ない。

車は繁華街を離れて、デートスポットとしても有名な湾岸エリアを走っている。この辺りは対岸の夜景が望めるレストランが多いとかで、特に若いカップルには人気があると、いつぞやのワイドショーの特集で取り上げられていた。

そういうデートスポットに対する憧れは人並みにある。夜景の見えるホテルの最上階の高級レストランに連れていかれて交際を申し込まれるというドラマチックな展開を夢見たりもするが、今この状況に浮き足立ったりはしない。

だって、彼は二十代前半の若い男で、私は今日で三十歳になるお局様なのだ。たまたま仕事上の付き合いができたためにこうして二人で過ごすことになったが、決して、デートではないとわきまえている。

——そういえば、今日は、誕生日だった……

自分の誕生日すら、すっかり忘れかけていた。

でも、今日はある意味で特別な日になったのかもしれない。

普段と違う体験をさせてもらって、こうやって若い男と海沿いをドライブする。それだけでも、十分贅沢(ぜいたく)な一日を過ごさせてもらった。

「……なんだか、楽しそうですね」

前を向いて運転しているはずの如月くんが、ふと口の端を上げる。

「そう、かしら？」

顔や口には出していないいつもりなのに。あと、彼の目は横にもあるのか？

ただ、確かに私は楽しくなっていた。

「いつもよりずっと、表情が柔(やわ)らかくていいと思います。俺も、いつもと違う真純さんが見れて嬉しいです」

ごく自然に普段の私との違いや心境を言い当ててくる。……正統派王子、恐るべし。

「せっかくお洒落(しゃれ)したんだから、テーブルマナーの練習もしておきましょう」

目の前に見えてきたのは、結婚式場としても知られる有名な高級ホテル。まさか本当に、高層階の夜景を眺めるつもり――と思ったら、普通に通り過ぎた。

車が停まったのは、海を望む高台にある閑静な住宅街の一角の、隠れ家風レストランだった。

「つい最近知り合いが独立開業した店なんですよ。フレンチではあるんですけど、こぢんまりとした店なんで周囲を気にせずに食事ができるんです」

ここでも、年上のオーナーシェフに快い出迎えを受けた。いったいどういう生活をしたらそんな知り合いができるものなのかと不思議だ。営業の接待はこういったところで行われるのが主流、なのだろうか。

「ここって、その……お高いんじゃないの？」

さっきのドレスを買った上に、こんな素敵なところで食事して……手持ちで足りるだろうか。

不安がよぎり、ドキドキしてくる。

「仕入れ値を抑えているらしく、案外リーズナブルなんですよ。でもシェフの腕は確かです。さっきのホテルだったら、倍の金額は取られるかもしれませんね」

一日数組限定の会員制だという店は、ロールカーテンで仕切られたテーブルが数席と、大きな鉄板のあるカウンターだけのところだった。店の壁の半分はガラス張りで、窓の外には夜の海と対岸の夜景がほのかに揺れる、絶好のロケーションが広がっている。そして今、店内には、私たち以外の客の姿はない。

　料理は本格的なフレンチのコース料理。トリュフやフォアグラといったテレビでしかお目にかからない高級食材が出てきて、フォークとナイフを持つ手が震えた。そんな私を見ているのは如月くんだけで、些細な不作法があっても彼はそれをいちいち指摘したりもしない。それどころか、口当たりのよさそうなワインを選んでくれたり、食べるのが難しそうな凝った料理が出てきたときは食べ方をシェフに質問したりしてくれて、私は楽しく食事ができた。

　間接照明とテーブルの上のキャンドルが作り出す幻想的な空間と、紳士的で気が利く後輩。普通の場所では悪目立ちしそうな私のドレス姿も、ここだと馴染んでいる。シックな内装の店内は居心地がよくて、時間を追うごとに緊張の糸はほぐれていった。

　なにより店内で目を惹いたのは、店の奥に鎮座する大きなグランドピアノ。今は演奏されていないけれど、ピアノの音色はこの空間をさらに華やかにするだろう。

「ピアノに興味があるんですか？」

　無意識に見つめていたらしく、如月くんに問いかけられてハッとした。

「昔、少しだけ習っていたのよ」

　私だって、剣道以外の習い事をする機会はあった。実はその頃は剣道よりもピアノのほうが好きで、そちらを熱心に練習していたのだ。けれど、父が他界して経済的に苦しくなってからは、どちらか一本に絞らざるを得なかった。子供心に大いに迷ったが、少しでも父の名残のある剣道を選んで、泣く泣くピアノを諦めたという切ない思い出がある。

「よかったら、弾いてみます？」

「無理よ。猫踏んじゃった、くらいしか弾けないわ」

なにせ、バイエルの色が赤とか黄色とかいう時期に辞めてしまったから、とてもじゃないが人前で披露できるような腕前じゃない。

「だったら、もう一回習ってみるとかどうですか？」

「今さら？　独身女が子供に交じってピアノ教室に通うなんて、笑い者もいいところよ」

世の中にはそういうバイタリティ溢れる人種もいるだろうけれど、私には無理だ。なにより、そういうおしとやかな習い事が自分に似合わないことくらい、自分が一番わかっている。子供の頃にピアノを習っていたときも、父からはよく「真純には竹刀のほうが似合う」と言われていたものだ。

「そうですか？　なにかを始めるのに、遅いなんてないと思いますけどね」

そう言って、如月くんはおもむろに席を立つと、グランドピアノの前に座った。

彼の指が、鍵盤を滑る。

流れてきた曲は――『Happy Birthday to You』

ジャズテイストにアレンジされたメロディに、しばし唖然とした。

如月くんがピアノを弾けるのに驚いたのもあるけれど、私の誕生日を知っていたことにさらに驚く。

短い曲の終わりとともに、テーブルには誕生日ケーキと花束が届けられた。

花束を受け取った如月くんが、それを私に差し出す。

「改めまして、お誕生日おめでとうございます。今日を真純さんと過ごせて光栄です」

可愛らしいピンクのバラが、多分、三十本……本数が多いことが恨めしい。

「……知ってたの？」

「もちろん。今日のはすべて、俺から真純さんへの誕生日祝いです」

席に座り直した如月くんの顔が、キャンドルに照らされてほんのりと赤らんで見える。

誕生日に洋服をプレゼントして、フレンチのディナーにピアノ、ケーキに花束だなんて――キザだ。

「……君って正真正銘の天然王子だったのね！」

私の一言に、如月くんはおろか、傍らで見守っていたシェフさえもガクッと肩を落としたのはなぜだろう。

「先輩の誕生日を調べておくなんて、やっぱり営業のエースはやることが違うわ！　でも、これって個人情報でしょう？　人事部が教えたのなら問題だわ」

いくら同じ会社の同僚であっても、人の生年月日はそう簡単に教えていいものではない。場合によっては悪事に利用することだってできるのだから、念のため休み明けには忠告しておこうかな。

「そうきますか……」

ガックリとうなだれた如月くんは、テーブルに突っ伏してしまっている。

「生年月日は、人事部に聞いたわけじゃありませんから……」

「あら、じゃあうちの課の人間かしら？　それはそれで注意しておかなくちゃね」

「……教えてくれた人間の名前は伏せさせてください」

十中八九、後輩の女子社員の誰かだろう。でも、普段おじさんばかりを相手にしている彼女たちが如月くんに王子様スマイルで尋ねられたら、ひとたまりもなかったのではないかと想像がつく。彼が私の個人情報を悪事に利用することはないだろうし、見逃そう。

「結構な反則技を使ったんですけど、まさかそんな感想だとは思いませんでした」

「反則技って？　確かに驚かされたわよ。如月くんのエスコートスキルの高さに。誕生日に貴重な経験をさせてもらったわ」

申し訳ないけれど、如月くんくらいの若い男は、カラオケやゲームセンターといった騒がしい場所で遊んでいるものとばかり思っていた。

「もしかして、俺がいつもこんなデートをしてると思ってます？」

「違うの？」

「も、いいです……なんかドッと疲れました。もう、俺も呑みますよ？」

「君が呑んだら運転はどうするの？　私は無理よ」

「車を置かせてもらって、明日取りにきます！」

如月くんは、すぐ隣で苦笑いを浮かべていたシェフにワインの銘柄を伝える。そして運ばれてくると、勢いよく呑み始めてしまった。

どうして急にヤケになったような態度を取ったのかは不明だが、ちょっとだけ可愛いだなんて思ってしまう。

「それじゃ、私も遠慮なくいただこうかしら」

豪快にグラスを呷る如月くんの姿に、私も自分のグラスを持ち上げた。

「乾杯」

お互いのグラスを軽くぶつけて、ついつい私もスイッチが入ってしまった。

それから、どれくらい呑んだだろう。テーブルの上には空になったボトルが何本か転がっているが、いちいち数えるのも億劫なくらい頭がふわふわする。

如月くんは営業のエースなだけあって話術にも長けていて、入社当初にやってしまった営業先での失敗談や先輩たちの武勇伝などを面白おかしく饒舌に語っている。それらはとても興味深くて、相槌を打ちながらグラスに口をつけた。やがて私のグラスが空になると、すぐに彼はお代わりを用意してくれる。

お酒の力もあって、彼と過ごす時間が不思議と心地よいものになっていく。なにより、私を相手にしてもまったく萎縮することのない態度がいい。

子供の頃から、どこか抜けている母親に代わって、小さい弟や妹たちの面倒を見てきた。それに近所の同年代たちからも頼りにされることが多かった。就職した今も、設計部のお局様として君臨している。そんなだから、私に声をかけるときには誰しもがちょっと緊張した様子なのだ。それを不快に思うことはなくても、なんとなく皆との間に壁があるようで、実は気にしていた。

だから、如月くんと些細なことでポンポンやり取りができるのは存外楽しい。彼の声すらも心地よくて、どんどん気分がよくなっていく。

「真純さん、少し顔が赤いですけど大丈夫ですか？」

ゆらゆらと揺れる視界の先で、如月くんが怪訝そうな顔をしている。

「ん、大丈夫……」

心配されているのが嬉しくて、つい口元が綻ぶ。私を見ている如月くんが驚いた顔をしていたけれど、意味を考えるのは面倒臭い。

「もしかしなくても酔ってますよね？」

「私、酔っ払ってなんかないってば」

「酔っ払いは、みんなそう言うんですよ。確かにちょっとボトルを空けすぎたかな……今さらですがお酒は強いんですよね？」

これだけボトルを空にしておいて、本当に今さらな質問だ。

身体はまるで雲の上にいるように軽いけれど、彼の言っていることはちゃんとわかる。

「私、男の人と二人っきりで呑むのなんて初めて……」

自分の声がやけにくぐもって聞こえるし舌足らずな感じがするのは、きっとお酒による酩酊感のせいだろう。

こうやって男性と二人で出かけるのは初めてのことで、それでなくともいろいろと慣れない場所に行って緊張した。そのせいか、それがほぐれた今はすこぶる調子がいい。

「質問と答えが合っていませんけど、まあいいや。男性と呑むのは初めてなんですね？」

「呑むどころか、出かけるのも初めて……。今まで、誰とも付き合ったことないから」

思わず馬鹿正直にカミングアウトしてしまった。

色恋の類いとは無縁だった私は、ガールズトークで恋バナなんて機会にも恵まれていなくて、ようやく秘密を打ち明けられて、身体どころか心までもが軽くなったような気がした。

如月くんの顔がさらに驚いた顔になったのがおかしくて、逆にもっと驚かせてやりたいという気持ちがふつふつと湧いてくる。

「誰とも、付き合ったことがないんですか？」

「そうだよぉ。だから、三十歳にしていまだにキスもしていないヤラみそ女です」

三十歳を超えてもセックス経験のない女性のことを、ヤラずに三十路を迎えてしまった「ヤラみそ女」と呼ぶそうだ。

「私はこんな性格でしょう？　こんな可愛げのない女が、相手にされるわけないわよね……」

――自分に可愛げなんてないと気がついたのは、いつだろう。

手足が伸びて、他の人よりも大柄になったとき？

それとも、父が亡くなって、幼い弟たちや母のためにしっかりすると決めたとき？

子供の頃の私は、実は、可愛くてキラキラしたものが大好きだった。当時の写真に写る私は、どれも女の子らしいピンクでふりふりな格好ばかりしていて、お姫様願望も人一倍強かった。いつか自分にも白馬に乗った王子様が……なんて、淡い幻想に胸を弾ませていたりもした。

だけど、父が死んですべてが一変した。

私が男性に筋骨隆々とした肉体を求めるのにも、そのことが大いに関係している。
あんなにも強靭な身体の持ち主だった父は、病床でみるみるうちに衰弱していった。
食事も満足にとれず、日に日に衰弱していく父を見るのは辛かった。私を軽々と持ち上げていた逞しい腕は骨と皮だけになり、最期にはこれまでの半分ほどの大きさに見えた。そんな父の姿は、今も目に焼き付いている。

だから私は、男性に対して元気だった頃の父の面影を探してしまう。それに加えて平均よりも背が高く育ったため、私を抱え上げてくれるのは線が細い王子様ではなく、逆三角形の体型の持ち主だと気づいた。こうして私のお姫様願望は歪に変化していったのである。

それでも、いつかは自分だけの王子様が現れるのではないかという密かな期待を持ち続けていた。お姫様を見つけた王子様は、幼い頃に父がそうしてくれたように私を軽々と持ち上げて、そっと口づけして——なんて、そんな乙女チックな願望は、今では口に出すのもおこがましい。

なにしろ私は、お姫様とも、男性に好まれるような可愛らしい女性ともかけ離れている。

周囲から求められる自分になることに必死だった私は、お姫様ではなく王子様と呼ばれるようになった。

おまけに、これまでの人生で恋愛を疎かにし過ぎていたと気づいたときには、もう、二十代もなかばに差し掛かっていた。

恋愛も結婚もまだ諦めたくはないけど、本当は心のどこかで気づいていた。仕事に没頭して、役職をもらって、老後の蓄えを増やしているのは、一人で生きていくことを覚悟しているからに他ならない。

「真純さんは、魅力的だと思いますよ？」

「お世辞をどうもありがとう。でも魅力があったら、とっくの昔に恋人ができてるんじゃないの？」

「それは、タイミングの問題です」

「タイミングかぁ……じゃあ今になって三枝先輩と再会できたのも、運命なのかなぁ？」

大学を卒業して早八年。今になって憧れだった先輩に出会ったことには、もしかしたら意味があるのかもしれない。

だって先輩は、ようやく出会えた理想の相手。彼ならば、私を軽々と持ち上げることができそうだ。

そう思ったら、沈みかけていた気持ちがふたたび高揚した。

だけど、如月くんの顔が先輩の名前を聞いた途端に曇ったような気がして、またすぐに落ち込んでしまう。

「そうだよねぇ、先輩だって、三十路の処女は面倒臭いよねぇ……」

あれだけ素敵な人なのだから、これまでだって多くの女性と付き合ってきたに違いない。そんな人が今さら、私みたいな不良物件を相手にしてくれるわけ、なかった。

「そういうのを面倒臭がる男とは付き合わなくて正解です」

「そんなこと言ったって、如月くんだって面倒臭いに決まってる！」

モテる男に、私の苦労がわかってたまるか！

ムキになって口を尖らせた私に目を丸くした如月くんだけど、すぐにふっと笑顔になる。

「俺は相手が真純さんなら、処女だろうがそうじゃなかろうが気になりませんけどね」

その笑顔はあまりにも綺麗で――男の人なのに、色気が漏れているような妖艶なものに感じられ、思わず見惚れてしまった。それと同時に身体の奥がドクンと大きく脈を打った。

それからしばらく他愛ない話題で盛り上がった後、如月くんはおもむろに話を切り上げた。

「――そろそろ出ましょうか」

如月くんがシェフを呼んで話をしているのを、私はただぼんやりと見ていた。

如月くんに促されて席を立つと、ほんの少しだけ足がふらつく。すぐさま彼の手が支えるように腰に回されたけれど、気にもならなかった。

店の外にはタクシーがスタンバイしていて、私と如月くんは後部座席に並んで座った。

「まだ、呑み足りない」

「ダメです。これ以上は本当に呑み過ぎです」

「えー？　帰りたくない」

「……それ、違う意味で勘違いしますよ？」

しかめっ面の如月くんがなにをどう勘違いしているのかわからない。いつもに比べて自分が陽気になっているのも、顔が火照っているのも自覚がある。だけど、意識はしっかりしているし醜態を晒しているつもりもなかった。

本当に楽しくて、帰りたくないのだ。

それはきっと、心の奥底に押し込めていたお姫様願望を、如月くんが思い出させてくれ、叶えてくれたから。

このまま家に帰っても誰かが待っているわけでもなく、また私は一人ぼっち。朝が来れば魔法が解けて、私はドレスもピアノも似合わない、いつものお局様に戻ってしまう。

――もう少しだけ、このままでいたい。

普段は行かないような素敵な場所や食事に囲まれた、夢の世界に。

絵本に出てくる王子様みたいな容姿と紳士的なエスコートをしてくれる如月くんとい

ると、まるで自分がお姫様になった気がしてくる。

私の理想は三枝先輩のような男性で、なにより如月くんだって私にこんな風に思われるのは不本意に違いないけれど。付き合っている相手がいるわけでもなく、誰に気兼ねする必要もないのだから、誕生日の今日くらい、少しだけ夢見ても許されるだろうか。

なのにタクシーは無情にも来た道を引き返していて、私はふてくされた顔で車窓を眺めていた。

前方に見えてきたのは、周囲の建物よりも頭ひとつ飛び出た、例の高級ホテルだ。

「いいなあ……」

部屋の灯りが夜空に浮かぶ星のように光り輝いている。オレンジ色の光が綺麗で手に入れたくて、つい口に出していた。

「私もあそこに、行ってみたい」

あのお城みたいでロマンチックな場所に私も——！

「……行ってみたいんですか？」

なんでも叶えてくれるような王子様の問いかけに、私は無言でこくこくと首を縦に振る。すると背後で、如月くんがすうっと息を吸うのが聞こえた。

「じゃあ、俺がその願いを叶えてあげます。その代わり、俺のお願いも聞いてくれますか？」

車窓にはこちらを見ている如月くんが映っているけれど、その表情までは読み取れない。

――お願いって、なんだろう。

私になにか頼まなくても彼はなんでも持っているし、手に入れることができそうに思う。それに私が聞けるお願いなんて、大したことじゃない。この交換条件に乗っても心配はないように思えた。

「言っておきますけど、俺は酔っているから我慢するなんて良心は持ってませんからね。利用できるものは、なんだって利用しますよ」

さっきよりも低く呟かれた言葉に、背筋にぞくぞくとした痺れが走る。それは決して嫌な感じではなくて、むしろ妙な安心感を覚えた。

行き先変更を告げられたタクシーは右に大きく曲がり、豪奢なホテルのエントランスへと滑り込む。

タクシーを降りた途端に飛び込んできたのは、まばゆいばかりの光。赤い絨毯が敷き詰められたロビーはどこまでも広く、吹き抜けの天井に幾重にも連なったシャンデリアが眩しい。

目に映るものすべてがキラキラと輝き、別世界へと迷い込んだ気分。私はなにかを考えることがひどく億劫になっていた。

私が周囲に見惚れている間に、如月くんはフロントで手続きを済ませると、私の背を押してエレベーターへと誘った。

背中に優しく添えられた手は無理に私を押しているわけではない。それでも、その腕は力強く、男性の腕だということを意識させた。酩酊感の漂う身体を包み込まれているように感じ、このまま身を任せてしまいたくなる。

「着きましたよ」

どこをどう歩いたのか、ゆらゆらと揺れる視界の先で重そうな扉が開かれた。

「うわあぁぁぁ！」

四方の壁の一面は大きなガラス窓で、外には見事な夜景が広がっている。

それはまるで色とりどりの宝石箱のようだ。

室内はかなり広いワンルームで、三人掛けのソファの奥にはベッドが置かれている。

「すごーい！　広ーい！　うちの何十倍も立派！」

案内された部屋のあまりの豪華さに、思わず子供のような声を上げてはしゃいだ。

「気に入ってもらえました？」

私の様子に、すぐうしろに立っていた如月くんがクスリと笑う。

「気に入るもなにも、大満足――」

率直（そっちょく）に感想を述べようとしたのだけれど、できなかった。

なぜなら、背後から伸びた腕に、ギュッと抱き締められたから。

「……じゃあ、俺のお願いも聞いてもらいますよ？」

如月くんの吐息が耳にかかる。

背中には、彼の厚い胸板がぴったりと密着していて、文字通り、身体ごと包み込まれていた。

突然のことに、思考は一瞬でフリーズした。理解できるのは、自分が如月くんに抱き締められているということだけ。

なにが起きているの、とか、お願いってなに、とか、次々と浮かんではくるのだけれど、自分の心臓の音がうるさくてちっとも考えがまとまらない。

そうこうしているうちに、私の胸の前で組まれていた如月くんの腕がすっと緩（ゆる）んだ。

背中に感じる彼の熱が離れたと感じたのもつかの間、くるりと身体を回される。

目の前に現れたのは、大きな瞳を潤（うる）ませながらも鋭（するど）い目をした男の人、だった。

いつもの如月くんとは違う、まるで肉食の獣が獲物を狙うときのような目。その瞳になぜだか色気を感じてしまい、私の心臓がまた大きく跳ねた。

「黙っているなら了承したと受け取ります……まあ、今さら止まりませんけど」

後頭部に手を添えられ、如月くんの顔が近づいてくる。反射的に目を閉じると、唇になにか柔らかいものが押しつけられた。

「んっ……!?」

なにか、ではなく、如月くんの唇だ。

初めて感じる他人の唇。柔らかくて、ふわっとしていて、少しだけ濡れていて……ファーストキスはレモン味と聞いていたけど、実際にはそんなことはない。鼻をくすぐるのは、アルコールと、嗅ぎ慣れない彼自身の香り。

反射的に引こうとした腰を、後頭部に回っているのとは別の彼の手が引き寄せた。隙間なく密着して、胸を叩いて抗議することもできない。それどころか、間に挟まれた腕を持ち上げることさえ無理なくらい、如月くんは強く私を抱き締めている。

背の高い如月くんは、上から被さるように唇を私に押しつける。そうなると自然と顎が上を向いてしまう。それに伴って勝手に開いた口の隙間から、熱い塊が入り込んだ。

びくりと怯えて縮こまった私の舌を、厚みのある熱いものが絡め取る。それが彼の舌だと理解するまでにそう時間はかからなかったけれど、そのときにはすでに如月くんが私の口腔の奥深くまで侵食していた。

根元から扱くように強く舌を吸い上げられ、知らず知らずのうちに息が乱れる。口の中では唾液が混ざり合い、お互いの吐息が充満する。

呼吸ができない。元々酔って白んでいた頭の中がさらに真っ白くなって、身体中から力が抜けていく。なのに感覚だけは鋭くなって、口の中を這い回る感触が徐々に気持ちいいとさえ思ってしまう。

――でも、もう、これ以上は……！

窒息寸前になった瞬間にようやく如月くんの唇が離れて、私は大きく息を吐き出しながらズルズルとその場にへたり込んだ。

こ、腰が抜けた……

体内に新鮮な空気が送り込まれても、ガクガクと震える足は止まらない。座り込んだ床に向かって浅く荒い呼吸を繰り返していると、如月くんの腕が私の膝の下に差し込まれた。

ふわっと、身体が宙に浮いた。咄嗟にしがみついたのは、私を持ち上げる如月くんの首。

――こ、これは……お姫様抱っこ⁉

女性とはいえ長身な私を持ち上げるにはそれ相応の力が必要である。けれど如月くんは、私を軽々と抱えると不安定な様子もなくまっすぐに部屋の中を歩き出す。

動きに合わせてマリンブルーのドレスの裾がふわりと流れる。

それは夢にまで見た、憧れのシチュエーション。

お姫様を見つけた王子様は、彼女を軽々と抱き上げて……

如月くんは、幼い頃に見た絵本の中の王子様、そのものだった。

部屋の奥に控える大きなベッドにたどり着いた如月くんは、宝物を扱うように丁寧に私をその上に下ろし、ゆっくりと私の上に覆い被さった。

「あああの、如月くん、なにを……⁉」

キスをされたし、その後の展開はなんとなく察しがついているけれど、如月くんが私に対してそういう気になってるなんて信じられない。如月くんの言っていたお願いって、こうすることなの？

「直接言葉で言ったほうがいいですか？　俺は真純さんが……」

ちょっと待って！　だ……抱きたいなんて直接的なことを言われたら、どう答えればいいかわからないから！

「わ、私、初めてで、全然上手じゃないから、だから、その……」

処女なんて大切に取っておきたいものではないし、意図していなかったとはいえここに誘ったのは私だ。でも、まさかこんなことになるなんて……

近すぎる距離をなんとかしたくて、弱々しく伸ばした手で彼のシャツの肩口を掴んだ。掴んだといっても、力が抜けた手では縋っているようにしか見えない。

私を見下ろしている魅惑の瞳と視線がぶつかる。すると彼の目がフッと柔らかく細められた。

如月くんの顔が、私の右横に沈んでいく……と思ったら、いきなり耳に息を吹きかけられて肌がゾゾと粟立った。

「大丈夫です。初めてなのは知ってますから、できる限り優しくします」

熱っぽい声でささやかれると同時に、耳の裏側をねっとりと舌が這った。

「待って……ひゃっ、あ！」

耳殻を丁寧になぞってから、耳朶をやわやわと舐める。そこから悪寒のようなゾクゾクとした痺れが走って、全身の毛が逆立つような感覚に身体が震えた。如月くんが覆い被さっているせいで、満足に身体を動かすこともできない。なのに、耳の中に舌がねじ込まれると、背中が弓なりにしなった。

「真純さん、耳弱いんですね」

クスリと笑いながら漏らした彼の声にすら感じてしまう。

男性に組み敷かれて、その相手が同僚で後輩の如月くんだということはわかっている。でも、どうして彼とこんなことになっているのかについては、やっぱり考えが追いつかない。

「ふあ……やあ、あ、ん」

舐められているのとは反対側の耳を、大きな手がゆっくりと撫でる。時折手の平で片耳を塞がれるものだから、余計にもう片方の耳が敏感になってしまう。

耳の内側でうねうねと動く舌、ピチャピチャという水音、吐き出される熱い息に、如月くんの匂い……

思考は鈍くなるばかりな一方で、五感は与えられる刺激に即座に反応した。すっかり力の抜けた身体は火が出そうなほど熱いのに、覆い被さる如月くんのぬくもりは嫌ではない。でも、首のうしろの痺れはちょっと気持ち悪い。それを逃がそうと嫌々するみたいに首を振ったら、今度は剥き出しになった首筋に吸いつかれた。

「あっ……！」

汗ばんでいるであろうに、彼は気にすることなく唇を這わせる。新たに生まれたゾクゾクに目をきつく閉じて耐えていると、如月くんの指は私のドレスをあっという間に脱がせていた。

はだけた服の隙間から入り込む冷えた空気が、火照った肌にちょうどよかった。ファスナーを下ろした手がブラのホックに触れて、わずかな締め付けもなくなったことに身体がホッとする。でも、すぐに胸の膨らみに触れられて落ち着かなくなった。

「待って……、私、胸、小さ……んっ、んんっ……」

「手の平に収まってちょうどいい具合です。乳首は綺麗なピンク色で可愛い」

ふにふにと膨らみを弄びながら、親指の腹が先端を撫でた。びりっとした電流みたいなものが流れて、身体が小さく跳ねる。

「形もいいし、感度もいいし……最高に綺麗ですよ」

胸元に顔を埋めた如月くんの髪が、鎖骨の辺りに触れた。

「えっ、嘘……っ、あ、ああっ」

ぱくりと先端を口に含まれた。尖った胸の突起を、温かくて湿った彼の舌があめ玉を舐めるみたいに転がしていく。舌の先でつついたりざらざらした表面で撫でたりされるたびに、自分が甘ったるい砂糖菓子になったようで、全身まるごと蕩けていくみたいだ。

彼の手の中で形を変える膨らみも、恥ずかしいところを舐められて上げている甲高い声も、自分のものではない気がする。目の前にはピンク色のモヤがかかっていて、まるで現実味がない。なのに快感だけはやけにリアルで、快楽の波がずぶずぶと私を溺れさせていく。

――もしかしたら、これは夢なのかもしれない。

唐突にそんなことを思った。

これは酔っ払いの寂しい女が見ている淫夢だ。だって、現実ならばまずこんなことはあり得ない。

彼は女子社員たちの憧れの的で、そしてここは一生縁がないような豪華なホテル――どちらも私には不釣り合いだ。

なにかが違うような気もしたけれど、そう考えた私はすごく気持ちが軽くなった。

「真純さん？」

胸から顔を上げた如月くんと視線が絡まる。

「如月くん……ギュッってして」

甘えた声なんて恥ずかしくて出したこともなかったけど、夢の中なら大丈夫だと思った。

──それに、なんだか無性に彼に甘えたい。

「早く。ギュッて、して？」

ぽかんとしている如月くんに向かって両手を広げたら、彼の大きな瞳がさらに大きくなった。それからすぐに勢いをつけてガバッと抱き締められる。

「あったかくって、きもちいい」

「ギュッてされるの、好きなんですか？」

「うん。好き……如月くんの腕の中、落ち着く……」

自分からも彼の背中に手を回してしっかりと抱きついたら、如月くんに頬を撫でられた。包み込んでくれる温もりに自然と目尻が下がり、口元には笑みがこぼれる。

だって、こんなに優しく触ってもらえて、まるで自分が女の子になったみたいだ。

「続き……しても、いいですか？」

おでことおでこがくっつく距離で私を見下ろす如月くんの声は、なんだか辛そうだ。

上目遣いに彼の目を覗（のぞ）いたら、映り込んだ私の瞳が小さく揺れていた。

如月くんは私をまっすぐに見つめている。

「初めてだから、優しくしてね？」

それは、そういうときがきたら言ってみたいと密（ひそ）かに思っていた台詞（せりふ）だった。柄（がら）でもないなんて思っていたけれど、なぜか今は素直に言えた。

……笑われるかな。呆（あき）れられるかな。

ドキドキと高鳴る胸の鼓動を感じていたら、身体を抱き締める力がちょっとだけ強くなったような気がした。

「……大丈夫です。だから、真純さんの全部を俺に預（あず）けてください」

唇と唇が触れ合う距離で呟（つぶや）いた王子様のキスを、私は笑顔で受け入れた。

すべての衣服を取り払われた私は、シーツの海に浮かんでいた。如月くんもまた一糸（いっし）まとわぬ姿で、熱心に肌を啄（ついば）んでいる。

「んあっ、あ……っ……ん」

彼の唇が柔（やわ）らかく胸の突起（とっき）を挟む。時々強く吸い上げながら、舌先が突起の周囲にぐるりと円を描く。そうされると、どうしようもなく熱い吐息が漏（も）れた。

片方の胸を口で、もう片方を手で愛撫（あいぶ）しながら、彼は空（あ）いた手で太腿（ふともも）の内側をゆっくりと撫でる。

「真純さん、気持ちいいですか？」

「は、ん……き、気持ちい……い」

胸を貪られながら下肢に触れられると腰が疼く。身体の奥底から湧き上がってくる感覚に無意識に身体をくねらせつつ答えると、如月くんは乳首を咥えたまま苦笑いした。

「本当に、素直。だからこんなに感じやすいんですね」

太腿を這っていた手が、足の付け根へと伸びていった。途端に、身体が大きくビクンと跳ねる。

「やあ……っ、あ、ああんっ！」

骨張った指が花弁を掻き分ける。ぴったりと閉じていた襞の内側を擦られ、ぴちゃぴちゃといういやらしい水音が響いた。

「少し、痛みますよ」

いきなり痛むと宣言されて、快楽に蕩けきっていた思考がほんの少しだけ警戒した。

「――痛っ」

如月くんの指が、私の中へと沈んでいく。あんなに細い指なのに、差し込まれたところには刃物で刺されたみたいな痛みが走り、思わず顔をしかめた。

「すごく狭いから。……大丈夫、無理はしないので続けていいですか？」

本当は心が折れかけたのだけれど、ひどく優しい声色に、中断させてしまうのが申し訳なくなる。うめき声が漏れそうになる口を手で押さえながら、夢中で首を縦に振った。

この年にもなれば、たまに性欲を感じることもある。それでも自分でそこに触るのは怖くてできなかった。だが、剣道の大会と生理が重なったときに、仕方なくタンポンを使用したことはある。どう入れたらいいのかがわからず、角度を間違えて痛い思いをした、あのときの痛みにも似ている。

如月くんは入れて後退させて、というのを何度も繰り返す。そうされていると、だんだんと身体の奥から溢れてきた蜜が指に絡んで滑りがよくなってくる。最初のうちは痛みばかりでなにも感じなかったのが、時間をかけると少しずつだが擦られた内部に甘い余韻が残るようになってきた。

慣れてきた頃に指をもう一本増やされて、初めはやはり痛みしかなかったのだけれど、時間を追うごとにそれも薄れていく。ゆっくりと奥まで行った指が引き抜かれると身体が震えて、徐々に余裕がなくなってきた。

「あっ、は……んっ、んん……っ」

いつしか、口を手で覆うことも忘れていた。足の間から聞こえる水音が激しさを増して、如月くんが指を動かすスピードも少しずつ速くなっている気がする。

「真純さん……まだ、痛いですか？」

喋りながらも指の往復は止まらなくて、私は喘ぎながら首を横に振ることしかできない。

「本当は無理にでもイカせてあげたいけど、やっぱり最初からは無理かな。でも、そろそろいいですか？」

心配そうに顔を覗かれても、どこに行くのか、なにがいいのかもよくわからない。時間をかけて丁寧にほぐされた秘所は熱を持ってピクピクと痙攣していて、これがあとどれくらい続くのかわからず怖くもなってくる。

身体の中に溜まった熱も、霞んだ頭の中も、もういい加減になんとかしてほしい。

「も……、いいからぁ。如月くんの、好きに、して……？」

そう言ったら、ものすごい速さで指が抜かれた。

「ひゃあ……っ！」

あまりに勢いよく擦られて、私の中からトロリとしたものが流れ出た。

私の身体から離れた如月くんは、脱ぎ散らかしていた衣服のポケットからなにか――おそらくコンドームを取り出すと、私に背を向けたままゴソゴソと準備を始める。

そんな手順も怠らないなんて、夢の中なのにリアリティがあるなぁ……

――あれ？　でも、これって本当に、夢だっけ？

ズレていた思考が戻りかけたとき、準備を終えた如月くんも私の上に戻ってきた。

私の足の間に入り込むために、彼の手が私の足首を掴む。ふたたび身体に触れられたことで、またゾクリとした刺激が駆け抜ける。

大きく開いた足の間で、如月くんの熱い先端が入り口へと宛がわれる。それから、シーツの上にだらしなく投げ出していた私の手に彼の両手が伸びて、しっかりと指が絡み合った。

――ああ、なんか恋人同士のそれみたいに、愛されているような気がする。

見つめ合った瞳に、繋ぎ止められた手。やっぱりこれは極上の甘い夢なんだ。

しかし私にもたらされたのは、思っていたものとは全然違う現実だった。

「……っ、ん、痛ったあああああっ！」

如月くんに身体を貫かれた瞬間、信じられないくらいの激痛が走った。

「やだあっ！　痛いいいい！」

口から出るのは、まったく色気のない叫び声。両足を引っ張って真ん中から引き裂かれるような痛みに、蕩けた思考が一気に回り始めた。

――ちょっと、なんでこんなに痛いの⁉　なんでこんなにリアルなの⁉

指を差し込まれたのとは比較にならない痛みに、身体が引き攣り悲鳴を上げる。なんとか逃れようと手足をばたつかせるのだけれど、如月くんに両手をさらにシーツの奥へと強く押し込まれた。

「真純さん、頑張って」

「む、無理ぃ！　離せ！　離して……ぇ！」

強く押し込まれたのは手だけではない。グッと腰を押しつけながら狭い膣道を無理矢理進んでくる異物に、ギュッと目を瞑って奥歯を噛みしめる。

でも、そんなことで耐えられるようなものではない。鼻の奥がツンと痛んで、きつく閉じた目の縁から涙がジワリと溢れ出てくる。

「もうヤダぁ……、痛い、抜いてぇ……」

子供のように泣きじゃくりながら懇願しても、如月くんはやめてくれなかった。

ふいに、暗闇と痛みだけに囚われていた私の唇に、柔らかいものがそっと当てられる。

「そんなに噛んだら唇が切れちゃう。少しだけでいいから、口を開けてくれませんか……？」

甘い吐息が唇にかかる。唇と唇をくっつけたままささやかれて、ほんの少しだけ痛みが和らいだ気がした。

戸惑いながらもわずかに開いた唇の隙間から熱い舌が差し込まれて、歯列をなぞる。舌先や周囲をくすぐるようにつつかれて、なにかを促されている気分になった。躊躇しながら自分の舌をゆっくりと差し出すと、応えるかのように彼の舌もグッと深く伸ばされた。

奪うようだった最初のキスとは違う優しいキスに、次第に身体の強張りがほどけていく。キスの気持ちよさで私の意識を奪いながら、如月くんの腰は少しずつ奥へと進んでいった。

「ふっ……、ん……んっ、う、んんっ……」

痛みがなくなったわけじゃない。それでも身体から余計な力が抜けたお陰か、少しは楽になった。

——どれほどの時間をかけたのか、やがて私のお腹と如月くんのお腹がぴったりと重なる。

「真純さん……全部、入りましたよ」

優しい声色に閉じていた目をゆっくりと開けると、眼前に如月くんの顔がぼやけて見えた。彼と繋がった下半身はジンジンと痺れているが、確かに、私の中にある。

「こんな……痛いとか……」

キッと彼を睨みつけた。いつものヘラヘラした如月くんも、優しく微笑む如月くんもそこにはいない。額に汗を浮かべた彼は、困ったように眉を寄せている。

「痛くして、ごめんね……？　でも、俺、真純さんの泣き顔が見たかったんだ……」

——な、泣き顔が見たいとは、どういうことだ⁉

今まで散々優しくしておきながら、最後の最後でこんな仕打ちとか、あんまりだ！

「誤解しないで。意地悪しているわけじゃないんだ」

彼の言葉の真意を推し量る余裕はなかった。固く握り合っていた手が離れて、私の頭をしっかりと包み込む。如月くんは押し込めた楔をゆっくりと引き抜くと、遅い動きで抽送を始めた。

「んっ……あっ、あっ……あ」

膣口を擦る鈍い痛みに声が上がる。でも、私の反応を見ながらの緩い律動に、心にふわりとした感情が広がった。

――私を傷つけないようにしてくれている。

それに気づいたとき、身体の奥が一層熱くなったような気がした。

慣らすようにゆっくりだったはずの動きが徐々に速くなっていく。ふわふわとしていた思考ごと大きく上下に揺さぶられながら、私は両腕を如月くんの首に回す。

「真純さ……っ、ん……」

結局痛みがなくなることはなかったけど、それすらも遠くなっていく。

耳元で聞こえる荒い息づかいや、汗ばんだ肌の感触や、溶け合っていく二人分の熱。

それに、今までに感じたことのないような幸福感――

包み込まれる彼の腕の力強さに自然と口元を綻ばせながら、私は意識を手放した。

翌朝、ものすごく後悔することになるとも知らずに……

第三話　年下の彼はやさしい悪魔

——あたまが、痛い……

一定のリズムを刻むような鈍痛に、重たい瞼をゆっくりと上げる。ぼーっとする視界に映ったのは、見慣れない天井だった。

ここは、どこだっけ……？

慎重に動かそうとした頭の下に、硬いなにかがあることに気づいた。

適度な硬度はあるけど、無機質ではない。ほんのりと温かくて、しっとりしていて……

ゆっくりと顔を隣に向けると、目の前にあったのは長い睫毛をした、綺麗な男の寝顔だった。

「……っ!?」

思わず上げそうになった悲鳴を必死に押し殺す。

気持ちよさそうに眠っているのは、如月くん。つまり、私の頭の下にあるのは彼の腕だ。

──なにが、どうして、こうなった⁉

錆びついていたエンジンがようやく温まり、頭の中が急回転を始める。昨日の出来事が走馬灯のようによぎり……あああ⁉　あれ、夢じゃ、なかった⁉

如月くんと買い物に出かけ、食事に行き、調子に乗ってワインをたらふく呑んだ。すっかり気分のよくなった私は『まだ帰りたくない』なんてダダを捏ねて……悲しいかな、全部覚えてる。

なんてことだ、酔った勢いで、初体験してしまった……！

すべてを思い出した私は、如月くんに腕枕をされた状態のまま愕然とした。

──なんで私、夢だなんて思い込んでしまったの⁉

これまでに酔って醜態を晒したことなどなかった私は、自分のアルコール耐性にある程度自信を持っていた。どんなに呑んでも記憶をなくすこともなかったし、他人に迷惑をかけることもなかった。だから、自分には酒癖なんてものもないと高をくくっていた。

「──なにを朝から百面相してるんですか？」

隣から聞こえる声のほうに顔を向ければ、大きな目をぱっちりと開いた如月くんと目が合った。

「き、きききき如月く、ん……」

「おはようございます。夕べは、よく眠れましたか？」

にっこりと微笑んだ如月くんは、寝起きとは思えないくらいの爽やかさを醸し出していた。いや、逆に、乱れた前髪とか少しだけ掠れた声が、なんとも言えないセクシーさを漂わせている。しかも彼との距離は、とんでもなく至近距離。

「わああっ！　ご、ごめん！　重いでしょう⁉」

彼に腕枕されていたことを思い出した私は、慌てて飛び起き……れなかった。身体を起こした途端、身体の上と下に同時にズッキーンと鈍い痛みを感じたのだ。

力なくうしろに倒れ込んだ私の頭に当たったのは、如月くんの腕枕ではなく、ふかふかした羽毛の枕。私の頭とベッドの間に見事に枕を差し込んだ如月くんは、可笑しそうにクスクスと笑っている。

「そんなに急に起き上がったら痛いでしょう？　水を持ってきますね」

私とは対照的にスムーズに起き上がった彼は、その場でひとつ大きく伸びをする。

現れたのは、は、裸――⁉

見るからに筋肉の塊といったガチマッチョじゃなくて、均整のとれた身体はまるで彫刻のように綺麗に引き締まっている。しかも腹筋、割れてない⁉　見事なシックスパックなんですけど――⁉

ちょっとこれは、反則だ……

驚きで固まってしまった私の前でゆっくりとベッドから抜け出た彼は……安心した、穿(は)いてます。

男性の半裸なんて弟で見慣れているはずなのに、昨夜の余韻(よいん)で妙に意識してしまう。

下半身に感じるヒリヒリするような痛みは、確かに彼を受け入れた証(あかし)で、あれが現実に起きた出来事だったと嫌でも思い知らされる。

本当に私、如月くんとヤってしまったんだ。

三十歳を迎えて新しい自分に生まれ変わるつもりが、大人の階段を三段飛ばしくらいで駆け上がってしまった。しかも、よりによって、会社の後輩と……

「真純さん、持ってきましたよ。起きられますか?」

ベッドサイドに戻ってきた如月くんが、真正面から私の顔を覗(のぞ)き込む。

――ボンッ!

という効果音がピッタリなくらい、自分の顔は瞬(また)く間に赤くなったことだろう。

素面(しらふ)の状態で彼を「男の人」だと意識した途端(とたん)に、昨夜の出来事が一気に脳内を駆(か)け巡る。

顔も身体も美しい彼を改めて目の当(ま)たりにして、私の身体は硬直して動けなかった。

「朝からそういう顔をされると、そそられますね」

彼の手が伸びてきて、私の頬(ほお)にそっと触れる。ペットボトルを掴(つか)んでいた手の平はひんやりとしていたが、寒気とは違うなにかで首のうしろ辺りがゾクッとした。

「まままま待って、お、起きる！　今、起きるから！」

危うい気配に、ようやく脳が覚醒した。でも、起き上がりたくとも、私の目の前には如月くんの顔がある。あわあわと慌てふためいていると、頬に触れていた手がうしろに回り、ゆっくりと抱え起こされた。

「あ、ありが、とう……」

上半身を起こした私の胸元を覆っていたシーツがはらりと落ちる。肌の上を滑る感触に目をやると、なんと、私も裸だった……！

「きゃ、きゃあああああ⁉」

うっ、叫んだら二日酔いの頭に響く！　でも、叫ばずにはいられない。ずれ落ちたシーツを慌てて持ち上げ、手でまさぐって確認したところ、私はパンツすら穿いていない。

「な、な、なんで⁉　私の……下着、は⁉」

如月くんが裸で寝ていたのだから、私だって裸なのは当たり前だろう。だけど、彼はちゃんと下を穿いていたじゃないの⁉

私の様子をキョトンと見ていた如月くんが、やがて納得したように小さく頷いた。

「真純さんのパンツは濡れて使い物にならなかったんで、穿かせませんでした」

──うっきゃあああ！　そんなこと、言うなあああ！

「だってあのまま真純さん、寝ちゃったから。身体はある程度綺麗にしておきましたよ？　なのに濡れたパンツとか穿きたくないでしょう？」

「お、お願いだから……もう、それ以上は……」

パンツとか濡れてるとか、恥ずかしいことをいとも簡単に言わないで！

ああ、穴があったら今すぐ入りたい。でもなにもないから、とりあえず頭からシーツを被るしかない。

本郷真純、面を取られて一本負け──

シーツの中で目を凝らしてみても、やはり私はなにも身に着けてはいなかった。肌はさらさらとしているから、本当に如月くんが清めてくれたのだろう。

……足の下のシーツには、赤いシミが点々と残っている。

「真純さん。とりあえず、水を飲んでください」

頭の上のシーツがめくられ、眼前にペットボトルを突き出される。腕を前に伸ばした如月くん自身は、大きく身体を捻って明後日の方向を向いていた。

「見られたくないのなら今のうちに隠してください。心配しなくとも、今日はもうなにもしませんけど」

「あ……ありがとう……」

重ね重ね申し訳ない。さすが、モテる男は心得たものだと改めて感心させられる。

とりあえず、見えないようにシーツで身体を隠してからペットボトルを受け取った。

冷たいミネラルウォーターをゴクゴク飲むと、少しだけ身体も心も落ち着く。

「身体はなんともないですか？」

「頭……は、ちょっと、痛むけど大丈夫」

如月くんは私に背を向けるようにして、ベッドの端に腰を下ろしている。

恥ずかしさで取り乱してしまったけれど、彼はちゃんと私を労ってくれていた。事後の処理まで完璧にしてもらっていては、やはり先輩面した強気な態度など取れない。

「あの、責任取れとか、そんなことは言わないからね……？」

仕掛けたのは自分。「ヤラみそ」が嫌で焦っていたから、酔いに任せてあんなことを言ってしまったのだ。

一足先に経験を済ませた友人たちを冷めた目で見ながら、そういうものはお嫁に行くまで大事にとっておくものだと思っていたのは、二十代前半までの話。三十代の処女は重みが違う。若いうちは「大事にとっておいた」が通用しても、年齢を重ねるごとに「誰ももらい手がなかった」という別の意味合いも含まれるような気がして、いつかそういうときがきたら相手に引かれるのではないかと心のどこかで怯えていた。

「そうですか？　責任、取りますけど？」

如月くんは大層真面目な顔をしていて、それくらい大したことでもないと言わんばかりに軽く言ってのけた。

「それは、ダメだってば！」

そんなことをされたら私のほうが困ってしまう。

だって如月くんはまだ若くて、将来のある男の人なのだ。これから先にまだまだよい出会いがあろう彼に、いくらなんでもそこまで背負わせるつもりはない。

たまたま一夜をともにした三十路女が処女だった。よくある話……ということにしておけばいい。

「昨日のことは、忘れてくれていいから。私も、会社で会っても何事もなかったようにする。だから如月くんも、余計な心配はしないで今まで通りにして」

「そんな器用なことが、真純さんにできるんですか？」

――み、見透かされてる……。

お互いに割り切って今まで通りの仕事仲間として振る舞うというのは、なかなかの高等技術である。

「なるべく……努力する」

「それに、何事もなかったようにされたら、逆に傷つくんですけどね。俺、かなり優しくしたと思うんですけど？」

さっきの私の対応のどこが不満だったのだろうか。

恋愛ドラマではこういう場合、女の子のほうがその気になってしまい、でも男性側にはその気がなくてこじれる……というのが定番じゃないか。だから私は、こじれさせないようにその気はないときっぱり宣言したのに。

それはさておき、ヤラみそだなんて口走ったばっかりに、彼に気を遣わせてしまって悪かった。モテ男の如月くんは私のことを、さぞ不憫に思ったに違いない。憐れんで、たまには珍味でも食べてみようと思い、その結果、今に至る……とか、自分で言っていて悲しくなってきた。

「まあ、真純さんが混乱するのも無理はないですけどね」

はあ、と深いため息を吐いた如月くんが、ベッドの脇に静かに腰を下ろす。

「降って湧いたチャンスにつけ込んで、順番を違えた自覚はあります。俺としてはこのまま恋人になっても全然問題ないんですけど、真純さんは……」

チラリと振り向いた彼に、全力で首を横に振る。

――だって、そんなの如月くんに悪いよ！

「ですよねー。だから真純さんの気持ちが追いつくまで、ゆっくり考えてください。しっかし、真純さんって本当にこういうことに慣れてないんですね」

にこりと笑う如月くんはなんだか嬉しそうで、逆に私は面白くない。

「そんなの、君が一番知ってるじゃないの……」

なにしろ、私の初体験の相手になったのだから。

ふてくされながら呟くと、如月くんは納得したように「ですね」と呟く。その横顔は、やっぱりどこか嬉しそうだ。

「……馬鹿に、しないの？」

「俺が真純さんを？　どうして？」

社内ではお局様的な立ち位置で、怖いものなしといった態度をとっている。なのに恋愛に関しては、自分でも驚くくらいのヘタレなんだから、いい年こいてと笑われても仕方ないだろう。

だけど、如月くんはそんなことをしなかった。

「馬鹿にするどころか、むしろ嬉しくて。真純さんのそういうところも、俺は好きですよ」

「す……っ⁉」

ふわりと優しい笑みを浮かべた彼がそこにいた。

その笑顔に、胸がときめかなかったわけではない。だけど、勘違いしたりもしない。

だって、彼は年下で、後輩で、私のタイプともかけ離れた存在。

彼が私のことをどうこう思っているとは到底思えない。好意を抱かれるほどの接点もない。会社にいるときとのギャップが大きくて、面白がっているだけだろう。恋愛感情の「好き」とは違う。

「とりあえず今は、シャワーでも浴びてきたらどうですか？」

夕べは化粧を落とすことすらしないで眠り込んでしまった。いくら如月くんが綺麗にしてくれたとはいえ、髪は乱れてぐちゃぐちゃで、このままの格好でチェックアウトするのはちょっと無理だ。

「それも、そうね……」

身体にシーツを巻き付けて、ゆっくりと両足をベッドから下ろした。あちこち痛むけれど、動けないほどでもなさそうだ。つくづく身体を鍛えておいてよかったと思う。

ベッドの下にはラグが敷かれていた。そういえば、いつどこで靴を脱いだのか覚えていない。辺りを見渡すと、脱ぎ捨てられたまま放置されているブルーのドレスに目が留まった。

「ちょっと、ぐちゃぐちゃになってるじゃない！　パーティーに着ていくのにどうするのよ⁉」

百貨店で買った高級な洋服が台無しだ！　……って、支払い、どうなっていたっけ？

「それは仮のもので、本番用は当日に届くんですよ」

「か、仮ぃ⁉」

そんなことは聞いていない。私はてっきり、これを着て出かけるものとばかり思っていた。

それから、明るい中であらためて見ると、この部屋のなんと広々としたことか。

「ねえ……ここの支払いは？　それに、いったいいくらなの⁉　相当高いでしょ」

このホテルに泊まるのはもちろん初めてで、他の客室がどうなっているのかなんて知らない。でも、窓の外の景色は明らかに高層階のもので、部屋の作りや内装も、私が出張で利用しているビジネスホテルなんかとは明らかに格が違う。

――もしかして、ここって、スイートルームとかいうやつなんじゃ？

緊張してゴクリと唾を呑み込んだ私に、如月くんはにこりと笑いかける。

「当日深夜のチェックインだったので割引になったから、お気になさらずに」

……また、だ。如月くんは昨日から、私に金額の明言を避ける。

彼と私は同じ会社。部署が違うとはいえ、勤続年数からして給与は私より低いのではないか。なのに彼は、かかった費用のことなどはまるで意に介していないようだ。

ドレスに、レストランディナーに、ホテルの宿泊。――ああ、頭の中で、福沢先生が舞っている！

そのすべてを彼が一人で請け負えるとは到底思えない。

「そんなことよりも、シャワーはどうするんですか？　痛くて歩けないようなら抱きかかえますよ。それとも、一緒に入ります？」

「え、遠慮しとく！」

クスクスと笑う如月くんの横を通り抜けて、私は腰を屈めた老婆のような状態でバスルームへと逃げ込んだ。

しばらくして備え付けのバスローブを着て浴室を出ると、そこには着替えとして洋服が用意されていた。

「昨日のドレスは着れないし、その前に着ていた服は俺の車の中だから仕方ありませんよね？　さっすが一流ホテルのサービスは違いますね」

確かに昨日の服は着れそうもない。用意された服は派手なパーティー用とは違ったごくシンプルなもので、ご丁寧なことに新品の下着までもが一緒に添えられている。

語尾に音符でもついていそうなほど明るく言った如月くんだったけど、最早目眩すら起こらない。

もちろん私も、彼に甘えて全額支払ってもらおうだなんて思ってはいなかった。でも、ここまでくると手持ちのお金だけでは足りそうもないし、第一いくら渡せばいいのかだって見当もつかない。

貧乏人の私が身震いするようなことをしておきながら、平然としている彼のことが、ますますわからなくなっていく。

「如月くん……君、一体何者？」

一般企業に勤めるごく普通のサラリーマンとは仮の姿で、本当は、どこかの国のセレブな王子様だったりするのではないだろうか。

「ご心配なく。ちゃんと自分で払いますよ……少しばかり貯金を切り崩してになりますけどね」

わずかに肩を竦めた如月くんは、シャワーを浴びるため部屋から出ていった。

結局、彼の真意も、素性もよくわからない。とりあえず、私とはかけ離れた存在であることだけは、間違いなさそうだ。

＊＊＊

休みが明けた月曜日。通勤途中、何気なく周囲を見回す。リフレッシュした顔で会社や学校に向かう人もいれば、休み気分が抜けずに面倒臭そうにしている人もいる。私は普段であれば前者に所属しているのだが、今日だけは憂鬱さが抜けなかった。

なぜなら、今日はあれ以来初めて如月くんと顔を合わせるからだ。

――土曜日、シャワーを済ませた如月くんとホテルを出たのは、チェックアウト時間ギリギリだった。それからホテルの前に停まっていたタクシーに乗り込み、前日に車を残してきたレストランの駐車場へと逆戻りすること、ほんの数分。まさかこんなに近いとは思わなかった。

できれば早く家に帰って、自分のしでかしたことをひたすら反省したかった。だけど、如月くんはそれは違うと譲らない。

『エッチが終わったらはいサヨナラなんてこと、俺はしませんよ?』

ホテルで会ってホテルで別れ、は彼の倫理に反するらしい。そのまま彼の車で海辺のカフェに連れていかれて、朝食と昼食を兼ねたブランチを食べた。それから周辺をドライブして、夕方より少し早めの時間には自宅まで送ってくれた。

一応は礼儀として部屋でお茶でも、と口にしたが、彼はそれも断った。

『今日は疲れているでしょうから、ゆっくり休んでください。真純さんの部屋に上がるのは、また今度で』

恭しく助手席のドアを開けて私の片手を導きながら、如月くんは耳元でそっとささやいた。

成り行きや気まぐれで一夜をともにしたというのに、彼のケアは最後まで完璧だった。また今度、なんて使い古された常套句だとわかっているのに、なぜかその瞬間、まだ痛む下半身が小さく疼いたような気がした。

部屋に戻って日が暮れるまでぼーっと過ごし、残り物で簡単な夕食を済ませ、たっぷりと時間をかけてお風呂に入った。パジャマに着替えて少し早めにベッドに潜(もぐ)り込む。

それなのに、ちっとも眠れなかった。

身体はだるくて疲労しているというのに、頭はむしろどんどん冴(さ)えてくる。それに目を閉じると、昨夜の如月くんの様子が次々と思い出されてしまうのだ。

彼の熱や、匂いや、優しさまで――

壊れたディスクのように勝手に何度も脳内で再生されて、そのたびに飛び起きては頭を抱えて悶(もだ)える。そんな無限ループを繰り返しているうちに、いつの間にか朝になっていた。

ただひとつだけ気づいたことは、自分の言動に対しては反省することが多々あっても、「彼」に抱かれたことを後悔してはいないということ。この年で迎えた初体験の相手として、彼ほど完璧な相手はいなかっただろう。

それでも、会社の同僚でもある彼と身体の関係を持ってしまったのがマズイという点は変わらない。もしも周囲に知られたら、これまでの自分のパブリックイメージは悪くなると思う。三十歳を機に新しい自分に生まれ変わりたいとは思っていたけど、築き上げた信頼関係までは失いたくない。なにより、自分だけでなく如月くんの評判までもが悪くなるかもしれない。

だから、会社で彼に会っても今まで通りに接するよう努(つと)めなければならない。

とにかく私は、あらゆる点を危惧(きぐ)しながら会社に向かった。

だが、蓋(ふた)を開けてみれば、現実は大したことはなかった。

私と如月くんは、朋興建設の一件では関わりがあっても、所属する部署は違っている。

つまり、一緒に進める作業がない限りは顔を合わせることもない。朋興の案件について如月くんはいろいろと進めているが、はっきり言ってそこに私が手を出す必要はまったくなかった。私の出番は話が実務レベルに進んでからであって、三枝先輩に会うパーティーの日まではお役御免(やくごめん)となっている。

なので、如月くんと二人っきりになるどころか、顔を合わせる機会すらそんなにない。

考えてもみれば、これまでだってそうだった。お互いに顔と名前は知っていても、せいぜい社内ではすれ違う程度の関係。それくらいの付き合いしかないのだから、周囲の目を気にしてあれやこれやと心配する必要などまったくなかったのだ。

　それに気がついたのは、お昼休みの社員食堂だった。いつものごとく後輩女子たちと向かったところ、こちらもいつものごとく煌(きら)びやかな女子に囲まれながら食事をする如月くんの姿を見つけたのである。彼は、食堂に入ってきた私に一瞥(いちべつ)すらくれることなく、女の子たちと楽しそうに談笑していた。

　それが今は、かえってありがたかった。

離れて座った私には、彼らの会話がはっきりと聞こえるわけではない。それでも時折聞こえてくる如月くんの話している内容は、土曜日とはまるで別人のようだった。営業職なだけあって、対峙する相手に合わせて口調や雰囲気だって使い分けているのだろうか。

つまり、私を相手にするときと彼女たちを相手にするときでは違うということで……

取り巻きの女の子たちから歓声のような黄色い声が上がり、その中心で笑う如月くんに、少しだけ胸が痛むような気がした。

――月曜日は、彼のスルー技術にさすがだと感心した一日だった。

火曜日には、私もなるべく気にしないようにと注意しながら過ごした。

水曜日になると、気になるものは仕方ないと思い直し、木曜日になると急に腹が立ち始めた。

そして迎えた金曜日の今日、私は苛立ちを通り越してなぜか悲しくなってきた。

いつもより少しだけ遅い時間に家を出た私は、電車に揺られ会社に向かっていた。

その車内で考えてしまうのは、やっぱり彼のこと。

あれからもう一週間が経とうとしているのに、如月くんからはなんの音沙汰もない。

何事もなかったことにするのは傷つくと言ったのは彼だった。だけど、どう考えたって、なにもなかったことにしているのは如月くんのほうだ。

もしかして彼は最初から、その場限りの関係だと割り切っていたのではないだろうか？

紳士的な振る舞いも過剰なほどの気遣いも、すべて、後腐れを残さないために計算されたものだとしたら？

そんな考えが浮かんで、ふいに悲しくなる。あの夜のことは気にしないでと言ったのは自分なのに、本当にそうされると傷つくなんて勝手だ。そう頭ではわかっているのに気持ちが揺れてしまう。

彼が私とのことを遊びだと思っていたとしても、私にはなんの損もない。手ひどい扱いを受けたとか、無理矢理だったというわけでもないから、ショックを受けたりもしていなかった。

如月くんは、この先さらになくなっていくはずだった処女喪失の機会をくれて、あんなにも大切に抱いてくれた。恨むどころか、むしろ感謝しなければならない。

それなのに、この胸の奥のモヤモヤした感じはなんなのだろう。

多分、如月くんの意外な一面を知ってしまったことで、私は戸惑っている。そして彼が自分を歯牙にもかけないでいることが、本当は、寂しいんだ……

社内で如月くんを見かけると、彼の周りにはいつも私より若くて可愛い女の子たちが群れをなしていた。彼女たちに向けて笑顔を見せる如月くんにはなんの違和感もなくて、逆に自分が隣にいるほうが違和感があるだろう。

せめて私が、もう少し若ければよかったのに、なんて馬鹿げたことまで考えてしまう。

ドアの近くに立ち車窓を眺めながらそんなことを思っていたら、背後に立った人の気配で我に返った。

いつもはラッシュ時を避けて早めの電車に乗るようにしているのだけれど、ここ最近の睡眠不足もあって今朝は一本だけ遅らせた。それでも、満員のすし詰め状態というわけではない。

なんか、いつもよりも密着度が高いな……

そんな風に違和感を覚えていたら、なにかが、私の臀部に触れた。

最初はただの偶然かもしれないと思ったが、手の平でやわやわと撫でられる感触に、はっきり、痴漢だとわかった。

――嘘でしょう⁉

痴漢を捕まえたことはあっても、自分がされたのは初めてだった。この私に手を出すとはいい度胸だ、と思っても、なぜか身体が動かない。

見知らぬ誰かが、自分の身体に触れている。背後にいるのは得体の知れない人物。そう考えるだけで心の底から恐怖心が湧き上がってきた。言葉を発したくても、声が出せない。

それでも、電車の揺れに合わせるように身体を傾け、なんとか抵抗を試みた。なのに臀部に触れている手は磁石のようにぴったりとくっついて離れない。

痴漢をされるのがこんなに恐ろしいことだなんて、知らなかった。なぜ被害に遭った女性たちはいつも黙り込んでしまうのかと疑問だったが、人間は本当に恐怖を感じると声も出なくなるということに、初めて気がついた。

恐怖で身体が小刻みに震える。痴漢は私が固まっているのをいいことに、次第にその動きを大胆にしていく。

——誰か、助けて……！

震える唇を噛み締めて、ギュッと目を瞑ったそのときだった。ドンという軽い衝撃とともに、臀部をまさぐっていた手が外れる。恐る恐る目を開くと、なにかに押された私の身体が、ライトグレーのジャケットの胸元へと引き寄せられた。

「——おっさん。いい年して朝から盛ってんじゃねぇぞ？」

小さいながらも、はっきりとした低い声には覚えがあった。

「き、如月くん……」

痴漢から守るように片手で私を抱き締めた如月くんは、顔を下に向けてにこりと笑う。

「おはようございます。大丈夫ですか？　真純さん」

久しぶりに見た、笑顔。密着していた痴漢の気配も、いつの間にか消えている。

全身を支配していた緊張からホッと解放された。だが、素直に礼を言う気にはなれない。

この私が――よりによって、如月くんに助けられるなんて。

「……どうして、捕まえなかったの？」

「すいません、男を見失いました。それよりも、真純さんの顔色が真っ青だったから一刻も早く助けないとと思って。そこまで頭が回りませんでした」

肩に回されていた手がそっと背中に添えられて、労るように優しく撫でられた。

「急に痴漢なんかされて怖い思いをしたでしょう？」

そこで、自分の身体がいまだに震えていることに気がついた。他人にいいように身体を触られて、私はすっかり怯えきってしまっていたようだ。

私はこれまで何度か痴漢を撃退したことがあるけれど、彼女たちの心情まで推し量ってはいなかった。これだけの恐怖とショックを受ければ、パニックになって助けを呼ぶこともできなかっただろう。

それに、その場で取り押さえたとしても、他の乗客たちの目に晒される。もし痴漢に顔を覚えられて、報復を受けたらどうしよう、などと余計に怯えることにもなるかもしれない。そう考えると、如月くんの対応も間違ってはいないだろう。

如月くんになぜ痴漢を捕まえないのかと聞いたのは、本当はただの照れ隠しだ。

痴漢に遭ったのは怖かったし、もう二度と嫌だけど――王子様に助けられたことは、嬉しかった。

「如月くんは、いつもあの電車なの？」

電車を降りた私たちは会社に向かう道中を二人で並んで歩く。こんな風に肩を並べるのは、一週間ぶりのことだ。

「そうですよ。そういえば、電車で真純さんと会うのは初めてですね」

「私は、いつもはもっと早いのに乗るから……」

「ふーん。じゃあ、どうして今日は遅かったんですか？」

――問いかけられて、踏み出した足を止めてしまいそうになった。

私がいつもの時間に起きられなかったのは、如月くんのことをあれやこれやと考えてしまって眠れなかったからだ。……でも、そんなことを本人に言えるわけがない。

「ちょっと、疲れが溜まっていただけよ」

「ああ、週末ですもんねぇ。てっきり、俺があんまり真純さんに構わないものだから、悶々として寝不足になってるのかと思いました」

「な……っ」

今度こそ足が止まる。立ち止まった私を、如月くんはいたずらっぽい笑みを浮かべて覗き込んだ。

「うわ、真純さん真っ赤になっちゃって、可愛いー！　もしかして、図星でした？」

「そ、そんなわけ、ないじゃない！」

目の前に立ちふさがる彼の身体を押しのけようと両手を伸ばした。だが、彼の胸に手を当ててもその身体はびくともしなくて、反対に手首を掴まれてしまう。

如月くんは、掴んでいた私の両手を思いきり自分に引き寄せると、私の耳元に唇を寄せてささやいた。

「真純さん……今夜、空いてますか？」

――ボンッ！

という効果音が、今の私にはまたピッタリだっただろう。だって、私の顔は自分でも赤くなっているのがわかるくらいに熱くなっているから。

「あ、し、仕事が片付かないと……ああ、もう、先に行くから！」

必死で彼の手を振り払って、私はダッシュで逃げだした。

――ビ、ビックリした……！

朝っぱらの、しかも人混みの中で、あんなことを言われるなんて思ってもみなかった。

如月くんは、私とのことをなかったことにしようとしていたわけでも、忘れていたわけでもなかった。それに、一夜限りで終わらせるつもりでもないらしい。

如月くんの言った通り、この一週間放置され続けたせいで、眠れなくなるほど彼のことばかり考えていた。あまりに的確に指摘されてしまったものだから、咄嗟にシラを切ることもできなかった。あれでは、私の考えなど丸バレだ。

構ってもらえなくて、寂しかっただなんて……

こんな感情、自分でも認めたくない。

——それに、そんな私に追い打ちをかける者もいた。

「本郷さんは、如月くんとどういった関係なんですか?」

駆け込んだ更衣室にて、日頃あまり話したことのない女子社員に声をかけられた。

受付の女の子で、如月くんの同期で、取り巻きの一人だったと思う。恐らく彼女は、出勤途中の私と如月くんのやり取りを見ていたのだろう。

「……今度、新しいプロジェクトに二人で取り組むことになったの。知らなかった?」

受付嬢の彼女が、私や如月くんの業務内容なんて知っているはずもないのに。努めて冷静な態度を装いつつ、我ながら意地悪な返しをしてしまった。

「本当に……?」

「嘘なんて吐いてどうするの。二人で取引先への交渉に出かけたりするんだから、出勤中に会えば話くらいしたっておかしくないでしょう?」

また、口調がきつくなってしまったかもしれない。

いつもの自分のつもりだけど、なんだかおかしい。普段私は後輩に向かってどんな風に話しかけていただろうかと、自分で不安になってくるレベルだ。

「それにしては本郷さん、赤い顔してましたよね？」

――ギクリ。

「それは……如月くんが、私をからかったからよ」

一瞬、目が泳いでしまった。でも、自分で口にしてみたら、通勤時の彼の行動についてなんとなくだが腑に落ちた。

そう、私は彼にからかわれただけ。若い女の子たちに人気の彼が、私のようなお局様に近づいてくる理由なんてそれくらいしかない。

「そう……ですよねぇ！　もー、私ビックリしちゃってぇ。まさか本郷さんみたいな人が、如月くんに手を出したりなんてしませんよね？　嫌だな、私ったら勘違いしちゃってごめんなさい」

言いたいことをはっきりと言えるのはいいことだ。しかも、正々堂々と正面を切って話にくるなんて大したもの……なんて褒めてあげる気力は、私にはなかった。

あからさまに牽制されてしまった。相手につけいる隙を与えない戦法を得意とする私は、うっかり攻め込まれたときの防御が弱い。自分の剣道の癖が、こんなところにまで現れてしまったようだ。

いい年した人が年甲斐もなくみっともない。と、言われたような気がした。弟と同い年の男の子の言動に一喜一憂するだなんてどうかしている。私だって、彼の取り巻きの女の子たちの中に参戦するつもりなんてない。

そんなことばかりを考えていたら、やっぱり私の頭は如月くんのことでいっぱいになっていた。


一度大きく崩れてしまった自分自身を立て直すのは難しい。その日は一日中集中力に欠けてしまい、目にした資料も計算式も、時間までもが目の前を素通りしていく。

「ふう……これで、なんとか」

ようやく目処がついたのを確認して、眼鏡を外し大きく息を吐いた。

灯りの半分が消されたオフィスに響くのは私のため息だけで、いつの間にか周囲からは人の気配がなくなっている。結局、今日中に終わらせたかった仕事の半分もこなせなくて、一人で残業する羽目になってしまった。

窓の外はすっかり夜の帳が下りていて、如月くんもとっくの昔に退社しただろう。

……って、別に期待していたわけじゃないし！

そもそも、朝のうちに断った話だ。あれからなにも連絡を受けていないし、お互いの連絡先だって知らない。約束を違えたわけではないから罪悪感なんて持つ必要ないのに、どうして私は、少しだけ落胆しているのだろう。

「私じゃ、不釣り合いなんだってば……」

「――なにがですか？」

「うわあっ⁉」

誰もいないと思ってうっかり呟いた独り言に返事をされて、慌てて振り返る。

そこに立っていたのは、食えない笑顔をした如月くんだった。

「な、なんで⁉」

彼は私のデスクに近い壁に寄りかかって腕を組み、じっとこちらを見ている。

いったいいつからそこにいたのだろう。ほぼ真うしろに立たれているというのに、不覚にもまったく気配を感じなかった。

「残業お疲れ様です。これ、差し入れです」

「あ、ありがとう……」

私に近づいてきた如月くんの手には缶コーヒーが握られていて、差し出されたそれは少しぬるかった。

「真純さんが残業って珍しいですね。今は朋興の案件以外に大きな仕事は抱えてなかったんじゃないんですか？」

「そうだけど、仕事がないわけじゃないもの」

如月くんの言う通り、朋興建設のプロジェクトに向けてその他の仕事はあらかた整理した。でも、主任として、部下に振り分けた仕事の進捗状況のチェックや書類の決裁はやらなければならない。とはいえ、いつもであればそれをしても残業になってしまうことはなかった。

仕事が手につかないくらい、私の頭の中は如月くんのことでいっぱいになっている。悔しいけれど、それは認めざるを得ない。

「君は、どうしてこんな時間に会社にいるの？」

「俺も残業ですよ。日中は外回りばかりなので、デスクワークは終業後になることが多いんです」

にこっと笑いかけてきたけれど、それが逆に怪しい。だって、もともと自分にも今日残業があるのがわかっていたのなら、どうして朝、私を誘うようなことを言ったりしたのだろう。

「もしかして、私が本当に仕事しているのかを見張ってたんじゃないでしょうね……？」

コーヒーに口をつけながら斜め上をチラリと見上げると、かち合った瞳がいたずらっぽく輝いた。

「そうだって言ったらどうします？」

手にしていたコーヒーを私のデスクに置いた如月くんが一歩うしろへ下がる。なにをするつもりだと身構える暇もなく、背後からギュッと抱き締められた。

「き、如月く……⁉」

突然のことに、口から心臓が飛び出すかというくらいに驚いた。

「真純さんは自分を過信しすぎです。今朝あんな目に遭ったのに、一人で遅くまで残るだなんて危機管理が甘すぎますよ」

耳の奥に直接落ちていくような低い声に、心臓がドキドキとうるさい。

夜のオフィスで、二人きりで、うしろからハグされるだなんて。そんなドラマみたいなシチュエーションが、まさか自分に起こるわけないのに。

「この状況だと、君が一番の危険人物なんだけど？」

きっと、からかわれているだけだと、首に回された彼の腕を軽くタップした。弟とよくやったプロレスごっこなら、これで決着がつく。でも、如月くんの腕は私を離そうとはしない。

「失礼ですね。痴漢なんかと一緒にしないでください」

苦しくない範囲でますます引き寄せられ、如月くんはささやいた。

「今朝の話の続きですけど。この一週間、俺に構われなくて寂しかったですか？」

吐息交じりの声は、酔って見ている夢と信じて溺れた、あの夜を嫌でも思い出させる。

「……そんなわけ、ないじゃない」

ドキドキしているのを悟られたくなくて、努めて冷静に否定する。だけど如月くんは、そんな誤魔化しをあざ笑うように、不埒な手を動かしてブラウスの上から膨らみに触れた。

「ちょ、ちょっと……!?」

「俺の姿を見かけるたびに遠目からずっと見ていたのに？　らしくなく寝坊したり、いつもなら簡単に片付けられる仕事にも時間がかかってしまうくらい、俺のことを考えていたんじゃないですか？」

またひとつ心臓が大きく跳ねたのは、恐らく、図星をつかれたからだけではない。

一応は身体を揺すって抵抗を試みても、私の胸の前で交差した腕はビクともしない。

だけど、不思議と嫌悪感はなかった。今朝の電車の痴漢は、あんなにも気持ち悪かったのに――。彼は片手で膨らみをやわやわと揉みながら、もう片方の手をブラウスのボタンにかける。

「ちょっと、なにするのよ!?」

開いた襟元から入り込んだ空気に、さすがにマズイと我に返った。

「やっぱり、ただ待っているだけなのはもう嫌なんですよね。俺だってずっと我慢してたんだから、ご褒美くらいいいでしょう？」

背後から抱き締められている私に為す術はなく、ボタンをいくつか外される頃にはすっかりブラジャーが露わにされていた。そこから潜り込んだ指が先端の突起を掠めた瞬間、甘い痺れに全身がドクリと脈打った。

「あ……っ」

私の声に気をよくしたのか、少し荒っぽい指が、硬くなっていく先端を何度も弾く。他に誰もいないとはいえ、職場で始まった突然の淫らな行為に、身体が過剰に反応する。一週間前に彼を受け入れた場所から違和感は消えているのだけれど、彼の吐息や胸の上を滑る指の感触に、なぜかキュンと切なく疼いた。

うしろで小さく笑った如月くんの吐息が、耳にかかってくすぐったい。少し肩を竦めると、こめかみの辺りに柔らかいものが触れる。チュッという軽いリップ音に驚いていたら、視界がぐるりと横に動く。座っていた椅子を回され、同じ目線の高さに屈んだ如月くんが現れた。

うしろから抱きすくめられたのも恥ずかしいが、顔を見ると余計に照れくさい。しかも今の私は、下着が丸見えなのだ。

「見ないで……っ」

あまりの恥ずかしさに咄嗟に胸を覆い隠そうとしたが、すぐにその手を掴み取られた。なんの飾りもついていないシンプルな白のブラジャーを晒すことに抵抗はあるが、水着みたいなものだと思えばまだ我慢できる。

——ひとまず、生乳(なまちち)は死守した。

「おふざけが過ぎるわよ。もう、いい加減にして」

しばらくは膠着(こうちゃく)状態が続くだろうと判断した私は、はっきり言って油断していた。強気になって睨(にら)みつけていると、如月くんは私を見つめていた目を余裕そうに細める。

「ふざけてなんかいません。それに、やっぱり真純さんは甘いですよ」

そう呟(つぶや)いた唇が、ゆっくりと胸元に近づいていく。そしてそのまま、カップからわずかに出た膨(ふく)らみに吸いついた。

「や、んっ」

チリッとした刺激に身体が小さく跳ねる。怯(ひる)んだ隙に、如月くんはブラジャーに噛みついて、力任せに口で引き上げた。

「あ、ちょっと……！」

直後、背中でプツリと小さな音がして、締め付けがなくなる。無理矢理引っ張られたせいで、一つしかないブラのホックは簡単に外れてしまったらしい。

ブラのホックはサイズが上がるほど多くなる。くっ、カップサイズの小ささが恨(うら)めしい！

「やだ、見ないでよっ」

経費節減のためにオフィスの電気は必要最低限まで消されているが、私の真上の蛍光灯は煌々と輝いている。なにも隠すもののなくなった胸元に如月くんの視線を痛いくらいに感じて、ぎゅっと目を瞑った。

「心配しなくてもすごく綺麗ですよ。ほら……真純さん、見てて」

見て、と促されて恐る恐る薄目を開けたら、如月くんの唇がゆっくりと突起に近づいていくところだった。わざと口を尖らせた如月くんは、先端に向かってふう、と息を吹きかけた。

「あ……っ」

ゾクリと肌が粟立つ。如月くんの口から舌が伸びて、赤く色づいた突起の先端をチロリと舐めた。

「ふ……、ん、う……」

舌の先端が、触れるか触れないかの絶妙な位置を保ちながら突起の周りをゆっくりと這っていく。寒気のような痺れがじわじわと身体を上って、椅子の背もたれから離れるように背中が反れる。

片方の胸を一周した舌は、もう片方の胸に移って同じように丁寧に愛撫する。如月くんは確実に私に快感を与えているのだけれど、肝心なところには触れようとしない。時々、私の身体がビクリと震えた弾みに、突起のすぐ横に舌が触れるだけ。それだけの刺激にも過剰に反応してしまい、顎を上げて大きく喘いだ。

「真純さん、気持ちよさそう」

「そこで、喋らないで……え」

「舐めたら、もっと気持ちよくなるのかな？　ほら、もうすぐ真純さんのここに、俺の舌が当たりますよ？」

そう言いながら、ようやく舌が突起の先端を掠めた。

「あ、ああっ」

これまでよりも強い快感が駆け抜け、身体がビクビクと震えてしまう。さっきまで意図的に触れようとしなかったのが一転して、敏感なそこを硬く尖らせた舌先でつついたり転がしたりと存分に弄ばれる。

そのたびに私の身体はどうしようもなく熱くなっていって、次第に力が抜けていく。

羞恥心と、背徳感と、少しの期待。私の中で、このままはいけないという気持ちと食べられてしまいたいというふたつの気持ちが葛藤する。なのに思考はどんどん霞んでいって、時折思い出したように声を押し殺しては、快感に流されまいとするだけで精一杯だった。

「強情ですね。大丈夫、他には誰もいませんから」

私の胸元に顔を埋めたまま意地悪く呟いた如月くんは、大きく口を開くと先端をぱくりと口に含んだ。

「は……っ、ああ……」

強く吸われたと思ったら、温かな舌がぬるりと全体を撫でる。軽く歯を立てられながら細かく揺さぶられて下半身がカッと熱くなった。

彼の身体をはねのけるほどの力はもう残っていない。だらりと落ちていく私の腕から彼の手が離れ、もう片方の膨らみに添えられる。

下から掬うように手をやわやわと動かしながら、親指と人差し指で中心を摘まみ、擦り、引っ張る。左右の異なる感覚に、目眩さえしてきた。

「ね、気持ちいいでしょう？　一週間前もこうやって俺に抱かれたこと、ちゃんと覚えてます？」

「あ……、んんっ、や、あっ」

返事をする余裕もない。力なく首を横に振ったけれど、本当は、鮮明に覚えていた。

――これ以上されたら、おかしくなる……。

「あー、もう。真純さん、可愛すぎ」

空いていたもうひとつの手がタイトスカートの裾から内側へと入り込む。

「さすがにもう、痛くないですよね？」

骨張った指がストッキングの中心線を引っ掻くようになぞり、思わず腰が浮きかけた。

布越しに軽く触れられているだけなのに、弱い電流のようなものがビリビリと走って、もどかしさから腰が揺れそうになる衝動を必死で押しとどめる。

「この一週間、如月くんが私を避けてたのって……」

――近くにいると、触れたくなるから、ってこと……？

吐息交じりの私の声に、胸から顔を上げた如月くんは、こちらを見ると柔らかく微笑んだ。

「だって真純さん、初めてだったじゃないですか。むやみに触れて痛い思いをさせたくなかったから」

真っ正面からそんなことを言われて、私の顔はさぞ赤くなったに違いない。

彼が私を避けていたのは、他でもない、私の身体を気遣っていたからだった。

理由がわかった安心感と彼の優しさに、この一週間抱き続けた悲しさや寂しさが薄らいでいく。

心に少しだけ余裕ができたことで、細かいことが気になってしまった。

「あんまり、初めてって言わないでくれる？」

身体のことを考えてくれていたのは嫌じゃない。でも、若いときならまだしも、三十歳になってからのロスト・ヴァージンにはやはり照れもある。

「どうして？　俺は嬉しかったんですよ。初めての男って、絶対に忘れられないじゃないですか」

その言葉に、また心臓が大きくドキンと音を立てた。

でもそんな余韻に浸る間もなく、ストッキングの上から撫でていた彼の手がその履き口に伸びて、違う意味でまた心臓が跳ねる。

「待って……！　だから、ここじゃ」

「わかってます。ここで最後まではしません。気持ちよくなるかどうか確かめるだけです」

「も、気持ち……ああっ！」

とんでもないことを口走りかけたが、差し込まれた指が恥丘をなぞり強引に秘所へと割り込む衝撃に掻き消された。

浅い場所を行き来した指に蜜が絡んで、重なり合っていた花弁が簡単に綻ぶ。瞬間的には微かな痛みもあったけれど、すっかりと潤っていたそこは、突き立てられた指をいともたやすく呑み込んだ。

「よかった、すごく濡れてる」

一週間前は痛みしかなかったはずなのに、今はまるで違う。内壁を擦られると自分の意思とは関係なく甘い声が漏れて、出し入れされる指と一緒に自然と腰が揺れる。

「はっ、あっ、……ん、く、あっ、ああっ」

しっかりと椅子に腰掛けていたはずなのに、今や前に跪く如月くんがいなければ滑り落ちてしまいそうだ。両手の拘束はもう解かれていたけれど、片手で喘ぎ声が漏れる口を塞ぎ、もう片方の手で椅子にしがみついた私に自由なんかない。

だから、だろうか。ショーツとストッキングを引き下げられても、片足を彼の肩へと持ち上げられて大きく足を開かされても、大した抵抗はできなかった。

「あ、いや、こんな格好……ああっ」

「でもこのほうが楽でしょう？　それに、もっとよくしてあげますよ」

淫らに喘ぐ私の様子に、如月くんの声が心なしか弾んでいるようにも聞こえる。如月くんは、中に埋めた指で私の快感を引き出しながら、親指で秘所のすぐ上にある蕾に触れた。

「ひっ……あ、あんっ」

驚くほど繊細な手つきで、蕾に触れた指がくるくると円を描く。すると、突き抜けるような快感に身体が引き攣り、一際大きな声が上がった。

「ここは、女性が一番感じやすいところなんですよ。……ほら」

芯を持って硬く尖りかけたそこを指の腹で擦られ、恥ずかしいのに腰がくねる。中の指で蜜壷を掻き回しながら、溢れた蜜を塗りつけるように敏感な蕾を刺激されて、背中を仰け反らせた私は我慢できずに喘ぎ続けた。

足の間を、生温かい雫がしたたり落ちていく。同時に、身体の奥からなにかがせり上がってくるような気がした。

「……っ、あっ、だめ、なんか、くる……っ、あ、やあ」

大きな波に攫われるような、爆発に巻き込まれて消し飛ぶような。得体の知れないなにかに恐怖すら覚える。だけど、如月くんの指は、なお一層激しさを増していく。

「イキそう、なんですね？　いいんですよ。このまま……」

グッと圧迫感が増し、指が増やされた。二本の指は奥深くへと突き立てられ、なにかを探すようにバラバラと動いて内壁を擦り上げる。同時に硬くなった蕾を指の腹で叩かれて、視界に白い光がちらついた。

「ああ、ん、も、だめ、あっ、あああっ」

快感が一気に凝縮する。弾け飛びそうになる瞬間、頭のうしろに手を回された。前のめりになった私に、膝立ちになった如月くんが噛みつくようにキスをした。柔らかくて熱い唇に包まれた途端、身体がふわりと浮いた気がした。

「んんっ、……っ、ん、う、んんんん――!!」

目の前が真っ白になって、脱力した身体が深いところに落ちていく。そして私の叫び声は、如月くんの口の中に吸い込まれていった。

　今まで知らなかった快感に身体は痙攣し、如月くんに覆い被さるように倒れ込んだ私は、しばらく動けなかった。そんな私を如月くんは優しく抱き締めながら、満足そうに微笑む。

「真純さん、大丈夫ですか？　落ち着いたら家までちゃんと送っていきますね」

　幼い子供に言い聞かせるような口調に、「誰のせいだ！」と叫びたくもなったが——できなかった。

　だって如月くんの腕の中が、たまらなく気持ちよかったから……

　私を一方的に弄った如月くんは、自らが脱がせた私の衣服を上機嫌で整えていく。まあ、ショーツとかストッキングとか、元通りにならないものもあったけど。

　だけど、それで満足なのだろうか？

「あの……、それで、いいの？」

　強引にとはいえ自分だけが上り詰めてしまったという、うしろめたさがある。男性の生理現象に対する知識はあるし、念のため自分から確認した。

「んー、本当は辛いんですけど、さすがに職場で最後まではマズイですよねぇ」

「だったら、なんでこんなことしてんのよ！」

　それがわかっているなら最初からこんなことをするなと、今度こそ叫んだ。……弱々しく振り上げた拳は、簡単に受け止められてしまったけれど。

「これは、行きがかり上やむを得ずというか。無防備すぎる真純さんを戒める意味もあったし、他の男の感覚を上書きしておきたいというのもあったし」

「痴漢にここまでのことはされとらんわ！」

「だから、痴漢なんかと一緒にしないでください」

掴んだ腕を引っ張った如月くんは、私の耳元に顔を寄せた。

「ねえ、俺に触られるのは、嫌じゃなかったんですよね？」

低くささやかれた言葉に、私の顔が本日何度目かの発火を起こす。

見ず知らずの男に痴漢されたときには気持ち悪さしか感じなかったのに、如月くんに触れられるのは平気だった。それは単に、相手のことを知っていて、前に一度抱かれているからなのかもしれない。

確かに強引だったけれど――嫌では、なかった。それどころか、むしろ……

私の思考はそこで停止し、彼の腕の中で小さく頷くのが精一杯だった。

「よかった。……ああ、ここでした意味がもうひとつありました」

少しだけ身体を離した如月くんは、正面から私を見た。いや、見上げると言ったほうが正しいだろう。熱を測るみたいにおでこをぴったりとくっつけ、私の視界には彼の大きな瞳しか入らなくなる。

「いっつも仕事しているこの場所でこんなことしたら、真純さんの頭の中はますます俺に占領（せんりょう）されちゃいますよね？」

意地悪く揺らめく瞳に、私の心は囚（とら）われる。

――この、悪魔め。

男女の駆（か）け引き、恐るべし。

第四話　揺らいだ気持ちの行き着く先

「本郷主任、本日は、よろしくお願いします！」

いつ見ても、新人というものは可愛らしい。

着慣れていない真新しいスーツに身を包み、指先まできっちり伸ばして直立する後輩を前にそんなことを思う私は、やっぱり立派なお局様なのかもしれない。

「風間くん、私にそこまで堅くならなくてもいいから。よろしくね」

なるべく柔らかい口調を心がけて声をかけると、風間くんの肩の力が少しだけ抜けた。

今日はこれから、彼を連れて得意先に担当変更の挨拶に出向く。

朋興建設の案件を担当することになったのをきっかけに、仕事のいくつかを後輩たちに割り振った。風間くんもその一人だ。

この風間くんはなかなか見込みがあって、経験を積ませるのであれば早いに越したことはない。それで、私はスーパーバイザー的な立場に立って、この機会に手がけている仕事のひとつを彼に引き継がせてみることになった。

「僕、外回りとか初めてなんで、緊張します」

興奮気味の風間くんの反応は初々しい。学生時代は野球部に所属していたという彼は、体育会系特有のきびきびとした言動が気持ちがよかった。

それに、鍛え上げられた上腕二頭筋はなかなかのもので、その点においてもポイントが高い。

「外回りだなんてそんな大袈裟なものじゃないわ。外回りっていうのは、営業みたいに――」

営業という言葉に如月くんの姿が浮かんで、思わず自分の頬をパシッと叩いた。

「主任⁉」

いきなり目の前で先輩が自らにビンタしたら、そりゃ新人くんじゃなくとも驚くだろう。

「……なんでもない。ちょっと、気合いを入れただけ」

「なるほど。やっぱり主任でも緊張するものなんですね」

ふたたび表情の硬くなった風間くんには、確実に誤解を与えてしまったようだ。

如月くんの思惑通りなのか、ふとしたきっかけで思い出してしまうくらい、私の心はすっかり彼に占領されてしまった。

だけど、私たちの関係がどういうものなのかわからない。

たまたま一緒の仕事を手がけることになって、酔った勢いで一夜をともにして。一度の関係で終わるかと思いきや、数日前には職場であんなことまで……

だけど、ひとつだけはっきりしているのは、彼に触れられるのが嫌ではないということ。

恋人ではないし、理想とするタイプともまるで違っているというのに、気がつけば彼のことを考えている。いったい私はどうなってしまったんだろう。

「——あ、主任、待ってください」

エレベーターへ向かうため廊下の角を曲がりかけたとき、若干慌てた様子の風間くんに制された。

「なに？　忘れ物でもしたの？」

「違いますよ。あれ、あれです」

声を潜めた風間くんが、進行方向の隅にある自動販売機の陰を指さす。そこには、一組の男女が向かい合っていた。

見覚えのあるうしろ姿に、私の足も止まる。

男のほうはこちらに背を向けて立っているが、すぐに如月くんだとわかった。そして、彼の前に立っている女子社員にも見覚えがある。

——彼女は、先日更衣室で私に声をかけてきた受付嬢だ。

なぜ営業部の如月くんと受付嬢が、関係ないフロアの休憩スペースにいるのだろう。人気のなくなった休憩スペースに立つ二人を見ていたら、少しイラッとしてしまった。

……そもそも、なぜ真面目に仕事している自分たちが気を遣わなければならないのか。気にせず堂々と歩いていこう、と思って一歩踏み出した私の腕を、風間くんがグイと引っ張る。

「ちょっと⁉」

「シーッ、だから、ちょっと待ってくださいって――」

「――如月さんのことが好きなんです！」

風間くんの小声と、彼女の声が重なり合う。

きっとそれは、人の多い場所や時間帯であれば、喧噪に紛れるほどの小さな声だったのだろう。だけど、この場所には彼女と如月くん、そして廊下の角に身を潜めている私たちしかいないから聞こえてしまった。

彼女の声は、私に如月くんとのことを問い詰めたときとは打って変わって、切なく震えていた。

「あれって、営業の如月さんですよね？　さすがモテる男は違いますね」

廊下の角から半分顔を出しながら様子を窺う風間くんは、感心したように呟く。

「……ちょっと、なんで私たちがこんなこと」

「そんなこと言って、主任だって見ているじゃないですか」

「うっ、確かに……」

いつの間にか私も、身を屈めた風間くんの頭の上から状況を見守ってしまっている。

……だって、他人の告白シーンに遭遇するのなんて初めてだし！

告白するんならもう少し時と場所を考えればいいものを、どういった事情でこうなったのか。

取引先との約束の時間にはまだ余裕はあるが、ここを通らなければエレベーターにはたどり着けない。

受付嬢の彼女は、今にも泣き出しそうなほどに震えている。生まれてこのかたお付き合をしたことがない私は、もちろん告白だって未経験だ。恐らく彼女は、相当の勇気と覚悟を持って今この場に立っているのだろう。その点においては、同じ女性として邪魔をするのは申し訳ない気がする……

それになにより、そんな彼女に対して如月くんがどう返事するのか、気になった。

「気持ちは嬉しいけど、応えられないや。ごめんね」

うしろ姿の如月くんから、その表情は読み取れない。でも、彼女の告白を一応は真剣に受け止めているのだと思う。あっさりと振られた彼女の顔には、落胆の色が浮かんだ。

「如月さんは、今、付き合っている人とかいるんですか？」

「いないよ」

「だったら、お試しでもなんでもいいんです！」

「お試しもなにも、俺、君のことそんなに知らないからなぁ」

引き下がらない彼女に、如月くんは頭を掻きながら姿勢を斜めに傾ける。

その態度に、なんだかムカついた。

彼女はきっと一世一代の勇気を振り絞っているのだから、誠実な態度を貫き通せと、うしろから竹刀で小突きたいくらいだ。

私がそんなことを考えながら状況を見守っているなど知らない彼女は、肩を落として俯く。だが、ふたたび顔を上げたとき、その瞳にはまだ強い光が残っていた。

「それなら、私のこと知ってください！　それに如月さんが望むなら……私、セフレでもいいですよ」

――な、なんですと⁉

突拍子もない申し出に、私の目が大きく見開いた。

「うわ……えげつないなぁ」

同じく盗み聞き真っ最中の風間くんだってドン引きだ。

よく知らないからと断られたならまずは身体の関係でもなんて、それは本当に相手のことが好きなのかと疑いたくなる。それとも、私が恋愛初心者なだけで、振られたときにはそうやって縋るものなのか。いや、風間くんの様子から、自分の感覚が狂ってはいないとわかる。

――セフレでもいいとか、最近の若い子はなにを考えてるの⁉

事のなりゆきが気になっていることを風間くんに悟られないよう彼の頭上で息を潜めながら、如月くんの返事を固唾を呑んで待つ。

「ごめんね。今は、そういうのいらないんだ」

低いトーンで発せられた声は落ち着いていて、なぜか私の心にも重くのしかかった。

「……風間くん、もう時間だわ。反対側の階段から行きましょう」

思い出したように身体を起こして、足早にその場から離れる。

何食わぬ顔して仕事に向かいながらも、思いの外、心臓はドキドキしていた。

――如月くんはさっき『今は、そういうのいらないんだ』と言った。

『今は』ということは、これまでは違ったのだろうか？　それはつまり、身体だけの関係自体は、受け入れられるということ……？

ならばなぜ、彼女の申し出を断ったのだろう。

………もしかして、すでに恋人でもないのに身体の関係を持っている私という存在があるから？　新たにそういう人を増やす必要はないということ？

――違う、私はそんな関係じゃない！　と言いたいけど、そう捉えられても仕方ない状況ではある。

そんな考えが頭を過ぎって、思わず背筋に冷たいものが流れる。

如月くんが彼女に告げた言葉の真意も、私との関係をなんだと思っているのかも、本当のところは本人に聞いてみなければわからない。それなのにぐるぐる考えてしまい、思考はどんどん悪いほうに進み始める。

――セフレ。私と如月くんは、やっぱりそういう関係なんだろうか。

いざこういう状況になるまで、私には絶対そんなことできないと思っていた。理性の部分では今だって、そんな不健全な関係はよくないと考えている。

でも実際には恋人でもない相手と身体の関係を持ってしまっていて、あまつさえそれが嫌だとも感じていない。

――あんなこと、好きでもない相手となんて、できるはずないのになぜ……

身体を重ねるのは、相手のことを深く知る行為だ。

手の大きさや、肌のぬくもり、その人自身の香り。力強い腕に包まれたときの、心地よさや安心感――

身体を重ねるほど想いはますます強くなり、心も動く。

それほど自分にとって重大なことだと思うのに、なにもかも飛び越えて身を委ねてしまうのはどうしてなのか。

一番わからないのは、自分の気持ちだった。

「いやあ、無事に終わってホッとしました！」

風間くんとの挨拶回りを終えた車内。運転する私の横で、助手席に座った風間くんは安心したように両手を上げて、軽く背伸びしていた。

「なかなか立派だったわよ。先方にも気に入られたみたいだし」

如月くんとのことに引っかかりはあっても、仕事となれば切り替えなければならない。幸いにも後輩が同席していたため、あれからの私はいつも通りの振る舞いができていた。

相手先との引き継ぎも、風間くんの実直で誠実な人柄が好印象を持たれスムーズに進んだ。あまりに順調すぎて雑談が弾んでしまい、少々帰社するのが遅くなったくらいだ。

「遅くなって悪かったわね。残業届、ちゃんと出しておきなさい」

「はい。承知しました！」

同じ年下でも、言葉遣いでこうも違って見えるものなのね。

風間くんを見て微笑みながら、夕暮れに染まるオフィス街に目をやる。付近のビルからは、一日の業務を終えたサラリーマンたちがぞろぞろと家路についていた。

「今日は私が運転したけど、道は覚えたわね？　次からは一人で出かけることもあるんだから、復習はしっかりしておくように」

「……なんだか主任、学校の先生みたいですね」

クスッと笑った風間くんは、本当にリラックスしているらしい。

「主任って、話してみたら随分イメージが違いますね」

「なに？　それは普段が無駄に怖いってこと？」

前を向いたまま顔をしかめる。もちろん、本気で怒っているわけではない。

「悪い意味じゃないですよ？　なんかこう、主任って、もっと近寄り難い人だと思ってました。男を寄せ付けないオーラがあるように見えていたんですよ」

「……そうかしら？」

自分にそんなつもりがなかったから、風間くんの言葉に少々戸惑った。

別に、男を排除してきたことなんてない。私が近寄らせないというよりは、むしろ男のほうが私を敬遠していると思っていた。

「いつも女子社員の先頭に立っているし、周囲の男どもを牽制しているのかなって思っていたんです。でも実際に話してみたら面倒見がいいのは女性に対してだけじゃなくて」

「……褒めてくれてありがとう」

直接そんなことを言われると、気恥ずかしい。

確かにこの仕事を始めた頃、自分より年上の男性たちに囲まれた職場はそんなに居心地のよいものではなかった。現場上がりの男の先輩たちは、昔かたぎのガテン系だから、オフィスの掃除やお茶の準備は女がするのが当たり前と思っている。私も新人の頃は、雑用ばかりを押しつけられて、なかなか業務にあたらせてもらえなかった。

それに、「女のくせに」と差別的な言葉を投げつけられることだってあった。それで泣いたり落ち込んだりすれば、まだ可愛げもあったのかもしれないが、当然私はそんなタイプでもない。

女だからと馬鹿にされないように仕事に邁進する傍ら、後輩の女子には同じような思いをさせないように気を配ってきた。結果としてそれが、男を遠ざける要因のひとつになっていたのかもしれない。

「でも実際、主任って相当強そうですよね。男に頼らなくとも自立して生きていける女性っていうのは、かっこいいと思います」

「それは、どうも」

――別に、かっこいい女や一人でも生きていける女を目指していたわけではないんだけどね？

男に依存して生きていくつもりはないけど、私だって誰かを頼りたいときもある。どちらかの負担を増やすのではなく、お互いに支え合いながら生きていけるような家庭を築きたいと願ったのは、生前の父と母の仲睦まじい様子と、父が亡くなってからの母の姿が記憶に残っているからだろう。

大好きだった父がいなくなって、私の甘えられる場所が消えた。それまでの生活から一変して慣れない仕事に奮闘する母に、『寂しい』だなんてどうして言えただろう。

母が余計な心配をしなくて済むように、私は常にしっかり者の長女でいなければならなかった。強くなった私を頼る人は多くても、頼れる人はいない。

――私をただの「女の子」扱いしてくれたのは、如月くんだけだった。

プレイボーイで、女性の扱いに長けたフェミニスト。彼にしてみれば些細な気遣いだとしても、私はそれが嬉しかった。だから、素直に身体を委ねてしまったのかもしれない。

「――あ。如月さんだ」

会社の近くに差しかかり赤信号で停車したとき、助手席の風間くんが呟いた。

チラと視線を動かして、風間くん越しに私も外を確認する。ビジネスバッグを手にした如月くんは、私が停まっている信号とは別の横断歩道で待っていた。

この時間に帰るのか……

忙しいはずの営業部のエースが、時間きっちりに退社していることに驚いた。

だって、先日私が残業をしていたとき、彼も同じように残っていた。日中は会社にいないことが多くて大抵は夕方以降がデスクワークになると言っていたから、てっきり帰りはいつも遅いものだと思っていた。

——彼が私の帰りを待っていたのは、あの一度きり。なのに、約束がなければさっさと帰ってしまうのだと知って、ガッカリしているだなんてどうかしている。

窓の向こうの如月くんが、ふいに片手を上げる。視線はまっすぐに前を見ているから、道の反対側に知り合いを見つけたのだろう。

歩行者用の信号が青に変わり、如月くんが足早に駆けていく。その先で待っていた人と合流して、肩を並べて歩き始める。

彼の隣に並んだのは、はにかんだ笑みを浮かべた、華奢な女性だった。

年齢は、彼と同じか、もう少し若いくらい。背中まである髪は緩くカールしていて、彼女の歩調に合わせてふわりと揺れる。サーモンピンクのフレアスカートは、彼が私に似合うと言ったドレスと同じ色。肩にキャメルのかっちりとしたバッグを掛けているから、彼女もきっと、仕事帰りなんだと思う。

「可愛いなぁ……あれって、如月さんの彼女ですかね？　告白を断るときには恋人はいないって言っていたけど、モテる男にはやっぱりそういう相手がいるもんなんですね」

通り過ぎていく二人を見ながら、風間くんはため息を漏らした。

「……君のつれは、こんなオバサンで悪かったわね」

ちょうど信号が青になったので、妙な腹立たしさからついアクセルを踏む足に力が入り、車は急加速して交差点を通り抜けた。

「そんなことないですよ⁉　主任はまだまだ、オバサンじゃないです！　それに、お綺麗です！」

今さらそんなことを言っても遅い。風間くんのお世辞を聞き流しながら、意識は先ほど見た光景に留まったままだった。

――なんだ。やっぱり、そういう相手がいるんじゃないの。

裏切られたなんて、ショックを受けたりしない。そんなおこがましい感情を抱くほど、なにかを期待していたわけではない。

二人の姿はとてもお似合いで、それが本来のあるべき形なのだと納得するほどだった。所詮男は、可愛げがあって守ってあげたくなるようなか弱い女を選ぶものなのだ。私は、たまたま食指が動いた、珍味にすぎない。

如月くんには、私以外にもそういう相手がいる。しかもあんなに可愛い女性が。

彼女が私と如月くんのことを知ったら、深く傷つくだろう。

私だって、他に相手がいると知りながら、これ以上身体を許すことなんてできない。

万が一、彼がまた私にそういうことをしてきても、きっぱり断ろう。

――ハンドルを強く握り締めながら、そう決意した。

＊＊＊

翌日も、朝からつきっきりで風間くんの指導に追われた。仕事の依頼を受けたときの内容やこれまでの過程をレクチャーしながら、今後の方針を確認する。風間くんは私の説明を聞きながらも自分なりの意見を主張したりして、議論はなかなか白熱した。気がつけばあっという間にお昼の時間になり、流れのまま二人で社員食堂に赴(おもむ)いた。

「風間くんは覚えが早いわね。この調子ならスムーズに仕事を移行できると思うわ」

「よかった、ありがとうございます！」

向かい合ってランチを食べながら言うと、風間くんは嬉しそうにパッと顔を輝かせる。

「……可愛いわね」

思ったことを反射的に呟(つぶや)いてしまった私は、やっぱりお局様(つぼねさま)だった。

「可愛い、ですか？　僕が？　それは、男としてはあんまり嬉しくないです」

「そうね。でも本当に可愛いのだから仕方ないわ」

打てば響くし、考えていることが素直に顔に出るし、年下の後輩らしくてとてもいい。世の中の男性が、皆うちの弟や風間くんのような性格だったら平和なのに。だがそうなると、私は世の男性を恋愛対象として見られなさそうだ。

「……私が男で風間くんが女だったら、うまくいったかもしれないわね」

「え？　付き合うってことですか⁉　そんなの、主任がよくても僕は困りますよ」

「ちょっとそれ、どういうこ……」

「――なんの話ですか？」

　私たちの会話に割って入った人物。彼が気配もなく私の背後に立つのは、三度目だ。もう顔を見なくとも声だけで誰だかわかる。それにしても、毎度毎度、私の背後に音もなく立つのはやめてほしい。……おのれは、忍者の末裔か？

「如月さん、お疲れ様です」

　風間くんが、私の頭の少し上に視線を向けて緊張した面持ちを見せる。入社四年目にして営業のエースと呼ばれる如月くんは、後輩たちにとって憧れの存在である。そんな先輩に尊敬の眼差しを向ける風間くんに対して、如月くんの反応は思いの外、冷たかった。

「お疲れ様。んで、キミ、誰だっけ？」

　うららかな昼下がり。後輩とランチをしながら他愛ない話に興じる和やかな空気が、急にピリついたものへと変わった。

「設計部の、風間と言います。本郷主任の部下です」

「ふーん」

さほど興味のなさそうな返事をしながら、如月くんは私の左隣の椅子を引くとドッカリと腰を下ろした。その距離は、肩と肩が触れ合うほどに近い。

――なんだろう、この嫌な感じは。

すでに食べ終わったのか、これからなのか、彼は手ぶらだ。

横目に見た如月くんは、いつも通りの笑みを浮かべていた。なのに、まとっているオーラにはどことなく棘(とげ)がある。

「本郷主任の仕事のひとつを任せてもらえることになって、それでご指導いただいていました」

「へえ、そうなんだ」

その瞬間、なにかが机の下の足に触れ、肩が小さく跳ねた。

「……っ⁉」

大きな手が、私の足をさらりと撫(な)でる。言わずもがな、手の持ち主は私の左隣に座った人物だ。

幸いにも、私の動揺は風間くんには悟られていないようだった。向かいの席に座る彼からは、椅子の下にだらりと下ろした如月くんの手の行方までは見えていない。

彼の手の平が膝(ひざ)の外側に添えられる。いくらストッキング越しとはいえ、彼の手の熱がはっきりと伝わった。

「休憩時間にまで個人授業だなんて、随分と熱心だね」

机の下で私の足を撫でながら、如月くんは先ほどまでとは打って変わった優しげな雰囲気で風間くんに話しかける。

「はい！　自分は仕事を任せてもらうのは今回が初めてなんです。なにか、アドバイスをいただけませんか？」

「アドバイスと言われても、俺は設計のことはわからないからなぁ。でも上司に直々に指導してもらえるんだから風間くんはラッキーだよ。ねえ？」

「そ、そうね……」

必死にポーカーフェイスに徹する私を挑発するかのように、指の腹がスカートの裾と足の境界線をツツ、となぞる。

こんなところで、なんのために？　平然としながら不埒な手を動かし続ける如月くんに、私はますます混乱する。

この不届き者が！　と大声を上げて糾弾することだってできる。でも、社員の多く集まるこんな場所でそんなことをしたら、彼の立場はどうなる？

それに、私の立場は？　仮にそうしたとしても、如月くんが素直に非を認めなければ？

アラサーのお局様が、社内のアイドルに痴漢まがいな行為をされただなんて、果たして誰が信じてくれるだろうか。

せめてもの抵抗で、内側にまでは潜り込ませまいと、力を込めてキュッと足を閉じる。

そんな私のことなど知る由もない男たちは、ボーイズトークに花を咲かせ始めた。

「そういえばさっき、付き合うとかどうのって言ってなかった？」

「あ、あれですか？　あれは主任のジョークですよ」

ねえ、と同意を求められ慌てて愛想笑いする。一方で、風間くんから見えない場所では、何度追い払ってもしつこくまとわり付いてくる手との攻防が続いている。

「別にうちの会社は社内恋愛禁止じゃないんだから、真っ向から否定しなくてもいいんだぞ」

「いやいや、僕なんかには主任の恋人は務まらないって意味ですよ？」

私だって、もっと頼りがいのある男がいい。さっきの話は、もしもお互いの性別が逆だったらという例え話でしかない……なんて、反論する余裕はない。

「じゃあ、君はどういった女性がタイプ？」

「うーん、優しくておしとやかで、守ってあげたくなるような女性ですかね」

――それって、私がそうでないと言っているようなものよね？

彼の好みに引っかからないからとヘソを曲げたりはしないけど、……風間くん、後で覚えておきなさい。

「そう言う如月さんはどうなんですか？　女性との噂は相当聞きますし、実際、昨日も見ちゃいましたよ。ね、主任？」

如月くんに乗せられたのか、調子の出てきた風間くんが身を乗り出す。私は気まずくて、じっと俯く。

「……見たって、なにを？」

そのとき、動いていた指先が一瞬止まった。そこから、わずかながらも如月くんが緊張したのが伝わってくる。

昨日私たちが見たのは、女子社員に告白される現場と、仕事帰りに女性と密会しているところ。如月くんの反応を見るに、触れられたくない話なのかもしれない。

そう思い、咄嗟に顔を上げて風間くんに対して無言の制止を促した。だが、若い風間くんはまだまだ空気を読む技量に欠けていた。

「昨日一緒にいた子。あれって、如月さんの彼女ですか？」

「風間くん……！」

プライベートをむやみに詮索するものじゃない。堪えきれずに声を上げるも、如月くんの耳にはばっちり届いた後だった。

「昨日？　昨日の、いつ？」

「会社の帰りですよ。女性と二人で歩いてましたよね？」

風間くんの言葉に、如月くんはどこか遠くを見ながら考え込む素振りを見せる。

時間にすればほんの数秒のことだったのかもしれないが、その様子に胸の奥が妙にざわついた。

すぐに思い出せないくらい、心当たりがあるということ――？

「ああ、あれか。あれはちょっと……」

「ちょっと、なんですか？　結構可愛い人でしたよね？」

まだ話を続けようとする風間くんは、もはや目の前に上司である私がいることを忘れているのかもしれない。

「まだ詳しくは言えないけど、本当に彼女じゃないよ」

「またまたぁ。隠さなくてもいいじゃないですか。あ、他にも付き合っている人がいるから、バレたら困るとかですか？」

――まだ、言うか⁉

こいつは本当に空気が読めない。

「本当に違うよ」

しつこく食い下がる風間くんに苦笑しながら、如月くんは言葉を続ける。

――それは、彼にとっては何気ない言葉だったのだと思う。

「それに俺は、好きになったらその人一筋だから。二股なんて絶対しないよ」

――如月くんの言葉は、確実に私の胸に刺さった。

ゴシップ好き丸出しな風間くんはさておき、私の思考は、如月くんの言葉に埋め尽くされていた。

如月くんには、大切にしたい好きな人がいる。

――だったら、あの夜どうして私と身体を重ねたの？　今、テーブルの下で私の足に触れているこの手は？

彼の好きな人は、実は私でした。というならすべての辻褄が合うかもしれないが、残念なことに如月くんが私に特別な感情を抱いているとはどうしても思えない。くどいようだが、彼が私なんかを相手にする必要性を、まったくと言っていいほど感じないからだ。

彼の考えていることが、全然わからない……。

でもひとつだけ、わかることがある。如月くんとのこんな関係は、すぐにやめるべきだ。

「本郷さん？　どうかしましたか？」

改めて、如月くんとのことを清算しようと決めた私を、隣の席の張本人が覗き込む。

彼の身体が前のめりに屈んだ瞬間、膝に置かれたままだった彼の手が、するりと内側に入り込んだ。

――しまった！　わ、忘れてた！

行く手を阻むため手と足には力を入れておいたはずなのに、膠着状態が続いてすっかり忘れてしまっていた。

足と足の内側にぴったりと挟まった手と、不自然なほど近い身体。これでは、いくら鈍そうな風間くんといえど、気づくのも時間の問題だ。

「本当に、どうしたんですか？　顔が赤くなってますよ……？」

私を見つめる如月くんの瞳が妖しく光る。彼はゆっくりと身体を起こしながら、差し込んだ指先に力を込めた。

痛みを感じるような強さではなく、触れるか触れないかの絶妙な力加減の指が太腿をたどる。

今度こそ、本気で怒るべきだ。ああ、でも、そんなことをしたらかえって目立つ。だけど、彼があとほんの少し手を動かしでもしたら……!?

スカートの内側を意識したせいで自然と下半身に力が入る。するとそこに熱が籠もって足の付け根が疼いたような気がした。

――ダメ！　もう、これ以上は、無理！

堪えきれなくなった私は、両手をバンッとテーブルについて勢いよく立ち上がった。その横で、如月くんもゆっくりと静かに席を立つ。

「あれ、二人とも急にどうしたんですか？」

「ちょっと打ち合わせしたいから、しばらく主任さんを借りるね。それじゃ、行きましょうか」

そう言って、如月くんは私の背中に手を当て出入り口へと促した。


「ちょっと……如月くん……!?」

食堂を出た途端に私の手を掴み、如月くんは無言のままぐいぐいと引っ張る。

最初に食堂に現れたときにも感じたが、今の如月くんはなぜか怒っているように思える。でも私にはその理由に心当たりがない。

立ち止まることも手をふりほどくことも許されず、私は引きずられるようにしながら足を進める。彼は一直線に廊下の奥へと進み、突き当たりのひとつ手前にある部屋の扉を開けると、私を中へと押し込んだ。

そこは、昔の古い書類を保管している資料室。資料のデータ化が進んだ昨今では、ここを利用する人はほとんどいない。昼休みにわざわざこの部屋を利用している人間も当然いるはずがなく、誰もいないことは照明が点いていないことでも一目瞭然だった。

薄暗い室内に戸惑う私の背後で、ガチャリと鍵の締まる音がした。

「後輩の男性社員とランチですか。……珍しいですね」

ゆっくりと、如月くんが近づいてくる。その様子にただならぬものを感じてしまい、無意識に一歩後ずさった。

「仕事の、引き継ぎじゃない」

「それにしては、随分親しげでしたね」

一歩、また一歩と、如月くんが間合いを詰めて、それに合わせるように私も後退する。そうしているうちに、背中が資料棚に当たってしまい、私は逃げ場を失う。

目の前に立ちはだかる如月くんを見上げた次の瞬間、ドンッという音とともに、伸びてきた両腕に囲まれた。

「あんな人目につくところでイチャつくとか。真純さんは注意力が足りないって、教えませんでしたっけ？」

子供の間違いを指摘するみたいな言い方。私の顔のすぐ傍まで顔を寄せた彼の瞳は、真剣なものに見えるのに、口元は意地悪く歪んでいる。

いったいなぜそんなに憤っているのだろう。

勝手な言い分に、次第に苛立ちが募り始める。

自分だって、会社の近くで女の子と会っていたクセに……

如月くんの胸に手をあて、そのまま強く押し返した。

「自分の部下と親しくしてなにが悪いの？　ちょうどよかった。私も、君に話したいことがあったの。……もう今後、こんなことはしないで」

引き離すつもりで力を込めたのに、如月くんの身体はわずかに揺らいだだけだった。

なのに、如月くんの瞳は受けた衝撃以上に大きく見開かれる。

「どうして？」

「どうしてって、どう考えてもおかしいでしょう？　最初の夜のことは、酔った挙句の失態だもの」

「失態……？」

「酔った勢いで後輩を誘うだなんてどう考えたって失態じゃない。私みたいな人種は物珍しいから、なにかと構ってくるのかもしれないけど、私にも他に気になる人がいるし、もうこれ以上は――」

そこから先は言葉にならない。なぜなら、如月くんが噛みつくようにキスをしてきて、唇を塞がれてしまったからだ。

「ちょっ――んん⁉」

この状況でのいきなりのキスは意味不明だ。

如月くんの舌は私の舌を舐めながら強く吸い上げ、口の奥にまで侵入しようとしてくる。

「んっ、んん……っ、んうう⁉」

薄暗い室内に響く貪(むさぼ)るようなキスの音が羞恥心(しゅうちしん)を煽(あお)り、息苦しさもあって目には生理的な涙が浮かぶ。ぴったりとくっついた胸を叩いても、声にならない声で抗議をしても、如月くんは止まってくれない。滲(にじ)む視界の先では、目を閉じた如月くんが切なげに眉を寄せている。

私のほうが苦しいのに、どうして君が、そんな顔をしているの――?

頭に浮かんだ疑問を解決することもできず、されるがままでいるうちに身体から力が抜けていく。抵抗していたはずの腕は、まるで自分から彼にしがみつくようにスーツを握っているだけになる。

思考が霞(かす)み始める頃、ようやく、唇が解放された。

不本意にも彼の胸に寄りかかるようにして大きく肩で息をしていると、如月くんの唇が私の顔の横に寄せられる。

そして告(つ)げられた言葉に、耳を疑った。

「他に気になる人がいるなんて、そんなの、真純さんの勘違(かんちが)いですよ」

――これには、カチンときた。

確かに私は恋愛初心者だ。三十過ぎるまで誰とも付き合ったことも、キスしたこともなかった。だからといって、誰にも憧(あこが)れなかったわけではない。なのに、それすらも否定されるのは納得がいかない。

「君に、私のなにがわかるって言うの⁉　私の気持ちを、勝手に決めつけないで！」

「——決めつけてるのはあなただ！」

大声を出した如月くんに、胸元にあった両手首をひとつにまとめられ、片手で押さえつけられた。片手だというのに、身じろぎしてもびくともしない。私の身体は完璧に資料棚に縫い留められてしまった。

「筋肉なんかなくったって、あなたを捕まえることはできるんです」

「な……っ⁉」

いつもと違う、男の顔。目の前に迫る如月くんの顔から、咄嗟に顔を背ける。すると彼は、剥き出しになった耳を食んだ。

「や、やだ……っ」

耳朶を唇で挟みながら舌先で輪郭をなぞられ、ゾクゾクとしたものが背筋を這い上がる。ピチャ、と水音が間近で響いて、熱い息がわざと吹きかけられた。抵抗もできない私は、くすぐったさに似たその感覚に歯をくいしばって耐えるしかできない。

「やめて……、離してっ」

「なんで？　この間だって、あんなに乱れてたじゃないですか」

クスクスと笑う声や耳にかかる吐息が恨めしい。

「この間は指だけでしたもんね。……物足りなかったでしょう？」

如月くんの手が太腿を撫でて、スカートの中へと入り込んだ。

「いや……！」

徐々に足の付け根へと這い上がってくるその手には、余裕がなかった。

そこからは、情事に手慣れているような気配は感じない。乱暴で、性急で。必死に抵抗する獲物を追い詰める肉食獣のような。これまで、そんな風に触れられたことなど、一度もなかった。

彼は私の官能を確実に引き出そうとする。敏感な場所を刺激されて、こんな状況だというのに肌が粟立つ、自分自身に恐怖すら覚えた。

「やめて……、こんな……っ！」

――こんな風に、私を扱わないで。

如月くんのような人が、私に好意なんて持つはずがない。そんなことを思いながらも、私はどこかで期待して、うぬぼれていたんだ。

だけどこんな風に求められるのは、所詮は身体だけの希薄な関係だということを改めて突きつけられているのと同じだった。

「お願いだから、もう、やめて……」

やっとの思いで絞り出した声は、泣き声に近かった。自分のこんな声を聞くのだって、随分久しぶりだったと思う。

最後に泣いたのは、父が亡くなったとき。それからというもの、どんなに辛いことがあっても、決して涙は流さなかった。剣道の練習でしごかれても、試合に負けても、時々どうしようもない寂しさに襲われても、私は泣かなかった。

それなのに、如月くんは私の矜持すらいとも簡単に奪う。

ずっと虚勢を張って生きてきたのに、彼の前では、私はただの「女」になってしまう。

決壊した涙腺から涙が零れ出す。頬を伝った雫が、顎の先からぽたりと落ちた。

「おねがい……、如月、くん……、こんなのは、嫌……」

今にも消え入りそうなか細い声が届いたのか、如月くんの手が、止まった。

手首を掴む手の力が緩み、滞っていた血液が流れ出す。踏ん張っていた足の力がスッと抜けて、身体が大きくふらついた。

「真純さ……」

「――触らないで！」

咄嗟に支えようとした如月くんを、今度こそ、思いきり突き飛ばした。

油断していた如月くんの身体がよろよろとうしろに下がる。その隙に、震える身体を抱き締めながら私も間合いをとった。

如月くんは、今になって自分の過ちに気づいたのか、呆然とその場に立ち尽くしている。その顔はとても悲しげに見えたが、それを気にするほどの余力は残ってはいない。

もつれそうになる足をなんとか動かし、如月くんの身体を避けて扉へたどりつき鍵を開けた。

「もう二度と、私に触らないで。そしたら……今日のことは、忘れる」

弾かれたように如月くんが振り向くのを感じながら、ドアを開けて資料室を出る。

——これでもう二度と、如月くんのぬくもりを感じることはない。

第五話　君のことが、好きなんだ

あれから、私と如月くんの関係は、ただの同僚へと戻った。

仕事上のパートナーであることに変わりはないから、まったく顔を合わさないというわけにはいかなかったけど、お互いに、必要最低限の会話しかしなくなった。

本当は、一緒に仕事をするのは無理だと思った。だけど、長年の自分の夢を簡単に諦(あきら)めることはできない。

とはいえ、受けたダメージは大きく、喪失感はいつまでも拭(ぬぐ)えなかった。

そうして迎えた、大事なパーティーの日。それは有名なホテルの宴会場で行(おこな)われる、朋興建設が携(たずさ)わった大型商業施設の完成記念式典。如月くんからは、会場に着いたらまず控(ひか)え室(しつ)に向かうよう指示されていた。

そこに、あの日発注したドレスが届けられているという。

もちろん、最初は拒否をした。今さらだけど、彼からプレゼントをもらう理由なんてない。

でも――

『お詫びの品だなんて押しつけがましいことを言うつもりはありません。でも、真純さんのために選んだものだから、せめて一度だけでも着てください』

そんなことを言われたら、やっぱり強くは断れなくて……

あちこち採寸して選りすぐったものだし、一度も袖を通さないのは服に悪い気がした。うやむやになっていた支払いは、あとからきちんと精算するつもりでいる。

私たちは別々に会場入りし、現地で落ち合うことになっていた。タクシーで会場に向かった私は、慣れない雰囲気に若干怖気づきながらも一人でホテルのエントランスをくぐり、二階にあるという控え室に向かう。

「本郷様ですね。如月様より伺っております、どうぞ、こちらへ」

待ち構えていたスタッフに案内されたのは、個室のメイクアップルーム。百貨店のサロンのそれよりも広くて豪華なつくりの部屋には、鏡の周囲に電球がいくつも配置されたドレッサーや応接セットもあって、まるで女優さんが使う楽屋みたいなところだった。

部屋にかけられていたのは、あの日私たちが選んだ藍色のドレス。

ノースリーブのシンプルなデザインで、上半身から膝の辺りまでが身体の線に沿っており、裾はひらひらとマーメイドラインを描いている。

「お客様は身長があるので、ロングドレスが映えますね」

にっこりと微笑んだスタッフは、そのまま私にメイクを施す。いつもはひとつに結んだだけの髪も、毛先を緩くカールしてサイドに流し、パールのついた白い花のコサージュで飾られた。最後に小粒のパールが連なったネックレスをつけて完成。その姿は、普段の私からは想像もつかないくらい優雅だった。

鏡に映る自分が信じられないと見入っている隣で、仕事を終えたスタッフも満足げにしている。

「如月様のお見立て通りですね。あまり華美すぎないほうが本郷様の美しさが際立ちます。とてもお似合いですよ」

「あ、どうも、ありがとうございます……」

高級なものには違いなくとも、用意されたバッグや靴に至るまでシンプルで洗練されたもの。それらはすべて、私の好みにマッチしていた。

「お荷物はこちらでお預かりしておきますので、そのまま会場のある階へとお上がりください。如月様はそちらのロビーにてお待ちになっているそうです」

「えっと、お支払いは？」

「こちらでは必要ございません」

心配ご無用と言わんばかりの笑顔にそれ以上はなにも聞けず、お礼だけを言って部屋を出た。

洋服の好みから慣れない場所での配慮まで、如月くんは私のことを考えて用意してくれていたのだろう。相変わらず手厚い気遣いに嬉しくなる反面、この間は資料室でどうしてあんなことを、という思いが消えない。

今日は久しぶりに三枝先輩に会える。この服を選びにいったときは、彼に綺麗になった私を見てもらいたい気持ちが一番強かったのに、今は如月くんと一緒にフィッティングしたときのような高揚感はない。

現在私の心の奥を占領し続けているのは如月くんばかりだ。

会場には招待客が集まり始めていて、人数の多さからそう簡単に如月くんは見つからないだろうと思っていた。だけどエレベーターの扉が開くと、すぐ正面で如月くんが待っていてくれた。

エレベーターから降りてきた私を見た途端、如月くんの目が大きく見開かれる。

驚いていることがあまりにもストレートに伝わるものだから、こっちまで気恥ずかしくなる。それに、如月くんの装いだって素敵だった。

前髪を上げてうしろに流しているので、綺麗な顔立ちが強調されている。ブルーブラックの細身のスーツも、彼の体躯によく似合っていた。中に同系色のベストを着て、細かいストライプの入ったシャドーグレーのネクタイとパールホワイトのチーフを合わせている。その清潔感のある組み合わせは、どこかの御曹司と言われても違和感がない。

小走りで彼に近づく。傍に寄ると、同系色の服を着た私たちは、なんだかお揃いみたいだ。

「お待たせしてごめんなさい」

彼の前に立って声をかけると、固まっていた彼が我に返る。でもすぐに、パッと顔を逸らされてしまった。

「そんなに待って、ないです。……行きましょうか」

以前の彼なら、着飾った私にお世辞を言って褒めたたえてくれて、隣に並んでエスコートしてくれただろう。

でも今日は振り返らずに歩き出した彼の背中に、怒っていたことも忘れて、ほんの少しだけ寂しさを感じてしまった。

仕方なく、うしろを黙ってついていく。すると、会場の入り口の前で、彼の背中がピタリと止まる。

「それ……すごく、似合ってます」

ボソッと聞こえた呟きに、瞬時に顔が熱くなる。

心なしか、如月くんの耳の端も赤くなっている。

このときばかりは、うしろを歩いていてよかったと思った。

パーティーは立食形式で、会場は大勢の人で賑わっていた。私たちはつかず離れずの微妙な距離を保ちながら、お互いに別々の方向を向いている。

如月くんは持ち前の営業スマイルで、さっきからいろいろな人と談笑している。一方の私は、手にしたシャンパンをちびちびと呑みながら、華やかな会場を見渡すばかりだ。

知り合いなんていないのだから、一人になるのは仕方がない。しかも唯一の頼りである如月くんとは目も合わせられない状態だ。本来の目的である三枝先輩を探しにいこうとも思ったが、なぜか足が彼の傍から離れない。

——いや、如月くんを頼ろうとしているだなんて、どうかしている。

心細さを感じたときに誰かを頼りたくなるなんて、そんなのは私じゃない。どんなときだって、私はいつも一人で頑張ってきた。足が動かないのは、決して如月くんの近くにいたいからではなくて、目の前の煌びやかな様子に少々怖気づいているだけだ。

今の私は、パーティーの輪の中に加わっても遜色のない格好をしている。それに、相手だってただの人間なんだから、恐れる必要なんてない。

——さあ、勇気を出せ！　信じられるのは自分だけよ！

手にしたシャンパンを景気づけにクイッと呑み干し、息を吐いて背筋を伸ばす。一歩前に進み出た私は、すぐに人の波に紛れた。……ほらね。全然、大したことなんてないじゃない。

料理やお酒を片手に楽しそうに話し込む人の横をすり抜けていると、お目当ての三枝先輩は意外と簡単に見つかった。

だって、先輩は目立つもの。アメフトで鍛えた筋骨隆々の体格なんて、そうそういるものではないからね。

誰かと話している先輩がよく見える位置についた私は、剣道で鍛えた洞察力を駆使する。タイミングを計りながら、話し終えた相手が立ち去った瞬間、意を決して先輩に声をかけた。

「あの……三枝、先輩」

声をかけられた先輩は、私を振り返って一瞬怪訝そうな顔をした。

「えっと、どちら様だっけ?」

「先日ご挨拶した、匠コンストラクションの本郷と申します」

「匠の本郷さん……ああ、あのときの!」

しばらく考え込んでいた先輩の顔がパッと笑顔に変わった。

「いや、あのときとは雰囲気が違うんでわかりませんでした。こんな美人さんとは、一度会えば忘れないんですけど、失礼しました」

「まあ、そんな……オホホ……」

ひとまずは思い出してもらえたようで安堵する。

さて、しかし。これからどうすればいいのやら。声をかけてみたものの、次の一手までは考えていなかった。

「そういえばさっき、先輩って呼ばなかった？」

――おお、ラッキー！　先輩のほうから話を振ってくれた！

「そうなんです！　私、先輩と同じ大学の出身でして、昔よくお見かけしてたんです！」

それから、必死で大学時代の先輩について思い出を語った。同じ学部だったとか、同じ教授のゼミだったとか、とにかく共通点を羅列して、ひたすらアピールし続ける。仕事上、顔を覚えてもらいたいのもあったが、半分くらいは私情も挟んでしまっていたと思う。

間近で見る三枝先輩は、やっぱり素敵な人だった。私の話に相槌を打ちながら、通りかかったボーイのトレーから飲み物を受け取る動作だってスマートで、おまけに私の分まで用意してくれて優しい。

先輩の振る舞いは、私の誕生日に一緒に出かけたときの如月くんを彷彿とさせる。もしかすると私は、如月くんに心を動かされたわけではなく、紳士的な男性に魅力を感じていたのかもしれない。

だとすると、やっぱり私の理想とする人は、紳士的で見事な筋肉の持ち主である、先輩のような人。

頭の中が如月くんでいっぱいになり、切なく思ったこともあったけど、あれはきっと彼自身への想いではなかったのだろう。男性と親密になったことがなかったから、自分の気持ちを勘違（かんちが）いしてしまったんだ。そうだ、そうに決まっている。

だが、しかし。そんな私の目の前にグラスを差し出した先輩の左手――その薬指には、シルバーの指輪が輝いている。

それは紛（まぎ）れもなく、結婚指輪だった。

「先輩……ご結婚、されているんですか？」

――あれ？　でも、先日会ったときには、指輪なんてしてなかったよね？

「ああ、これね。仕事中は外しているんだけど出掛けに妻から強要されてしまって。君に会えるってわかってたら、外してきたのにね」

「まあ……オホホ……」

なんだ。既婚者か……

淡い恋心を抱いていた相手は、とっくの昔に「他人のもの」になっていた。

上がりかけていたテンションが急停止する。でも、不思議とそこまでのショックは受けていない自分もいた。

余計な邪念（じゃねん）が取り払われてよかったじゃない。私は、すぐさま仕事に専念することに切り替えた。

「私はずっと剣道を習っていたんですけど、武道場の立体構造が大好きで。それで、いつか、そういった仕事に携わることが目標なんです」

――だから、仕事くれ。というのは、さすがに直球すぎるかな。

営業トークなんてしたことないから、よくわからない。

三枝先輩の相手をすることは、きっと、私に与えられた役目ではない。でも、如月くんはこの場にはいないし、せっかく先輩をつかまえられたのだから頑張ってみよう。それに、そもそも彼を頼るつもりだってないのだ。

先輩から受け取ったグラスで時折喉を潤しながら、少しでも熱意が伝わるように一生懸命に会話を続けた。先輩は私の拙い話にもちゃんと耳を傾けてくれて、グラスが空になると、すぐさまお代わりを渡してくれる。

どれくらいの間、そうしていたのだろう。時間がたつのを忘れるほどに夢中になって、熱が入りすぎたせいか、頭の奥が少しだけボーッとしてきたような気がした。

「そうだ。ちょっと君に、頼みたいことがあるんだ」

ついに話のネタが切れてふうっと一息ついた頃、それまでただ私の話を聞いていた先輩がおもむろに切り出した。

「さっき報告があってね。パーティーに参加していた知り合いの女性が酔いつぶれて、上の階の一室に寝かされているそうなんだ。様子を見に行きたいんだけど、男の自分が一人で介抱するのはよくないと思うから、よければ一緒に来てくれないか？」

——はて。そんな報告、いつの間に受けたの？

先輩の口ぶりでは、今しがた聞いたばかりという雰囲気だけど、この一時間くらいはずっと私と話していたような。途中、会話に割って入る者もいなかったけど、私が来る前に聞いていたってことなのだろうか。もしくは、ボーイから飲み物を受け取ったり、通り過ぎる知り合いと挨拶を交わす様子はあったから、その短い間に聞いた話なのかもしれない。

アドレナリンを分泌しながら熱弁を振るっていたせいか、顔と身体が熱くて、頭の中がぼうっとする。でも、先輩の話の内容は、ちゃんと理解ができている。

「私でよければ、いいですよ……？」

ふわふわする頭が妙に不安定で小首を傾げると、先輩が笑みを深くした。

女性が酔って寝ているところを男性が一人で訪問するのは誤解を招く恐れがある。先輩の意見は真っ当なもので、そこになんの疑問も抱かなかった。

「じゃあ——行こうか」

先輩の分厚い手が、背中に触れた。背中が大きく開いたドレスなので、直接肌に先輩の体温を感じる。

——その瞬間、背筋がゾワッとした。

「どうかした？」

「……いえ、なんでも……オホホ……」

先輩は私をエスコートしてくれようとしているのに、振り払うのは失礼だ。だが、必死に笑顔で取り繕いながらも、触れられた場所の違和感が半端ない。

酔った女性を介抱しに行くだけだから、なにも心配はいらない。それに、三枝先輩はスポーツマンで紳士で、なにより結婚だってしている。不安になる必要なんかない。

なのに、会場の外へ出ようとして、ほんの一瞬だけ躊躇した。

立ち止まって、振り返りたい。でも、そんなことをしてなんになる？

「どうかした？」

「……いいえ、なんでも」

少しだけ揺らいだ心に、父の言葉を思い出す。

――『真純は強いから、大丈夫』

先輩の太い指に促されて、私は足を前に進めた。


宴会場の上の階からは宿泊用の客室になっていて、パーティー会場とは打って変わってしんと静まりかえっていた。同じような扉がいくつも並ぶ中、先輩はある扉の前に立つとズボンのポケットからカードキーを取り出す。

なんで、鍵を持っているの……？

不思議に思っている目の前で扉が開き、現れたのは真っ暗な部屋だった。

中に人がいるはずなのに。でも、寝ているから灯り(あか)が消えてるってこと……？

──いや、なにかがおかしい。そう思った瞬間、押し込むみたいに背中を押された。

背後でバタンと扉が閉まる。三枝先輩が持っていたカードキーを壁の装置に差し込むと、部屋の灯りが一気に点(つ)いた。

ビジネスホテルより広いワンルームの部屋。奥まった室内には同系色で統一された重厚なチェストや机が置かれていて、ラグジュアリー感がある。そして、視線をやや横に動かすと、キングサイズはあろうかという大きなベッド。

だが、そのベッドの上には、誰もいなかった。

「どうする？　先に、シャワーを浴びる？」

ネクタイを緩(ゆる)めながらリラックスした体勢をとる先輩から、距離をとった。逃げ場を求めた私は、自然と室内の奥へ移動してしまう。

「ど、どういうことですか……？　誰もいないじゃないですか！」

「まさか信じてたの？　あんなの、君を呼び出すための口実じゃないか」

フッと鼻を鳴らして口元を引き上げた先輩の顔に、貪欲(どんよく)な獣の気配がした。

──しまった、騙(だま)された！

「私、そんなつもりはありません。失礼します」

先輩の脇をすり抜けて、部屋の外へ出ていこうとする。だが、その私の二の腕を、先輩の太い腕が力任せに掴んだ。

「きゃあっ！」

「ここまでついてきておいて、それはないだろう？　君だって、俺のことを誘っていたじゃないか」

太い指がめり込むくらいに強く掴まれ、痛みで顔が歪む。だけど、ここで怯むわけにはいかない。一向に腕の力を緩める気配のない先輩を、キッと睨みつけた。

「誘ってなんかいません！」

「またまた。女性のほうから声をかけて、あれだけ熱心に話されたら、どんなに鈍い男でも自分に気があることくらいはすぐに気がつくよ」

「そんなの、あなたの勘違いです！　それにあなた、結婚しているんですよね⁉」

私の言葉に、先輩は空いている左手を持ち上げ、その薬指をジッと見つめる。

「君みたいな魅力的な女性に会えるって知っていたら外してきたのにな。本当に、頼まれても気まぐれなんかでつけるものじゃないね」

マリッジリング、結婚の印。永遠の愛を誓ったはずのその証を、先輩は鼻で嗤った。

「……結婚、していないんですか？」

「してるよ」

「だったら、どうして……⁉」

「そんなの、好きになってしまったら関係ないんだよ」

「嘘だ！　あなた、私のことなんてなんとも思っていませんよね⁉」

先輩が私を好きになるなんて、そんなはずはない。

先輩は、ついさっきまで私のことは何も知らなかった。そんな相手に、軽々しく好きだなんて言う人の言葉を信じられるわけがない。

そりゃ、先輩と付き合えたらなんて考えてはいたけれど、既婚者と知り、その気持ちはなくなった。こうなった今では、絶対にお断りだけどね！

「なんとも思っていなくなんかないよ。だからこうやって、部屋に誘ったんじゃないか」

掴まれた腕を引き寄せられ、身体が大きく前に傾いた。咄嗟によじった身体を、先輩はまるで米俵でも担ぐようにひょいと持ち上げ、室内の奥へと進んでいく。

「やめてください！　は、離して……！」

どんなに暴れても、先輩の太い腕はビクともしない。なにかないかと周囲を見渡しても、武器になりそうなものは見当たらなかった。

――ああ、もう！　一流のホテルなら、竹刀とか木刀とか、完備しておいてよ！

たとえ相手が男であろうが筋肉の塊であろうが、剣さえあれば負ける気はしない。

でも、なんの武器も持っていない私は、非力だった。

さほど遠くない距離を運ばれて、大きなベッドの上に乱雑に投げられる。スプリングのきいたベッドに投げ出された身体は、勢いよく弾んだ。

仰向けに横たわる私の上に、先輩がゲスな笑みをたたえて覆い被さる。

「い……いい加減にしてください、警察を呼びますよ」

「どうやって？　ここには君と俺しかいないじゃないか。それに、一度抱かれてみたら、そんな気もなくなるんじゃないかな？」

先輩のごつい手が、私の頬に添えられる。その瞬間、全身にゾゾッと鳥肌が立った。

——気持ち、悪い！

こんな風に迫られたって、甘くなるどころか吐き気しかしない。のしかかってくる先輩を押しのけようと、さっきから両腕には力を込めているのに、重い身体はものすごい圧力で全然動きそうな気配がない。

それでも、折れそうになる心を必死に奮い立たせて、先輩を睨みつけることだけはやめなかった。

「いいね、その目……ゾクゾクするよ。屈服させ甲斐がある」

太い指が肩のラインをたどり、ぬるぬるした舌が首筋をねっとりと舐めあげた。

「いや……っ」

知らない感触が私の身体を蹂躙（じゅうりん）していく。どんなに抵抗しても、自分より体格がよくて力の強い男の人が相手では敵（かな）わない。その事実が、私のプライドを折る。

男なんかに負けない。私は強いから、しっかりしているから、なんでも一人でできるから……

そう思っていたのに、今はどうすることもできない。

どんなに泣いても。どんなに叫んでも。私の力だけでは太刀打（たちう）ちできない。

——今度こそ、本当に恐怖を感じた。

「いやあ！　やだ、やめてぇ！」

「往生際（おうじょうぎわ）が悪いね。でもそうやって抵抗されると、かえって燃えてくるよ」

大きな手が、ドレスの上から片方の胸を掴（つか）んだ。

裾（すそ）は大きくめくれて、太腿（ふともも）が露（あら）わになっている。薄い生地（きじ）の上を這（は）うごつごつした手や、押し当てられる先輩の下半身の硬さを感じてしまう。

——こんな男に、好き勝手にされるなんて嫌……！

憧（あこが）れの先輩に、少しでも綺麗に見られたかった。だが、好色そうな先輩の瞳は、私をただの性的対象としか見ていない。この人はただ単に、自分の欲求を満たすために、私を抱こうとしている。

——如月くんは、違った。

本物の恐怖に晒されて、改めてそのことに思い当たった。

私に触れる彼の指は優しかった。

資料室では乱暴な手つきで触れられたが、それでも目の前にいる男のような目はしていなかった。

——あのときは私も必死で、如月くんの気持ちまで考えられなかったけど、今ならわかる。あのときの彼は、縋るような、切羽詰まったような顔をして、私になにかを訴えかけていたじゃない。彼はいつだって私を気遣って、守って、甘やかしてくれた。

だけど私はそれを素直に受け入れることなどできなかった。私は強いと虚勢を張って、彼を年下の軽薄そうな男だと決めつけて。

それでも、如月くんはいつだって——私をただの「女の子」として扱ってくれていた。

「たす、けて……、誰か……」

助けなんて、来るはずがない。だけど、呼ばずにはいられなかった。弱い自分には、誰かを頼るよりほかにこの場から逃げられる手段などない。

そして、絶望感に支配されながら心に浮かんだのは、一人だけだった。

「助けて……っ、如月くん！」

「はいはーい」

ガチャリとドアが開く音がして、緊迫した状況にまるで相応しくない軽い返事が聞こえた。

あまりにも自然に室内へと入ってきたものだから、私も先輩も、ベッドの上でポカンとしてしまう。

声の主は、カードキーを顎に当てながらベッドの上でもみ合う私たちを見ると眉をひそめた。

「なんだ、どうやってここに……⁉」

先に我に返ったのは、先輩のほうだった。

「あんた、夢中になりすぎ。普通にドアを開けて入ってきましたけど？」

それはそうだろう。なにしろ如月くんは、その手にカードキーを持っている。

問題は、どうして如月くんがスペアであろうカードキーを持っているか、だ。

そんな疑問に答えることもなく、如月くんはスタスタとベッドの横までやってくると、私の上に覆い被さっている先輩の肩に手を置く。

「いいから――その汚い手を、今すぐ離せ」

次の瞬間、先輩の身体がごろんと横に転がった。

――気功⁉　それとも、ハンドパワー⁉

私がどんなに暴れても押しのけることのできなかった大きな身体が、華奢に見える如月くんの手によっていともたやすく排除されたことに驚きを隠せなかった。

「とあるルートを使い、このホテル内に朋興の名前で押さえられている部屋がないか調べたらすぐにわかりました。宿泊費用をケチって経費で落とそうとするからですよ」

そう言いながら私の手を如月くんが掴む。そのまま勢いよく起こすと、自らのジャケットを脱いで私の肩にかけ、腕の中に閉じ込めた。

ジャケット越しに肩を抱く手の強さも、頬に押しつけられたぬくもりも、さっきまで感じていたものとは全然違う。

包み込まれるような絶対的な安心感。いまだに危機的状況の最中ではあるものの、私の中に張り巡らされていた緊張の糸が、少しずつほぐれていくような気がした。

「大手ゼネコンの社員も地に落ちたものですね。嫌がる女性を部屋に連れ込んで無理やり押し倒すだなんて、ただのレイプじゃないですか。……って、偉そうに言える立場でもないけど」

言うなり片目を瞑ってペロッと舌を出す如月くんに、緊張感はまるでない。

――ピンチを救ったヒーローなんだから、もっと、しゃんとしなさいよ！

「無理やりなんかじゃない。彼女は、自分からここについてきたんだ。同意じゃないか」

「同意ぃ？　本気で嫌がってるのもわからないなんて、馬鹿じゃないのか？」

転がされたベッドの上で起き上がりすごみをきかせる先輩に、如月くんは首を振りながら呆れたようにため息をひとつ吐く。

「貴様……っ、下請けの分際で」

「下請けだからなんだ？　下請けがなければゼネコンだって成り立たないじゃないか。そんなこともわからないなんて、やっぱり馬鹿だな」

今度は本当に馬鹿にしたように鼻で嗤って一蹴すると、私を見下ろしながら急に真面目な顔をした。

「ね？　だから、脳筋ゴリラだって言ったでしょ？」

こんな緊迫した場面で、よくもそんなふざけたことを。

でも、あまりにも落差のある態度に、思わず私も噴き出してしまった。

「そんな口をきいて、ただで済むと思ってるのか⁉　……おまえたち、匠コンストラクションの人間だったな。確かうちと組んで、次のプロジェクトチームに加わりたかったんだよな。いいのか？　業者なんて、他にいくらでもあるんだぞ？」

先輩の言葉に、ギクリと身体が強張った。

――そうだ。大事な仕事の相手と、こんなことになってしまったら……

だけど如月くんは、動揺した私の身体をいっそう強く引き寄せると、真面目な顔をしたまま先輩をしっかりと見据えた。

「私欲に駆られて優秀な業者の見分けもつかないなんて情けない。……ったく、こんなヤツをのさばらせるなんて、上の連中はなにをやってるんだか」

その風貌は、凛々しくて、精悍で。どことなく高貴な雰囲気を漂わせる顔つきに、そんな場合ではないとわかっていながら、不覚にも胸がときめいた。

「あんたがこんなことをしなければ俺は手出ししなかった。だからこの件に関して、俺は一歩も引くつもりはない。自分の身が可愛ければ、これ以上は事を荒立てないようにするんだな」

まだなにか言いたげな先輩を残し、如月くんは私の肩を抱いたまま部屋を出た。

先輩からも、如月くんからも見られないように下を向いているけれど、私の顔はこれ以上ないくらい赤くなっているに違いない。

か……かっこよかった……

普段のおちゃらけたイメージではなく、私を守りながら敢然と敵に立ち向かう如月くんは、さながら姫を守る騎士のようだった。自分が姫なんて柄じゃないことは十分に承知していても、ドキドキせずにはいられない。

——でも、超大口の取引先を相手にあんなことをして、本当に大丈夫だったのだろうか……

相手は、我が社が社運を賭けて挑もうとしている一大プロジェクトの責任者。いくら今回のことが私たちの個人的なトラブルであったとしても、会社自体の不利益にならないとは言い切れない。なにしろ、あちらは絶対的な権力を持っているのだ。

先輩がしたことは許し難いが、今のうちに謝っておいたほうがいいのかもしれない。

部屋を出てエレベーターへと向かう如月くんを呼び止めようと顔を上げたとき、突然両肩を掴まれて、ものすごい形相で睨まれた。

「あなたは……っ、あれだけ気をつけろって言ったのに、馬鹿なんですか⁉」

静かなエレベーターホールに響き渡った、如月くんの怒号。

まさかこのタイミングで叱られることになるとは思ってもみなかった私は、彼の顔を見上げたまま固まってしまう。

「駆けつけるのが遅くなっていたら、どうなっていたかわかっているんですか⁉　ノコノコと部屋についていくとか、どうしてこうも不用心なんです⁉」

他のお客様のご迷惑になるだなんて、言い出せなかった。

両肩を掴んだ手の強さは、さっきまでとは比べものにならない。だけど、先輩に押さえつけられていたときとは、やっぱり違う。

私に向けられる如月くんの目は真剣そのもので、そこには苛立ちや憤りとともに、私を心配していたという気持ちがいっしょくたになって浮かんでいた。

「な……、なによぉ……怒鳴らなくったって、いいじゃないの……」

反抗したくなるのと同時に申し訳なくて、なぜか心の底から安堵する。

子供の頃に親に叱られたときのような、複雑な気持ち。どこか懐かしささえ感じて、不安定になっていたことからつい泣き出してしまった。

恥ずかしげもなくぽろぽろと涙を流して泣きじゃくる私の頭を、如月くんの大きな手がなだめるように撫でてくれる。

——これじゃあ、どっちが年上か、わからないじゃないの。

普段の私であれば、年下の彼にこんな風にあやされたら、きっと冷たく突き放すくらいはしていただろう。

「……どれだけ心配したか、わかっているんですか？」

声を荒らげたときとは打って変わって、穏やかなトーンでささやかれる。その声も、彼の手から伝わってくる熱も、たまらなく心地いい。

「うん……、ごめんね。……ごめんなさい」

ヒクヒクと泣きじゃくる私を、如月くんはそっと抱き締めてくれていた。

——と思ったら、急にパッと離れていく。

どうしたのかと不思議に思っていると、如月くんは離した両手をホールドアップしていた。

「……すいません。二度と触らないって約束、破ってしまいました」

あの日、資料室で彼に向かって言い放った言葉。あれ以来、彼が私に触れることはなかった。

やむを得ない事情があったとはいえ、私に触れていたことを急に思い出したのであろう。如月くんはバツの悪そうな顔をして目を泳がせている。

――真面目か！

律儀に言いつけを守ろうとする彼を見ていたら、なんだか笑えてきた。

「いいの……」

両手を上げたままの如月くんの胸元にそっと手を伸ばして、ピッタリと頬をつける。

「ま、真純さん⁉」

彼の声が上ずったりしたものだから、さらに可笑しい。

なんだかもう、大人なのか子供なのか、よくわからない。

でも、こんな風に振り回されるのは――悪くない。

「お願いだから、もう少し、このままで……」

柄にもなく素直に甘えたくなったのは、相手が如月くんだったから。

年が上とか下とか、そんなことはもう関係なかった。喜ばせたり、突き落としたり。

後にも先にも、私をこんなにも掻き乱す人はいないだろう。

――私は、如月くんのことが、好きなんだ。

必死で誤魔化していた気持ちと向き合ってみたら、答えはあっさりと出てしまった。

私は心が軽くなり、微笑みながら彼の胸元にぎゅっと顔を押し当てる。

如月くんはしばらくの間、私を抱き締めていてくれた。


「落ち着くまで、休憩しましょうか」


エレベーターに乗り込んだ如月くんは、パーティー会場や控え室のある下層階ではなく、上階に向かうボタンを押した。

先輩に押し倒された挙句に泣きじゃくった私の姿は散々なものだろう。だから、如月くんの提案にも素直に首を縦に振った。

如月くんに案内された部屋は、ワンルームという点では同じだけれど、さっきまで先輩といた部屋よりもさらに広いところだった。より高い場所から望める夜景、先ほどの倍はある調度品が部屋のグレードを物語る。ついでに、キングサイズのベッドも、二台ある。

如月くんは、そのベッドの片方……ではなく、奥にあった二人がけのソファまで私を誘導すると、そこに座るよう促した。


「えっと、真純さん？　飲み物とかいりますか？」

如月くんの声が困惑している。それもそのはず、ソファに腰を下ろしても、私は彼にぴったりと抱きついたまま離れないのだ。

「なにも、いらない」

離れていこうとする彼を引き留めるように、背中に回した手にぎゅうっと力を込めた。

中腰だった如月くんは、やれやれとため息を吐(つ)くと、床の上に膝(ひざ)をつく。

「もしかしなくとも……だいぶ、酔ってます？」

「んー、わかんない」

先輩と話をしながら、差し出される物を次々と呑み干していた記憶はある。だけど正直、どれだけ呑んだかまでは覚えていない。叫びすぎたせいで喉(のど)の渇きはあったけど、今はそんなことよりも如月くんにくっついていたい気持ちのほうが強かった。

「いい加減に離れてくれないと、俺も理性とか、いろいろ限界があるんですけど」

「君にも、そんなものがあったの？」

会社の中だろうがお構いなしにいやらしいことをしてきたクセに、と単純に疑問だっただけなのに、如月くんは心外だと言わんばかりに口を尖(とが)らせる。

「ひどいなぁ！　俺のことをなんだと思ってるんですか!?」

なんだと思っていると言われましても……

「それにしても、さっきのあれはすごかったわね。どうやって三枝先輩を転がしたの？」

「あれは合気道です。習ってたって言ったでしょう？」

肩を竦めるすく如月くんの動きに合わせて、彼の胸板がキュッと締まる。

「如月くんって、華奢きゃしゃに見えても本当に鍛きたえているのね」

見るからに筋肉ムキムキだった三枝先輩とは違って、如月くんの線は細い。腕も身体も私とそんなに変わらないくらい細いのに、力の強さは全然違っていて、あの先輩の大きな身体をいとも簡単に転がしてしまったことに改めて感心させられる。

「……だって真純さんは、そういうのがタイプなんでしょう？」

ポツリと呟いたつぶや声に、彼の胸元にすり寄せていた顔を思わず上げた。

「真純さんが、筋肉質な男が好きだって知ったから、仕事終わりにジムに行って、昔は嫌々習っていた格闘技ももう一回やり直して。体質上マッチョにはなれなかったけど、真純さんを守れるくらいには強いですよ？」

自信満々な笑みを浮かべる如月くんに、胸が高鳴る。

私の好みに合わせて身体を鍛えたなんて言われたら、勘違いしてしまいそうだ。

でも、ふと思い出す。風間くんと一緒に社食で会ったとき、如月くんは好きな人がいると言っていた。それじゃあ、他に好きな人がいるのに、どうしてそんなことを言うの……？

――とにかく、悩んでいても仕方ない。今、本人が目の前にいるのだから、面と向かって聞いてみるのが一番である。

とはいえそれを確かめるのは、私にとってはすごく勇気のいることだ。しがみついていた手をそっと緩めて、少しだけ彼から距離をとった。それでも顔を直視することはできなくて、自分の膝を見つめながら口を開いた。

「あのね、如月くん……？　もしも違っていたら笑ってくれていいんだけど。いや、本当は笑われたくなんかないんだけど……。その、もしかして、如月くんは私のこと――」

「好きですよ」

あっさりと。そして、きっぱりと。

私が言い終わるよりも早く、如月くんは間髪容れずにはっきりとした口調で言った。

「――な、なんで⁉」

そんなに簡単に認められても、にわかには信じがたい。俯いていた顔を上げて目を丸くする私に、如月くんは小首を傾げてみせる。

「なんでと言われても、ねぇ？」

――ねぇ？　って、私に聞かれても！

「だって私は……あなたよりも年上で、可愛げなんてものもないし。つ、つい最近まで、処女、だったし……」

「処女だったのは関係ないでしょう？　むしろ嬉しかったって言ったじゃないですか」

確かに喜んでもらえたような気もするけど、あのときは如月くんの気持ちも、自分の気持ちすらも知らなかったから、そこまで深くは考えていなかった。

「でも如月くんにとって私は、セフレなんじゃ……」

私の言葉に、今度は如月くんが目を丸くする。

「はあ？　だから、本当にあなたは俺のことをなんだと思ってるんですか」

「だって、告白してきた女の子がセフレ関係を持ちかけたとき、今はいらないって断ってたじゃない。あれはつまり、すでに私というセフレがいるから今は間に合ってるって意味でしょ？」

「そんなわけないじゃないですか！　ていうか、見てたんですか？」

「ぐ、偶然よ！　別に、盗み見てたわけじゃないの！　たまたま風間くんと通りかかって……」

そこまで言ったら、急に伸びてきた手に口を塞（ふさ）がれた。――なんで⁉

「その名前は出さないでください」

不機嫌そうな顔になった理由も聞けるわけがなく、こくこく頷（うなず）くとすぐに手は離れた。――だから、なんで⁉

「今はいらないって言ったのは、本気で好きな人がいるから、今は他の誰ともそういうことをするつもりはないって意味です。ずっと好きだった人を抱けて、あと少しで自分のものにできるかもしれないって……調子に乗って余計なことを言ったのが悪かったな。

もっともセフレなんて、これまでいたことありません」

――ということは、誕生日の夜に翻弄されたあのテクニックは、恋人との歴史によるものなのか。……ちょっとジェラシー。

とか、そんなことはどうでもいい。

「ずっと、真純さんだけを見ていました。あなたが好きです。俺と、付き合ってくれませんか？」

図らずも、私の目の前で跪きながら愛の告白をする如月くんは、本物の王子様のようだった。

それどころではない。潤んだ熱っぽい瞳でこちらを見上げながら甘い声でささやかれて、私のハートは完全にズドンと射貫かれた。

「どうして、それを最初に言ってくれなかったの……？」

「最初に言っていたら、素直に付き合ってくれましたか？」

「それは……」

もしもいきなり告白されていたら――十中八九、お断りしていただろう。

視線をさまよわせる私に、如月くんはクスッと小さく笑う。

「いきなり告白なんかしても真純さんは受け入れてはくれなかったでしょう？　自分と真純さんの距離感は、十分承知していましたから。今回のプロジェクトが動き出し、やっと近づく口実ができて、これから少しずつ親しくなっていこうと計画して……。俺だって、いきなりホテルに行くことになるなんて思ってもなかったんですけど、ほら、据え膳食わぬは男の恥って言うか……」

「それは……ごめんなさい」

その点については、如月くんを責めるわけにはいかない。

如月くんは、私の誕生日をきっかけに距離を詰めていこうと画策していただけで、最初からいきなりベッドをともにすることまでは想定していなかった。

あのときに彼をホテルへ誘ったのは、間違いなく私なのだ。

「謝らないでください。ずっと好きだった人から誘われて、喜ばないわけがないでしょう？」

しゅんとしてしまった私の身体を、そっと如月くんが抱き締めた。

「考えていた計画を全部すっ飛ばしてでも、真純さんがほしかった。まさか真純さんが初めてだとは思わなかったけど、全然男慣れしていないところも含めて、俺は、すごく嬉しかった」

心地よい温もりに包まれながら、ささやかれる声はさらに甘さを増していく。

甘い、甘すぎる。恋愛経験値のない私には、この甘さはもはや猛毒でしかない。この毒にやられたら危険だ。いや、大きな身体を縮めながら真っ赤な顔をしている私は、もうとっくに彼に毒されていたに違いない。

「もしかして、夢じゃないわよね……？」

自分の身に起きていることが信じられなくて思わず口にすると、いっそう強く抱き締められた。ちょっと苦しい。

……うん、やっぱり、夢じゃない。

「真純さんは、なんでそんなに女性としての自己評価が低いんですか？」

「そんなの、当たり前よ！　今までモテてこなかったんだから仕方ないじゃない！」

男以上に男らしいと評判の私が、まさか、社内一モテる王子様の意中の相手だったなんて考えるはずもないじゃないか。

「まあ……真純さんが自分のことをそう思い込んでくれていたお陰で、誰のものにもならずに今日を迎えられたわけですが」

はあ、とため息を吐いた如月くんは、改めて私から身体を離す。それから、私の手を握り、自分の唇をそっと押し当てた。

「俺は年下で、真純さんの理想からは外れているけど。……こんな俺じゃ、ダメですか？」

ドクン、と、大きく胸が鳴る。

如月くんの声も、向けられている眼差しも真剣だ。指先は微かに震えていて、如月くんの緊張がこっちにまで伝わってくるようだ。

　まさか自分がこんな風に愛を乞(こ)われるだなんて、思ってもみなかった。

「また真っ赤になっちゃって、可愛いんだから」

「……私のことを可愛いなんて言うのは、君ぐらいだわ」

「そうですか？　だったら、その貴重な相手(オレ)を、選んでみませんか？」

　茶化すような口調なのに、その言葉を軽いとは思わなかった。

「選ぶもなにも……。最初から、君だけよ」

　逞(たくま)しい体躯(たいく)の男性を理想としたのは、幼い頃に亡くなった父の姿を重ねていたから。

　確かに外見だけで言えば、如月くんはその理想とは違う。でも、本当に一番大切なものを持っているのは、彼だけだ。

「好きよ……如月くん」

　私が大好きだった父と同じく、強くて、優しくて、私を無条件に守ってくれる人。

　そんな人は、如月くん以外にはいなかった。

　——これまで誰とも縁がなかったのは、きっと、君に出会うためだったんだね。

「……っ、真純、さん！」

　私の言葉に、如月くんの目が大きく見開かれる。それから、ガバッと飛びつくように抱き締められた。

間近に迫る顔に大人しく目を閉じて、押し当てられた唇の隙間から割り入った舌に自分の舌を絡めた。

触れ合っている舌先から蕩けていくような甘い気持ちが広がっていく。息継ぎさえままならない激しいキスは苦しかったけれど、なんとも言えない幸福感に身体が震えて、夢中で舌を絡め合った。

それだけじゃない。如月くんの舌が私の舌を舐め上げるたびに肌が粟立ち、痺れるような感覚がお腹の奥のほうへと流れていく。

そっと離れていく如月くんの唇が唾液で扇情的に濡れていて、それを見ただけでまた身体の奥がざわざわした。

「どうして、離れるの……？」

キスを終えた如月くんの身体と自分の身体の間にできた隙間が寂しくて、震える指先で彼のシャツをキュッと握った。さほど強く引っ張ったわけでもないが、立ち上がろうとしていた如月くんはその動きを止める。

「だって、あんなことがあったばかりでまた男に触れられるのは、嫌じゃないですか？」

如月くんの大きな手が、いろいろあってぐちゃぐちゃに乱れた私の髪を梳いていく。

「痴漢に遭ったときは、触ってきたじゃない」

「あのときは……っ、そうですね。他人が真純さんの身体に触ったかと思うと許せなくて、一刻も早く上書きしたかったんですけど、軽率でした。すいません」

「謝らないでよ」

急に目を伏せてシュンとしてしまった如月くんに、思わず頬が緩む。

見知らぬ人に身体を触れられるのは気持ちが悪かったけれど、あのときも今も、如月くんに触れられるのは嫌じゃない。

「今日は……？」

いつも、如月くんがするみたいに、彼の身体に抱きついて、耳元に寄せた唇でそっとささやく。

「今日は、上書き、してくれないの……？」

その瞬間、彼の身体がぴしりと音でも立てるように固まった。それから、勢いよくソファの上に押し倒される。

「そんなこと言われたら、もう、我慢しませんよ？」

上から覗く如月くんの瞳がキラリと光って、明らかに情欲の炎を灯している。

なのに、不思議と怖くない。それどころか、その身に巣くった炎に焼き尽くされたいという衝動までもが湧いてくる。

――ああ。気持ちがあるのとないのとで、こんなにも違うものなんだ……

「そんなの……、しなくて、いい」

その言葉を合図に、如月くんの身体がゆっくりと私の身体に覆い被さった。

「はあ……っ、ん、待って、如月く……んっ……」

「ダメです。待てません」

飽きることなく続けられるキスの嵐に翻弄されている間に、身につけていたドレスは着実に脱がされていく。背中のファスナーはとっくに引き下ろされて、胸元はもう下着も露わになっている。

私だって、自分から彼を煽っておいて、今さら「やめた」と言い出すつもりはない。

「でも、ここで、するの？」

私たちが寝そべっているのは、二人がけとはいえ少々手狭なソファの上で、ほんのちょっと歩いた先には大きくて立派なキングサイズのベッドがある。

「もう我慢なんかできません。それに、しなくていいって言ったのは、真純さんじゃないですか」

片手でネクタイを緩めながら、もう片方の手がブラジャーの上から胸を揉みしだく。すでに勃ち上がりかけていた先端の突起は布に擦れただけでジンと痺れて、堪えきれない吐息が漏れた。

ブラジャーの際に指をかけた如月くんは、そのまま下へずり下ろす。ふるりと零れた膨らみに目を閉じてかぶりつく様に、首のうしろが震える。

「あっ、は……、や、あんっ」

突起の周囲をぬめった舌が舐め回し、時折じゅくじゅくと音を立てて吸い上げられる。もう片方の突起も指で摘まれ、指の腹で擦られたり、つねられたりした。

私の胸を丁寧に愛撫する如月くんの柔らかい髪が肌を滑って、くすぐったさに自然と身体をくねらせる。舐められて、転がされて、いつの間にかここがソファの上であることなんて忘れていく。

「ん、や、……あっ、あ、ん」

如月くんの髪に指を埋めながら夢中で喘いだ。刺激されているのは胸なのに、さっきから足の付け根がむずむずして堪らない。じっとしていられなくて、両足を擦りつけるように動かすと、ソファが小さくギシリと音を立てた。

「真純さんも、限界ですか？」

それを目敏く見つけた如月くんが、頂を口に含みながら意地悪く笑う。

「あ、ダメ……っ、そこで、しゃべらない、で……っ」

如月くんが口を動かすだけで舌と歯が乳首に擦れてビリビリする。片手で器用にシャツを脱いだ彼は、両手で膨らみを揉みながら先端を指先で弾いた。

「あっ、んんっ！」

両胸を手と口と舌でなぶられる刺激に大きく仰け反る。身体の内側に溜まった熱がどくどくと脈打ちながら、すごい勢いで下腹部に向かって流れていくようだ。

胸を弄んでいる手の片方が、その流れを追いかけるかのように下りていく。

次に待ち受ける快感を期待して、また身体が震えた。

「……っ、ふ、あ」

ロング丈のドレスを腰まで大きく捲り上げられる。ショーツの上から割れ目を優しくなぞられただけで、鼻から抜けたような甘い声が出てしまう。

「本当、可愛い。……あいつに、見られなくてよかった」

ぽつりと呟いた如月くんは、伸び上がるようにしながら私の唇にチュッと触れるだけの軽いキスを落とすと、その勢いのまま私の足元へと沈んだ。

「え……っ、なに⁉　……あっ、やだ、ああっ！」

片足を大きく持ち上げられ、肩の上に乗せられた。ショーツを丸出しにされたことに気が動転するよりも早く、如月くんはショーツのクロッチの部分に指をかけると、グイッと横に寄せる。

露わになった秘部に唇を寄せ、そのままぺちゃぺちゃと舐め始めた。

「やっ……、あっ、だめぇ！　そんな、とこ、汚な……っ」

羞恥心と強烈な刺激がいっぺんに押し寄せてきて、思わず腰が浮いた。

シャワーを浴びて清めていたとしても憚られるような場所を舐められて、恥ずかしさでどうにかなってしまいそうだ。足の間にある如月くんの頭をどかそうともがくも、痺れた身体ではうまく力が入らない。

べろりと大きく膣口を舐めた舌がうねりながら花弁を開く。舌が通り過ぎたあと少しひんやりとしたそこから、とろりと熱いものが流れ出てくるのがわかった。

「……っ、ううんっ……あっ、やだ……っ」

挿し込まれた舌がぐにぐにと動いて、私の中から溢れた蜜と如月くんの唾液とが混ざった淫らな水音を奏でる。なにがなんだかわからないのに、与えられる快感だけは鮮明で、浮かせたままの腰がびくびくと揺れる。

「や……あ、んっ、……如月、くん……、あ、……ああっ」

もうなにも考えられない。快楽の波に素直に身を任せていると、ぐちゅりと音を立てながら如月くんの指までもが入り込んできた。蕩けてぐずぐずになっているそこを激しく掻き回されて、指だけでイかされたときの感覚が蘇る。

指に場所を譲った舌は割れ目の上へと移動し、敏感な蕾をつついた。

「あああ……っ、あっ！」

途端に膣が収縮し、背中が大きく仰け反った。

「真純さん……、軽く、イッちゃいました？」

　ようやく顔を上げた如月くんが、すっかり濡れてしまった自らの口の周りをぺろりと舌で舐め上げる。いまだに腰の疼きが収まらない私は、荒い息を吐きながらこくこくと頷くことしかできない。

「……ああっ、もう！　またそんな顔して！　そんなの、俺以外に見せたらダメですからね⁉」

　ガバッと身体を起こした如月くんは、そのままソファの上で膝立ちになると、カチャカチャとベルトを外し始めた。

　さっきから呟いたり叫んだりと本当に忙しない。それに、そんな顔をするなと言われても、自分がどんな顔をしているのかなんて想像もつかなかった。

　だけど、ものすごい勢いで準備を整えている如月くんの気配に、自分が激しく求められていることがなんとなくわかった。それに気づいたら、また、さっきから続いている疼きが一段と大きくなったような気がする。

　あっという間に準備を整えた如月くんは、濡れて使いものにならなくなったショーツを引き下ろすと、力の入っていない私の足をふたたび大きく広げさせた。

「待って、まだ……あ、ああ――――!!」

　いきなり奥まで貫かれた衝撃に、全身が戦慄いた。

「ちょ……っ、うわ……」

チカチカする目の前で、如月くんの顔が苦しそうに歪む。だけど、奥まで入り込んでいる彼自身を痛いくらいに締め上げるのをどうすることもできない。

跳ね上がった私の身体にしがみついてなんとか快感をやり過ごしたらしい如月くんは、そのまま胸元に顔を埋めて大きく肩で息を吐く。

「はあ……、入れただけでイクとか……、反則ですよ……?」

「知ら……ないわよ、馬鹿っ！　き、如月くんのせいじゃないの……！」

奥からどっと蜜が溢れ出てくる感触が、泣きたくなるくらい恥ずかしい。

——だから、待ってって言ったのに！

「真純さんが俺を受け入れただけで、こんなになっちゃうなんて」

うつぶせになったまま動かないでいる如月くんが、嬉しそうな声で小さく笑った。

しばらくすると、なにも感じられないほど高まっていた熱が徐々に冷めて、如月くんと繋がっている場所からドクドクし始める。奥深くまで埋め込まれた彼の屹立をはっきりと感じ取って、達した身体はすぐにまた熱を帯びてきた。

「俺、ずっと真純さんのポーカーフェイスを崩したいって思ってたんですよ」

お互いの腰を密着させたまま、如月くんがゆるゆると腰を回す。内壁を押し広げるような感覚に、私の口から短い喘ぎ声が漏れる。

「あっ、あっ、ん……、如月くん、ん……っ」

「泣いた顔も、怒った顔も、笑った顔も、感じてる顔も……どれも可愛い」

頬に大きな手が添えられて、親指が目尻に溜まった涙を拭う。私を見下ろす如月くんは、嬉しそうにも苦しそうにも見える、なんともいえない顔をしていた。

「だから心配になるんです。真純さんの魅力を知っているのは俺だけでいい。他の誰にも見せないで……」

ゆっくりと引き抜かれたと思ったら、しとどに濡れた蜜ごと押し込むように奥深くまで埋め込まれる。緩急をつけた動きと如月くんの表情に、私の胸は何度も高鳴った。

「好き……あっ、如月く、ん……。大好き……大好き……」

他の人になんて、見せるわけがないじゃない。

私をこんな風にするのは、君だけなんだから——

「……っ、真純さ、ん」

ずんっと突き上げられる衝撃に、つま先まで引き攣る。

ゆるゆると動いていた動きが、途端に激しさを増した。

「あっ、あ、ダメ……っ、強い……ああっ、んっ」

「煽ったのは、あなたです……。もう、止まんない……」

如月くんの手が私のお尻を掴んで持ち上げ、激しく腰を打ち付ける。身動きできなくなった私は、その抽送にただただ翻弄された。

「あぁっ……、や、また……無理っ、あっ、あ、あっ、無理……っ」

互いの肌がぶつかる乾いた音、ソファの軋み、淫らな水音。悲鳴のような私の嬌声に、荒々しい彼の吐息。

呼吸すらままならないほど身体が上下に大きく揺さぶられ、如月くんの身体に必死でしがみつく。

「真純さん……好き、です……ああ、俺も……もう」

私を引き寄せる如月くんの手にも力が込められる。それからひとつ苦しげな息を吐いた直後、最奥にまで突き立てられたものが小さく震えた。

「い……や、あ……、ああ、あああああ――――!!」

それと同時に私の全身もカアッと熱くなって、限界にまで高まっていたものが一気に弾ける。

恍惚の海に沈んでいく私の身体に、倒れてきた如月くんの身体が重なる。

心地よい重みとお互いのぬくもりを感じながら、私たちは幸せの余韻に浸った。


――で、浸り切った結果、こうなった。

我慢しないとの宣言通り、如月くんはソファでの一回では満足しなかった。

ぐったりしたままベッドへと運ばれた私は、すぐにまた貪られた。散々喘がされて泣かされて、最終的にはなにがどうなったのかも定かではない。

……とにかく、足の間に風穴でもあくんじゃないかというほど、激しく突き上げられまくった。

朝になっても鈍い腰の痛みで起き上がることのできない私の横で、対照的に如月くんはスッキリした顔をしている。

「どんだけ、元気なのよ……」

ああ。あまりにも叫びすぎたせいで、声も嗄れてしまっている。

「だって、我慢しなくていいって、真純さんが言ったじゃないですかぁ」

無邪気に答えた如月くんの笑顔に、今さらながら彼を煽った自分自身に後悔した。

──若さって、恐ろしい。……でもね？

「物事には、限度ってものがあるでしょう!?　……それに、これだけの欲望を抱えながら会社でよく我慢できたわね」

オフィスで私に手を出したとき、如月くんは最後までしなかった。あの理性があるからというのも、私の油断を招いた一因かもしれない。

「あー。あのときは、ゴムを持ってなかったんで、したくてもできなかったんですよねえ……」

痒くもなさそうな鼻の頭を掻きながら、如月くんはわざとらしい咳払いをした。

「いつも財布の中に入れてたんですけど、あのときは使ったことを忘れてうっかり補充し忘れてたんですよ」

つまり、彼は財布の中にいつも避妊具を常備しているということだ。

「ふーん。やっぱり、そういう相手が途切れずにいつもいるんだ」

使う機会があるからこその備え。思わずジト目になって睨みつける私に、如月くんはバッと身体を起こして慌てだした。

「誤解しないでくださいよ!? そもそも使ったのは真純さんとです！　それにあのときだって、鞄の中にはちゃんと入っていたんですからね！　その中身が、これです！」

そう言って突き出されたのは、いくつか連なったコンドーム。……でも、昨晩はもっと、長かった気がする。

「真純さんのために用意した、真純さんのためだけのものです！」

「……胸を張らなくてよろしい」

そういうものをこれ見よがしに自慢されるのは、まだ私には刺激が強すぎる。

「ちゃんとしてるのね」

実はしっかり考えているんだと、如月くんに感心していると、彼は締まりのない顔をキリッと引き締めた。

「そりゃ、そうですよ。だって子供は……困るじゃないですか」

如月くんの言葉を聞き、浮かれまくっていた心が一瞬で落ち込んだ。

彼は子供が好きではないのだろうか。もしくは、妊娠すると責任問題が出てくるから困るということだろうか。

私だって、今すぐに子供ができるのは困るし、いきなりそこまで考えるのは重いのもわかっている。

私たちの関係は、ようやく恋人としてスタートラインに立ったばかり。今はこの幸せを十分に噛みしめよう。

前のめりになりすぎていた自分を反省し、今、目の前にある幸せに浸ろうと思い直した。そうして彼を見上げると、優しい眼差し(まなざ)で私を見つめ返してくれた。

――だけど、私たちの幸せな時間は、そう長くは続かなかった。

第六話　Crazy for you

今から五年前の、入社試験の日。俺──如月達貴は、ちょっと腐っていた。

代々家業を営む家の一人息子として生まれた俺は、この世に誕生したそのときからなに不自由なく過ごしてきた。両親や祖父母はもちろん親戚一同からも蝶よ花よともて囃されて、ぬるま湯のような環境の中にどっぷりと浸かりながら、我が世の春を謳歌していた。

幼稚園から大学まで一貫教育の学校に通い、住むところにも寝るところにも食べるものにも困らない。おまけにそこそこ恵まれた容姿のお陰で、女の子にだって困ることはなかった。

──人生、楽勝。

多分俺は、そんな風に世の中を舐めきっていた。

だが、高く伸びきった鼻をへし折られたのは、卒業が差し迫った大学四年のときのこと。

『会社を継ぐのなら、今のままではダメだ』

卒業したら自動的に就職できると思っていた俺に、祖父が無情にも宣告した。

『出自に甘えて仕事を得ようなんて言語道断。そんな柔な考えの男に、会社を任せるようなことはできん』

俺に対しては眉を下げっぱなしな好々爺が初めて見せる経営者の顔。隣で頷く父親も、黙って見ている祖母や母も、誰も異論を唱えなかった。

別に、会社を継ぎたいわけでも、興味があるわけでもない。かといって、他にやりたいことも、なかった。夢や目標なんてものを、考えたことさえなかったのだ。

親の会社には入らず、かと言って自力で就職先を探そうともしなかった俺に、祖父たちは五年間の修業を命じた。

修業先は、匠コンストラクション。……これではまるで、飼い殺しみたいじゃないか。

俺はますますふてくされた。

そんなわけで、入社試験の日を迎えても、ちっともやる気は起こらない。父から社長に話が伝わっているのであれば、そんなものをわざわざ受けなくとも、内定は決まっていることだろう。

いっそこのまま、帰ってしまおうか。でも、そしたらその後はどうしよう……

「――落としたわよ」

会社の玄関で逡巡していたら、一人の女性に声をかけられた。下ろしたら背中をすっぽり覆ってしまうであろう豊かな黒髪をひとつに結んだ長身の女性。リクルートスーツ姿の自分とは違った、社会人らしいグレーのパンツスーツに黒のハイヒールを履いた彼女は、身体を屈めて床に落ちていた俺のエントリーシートを拾った。

――エントリーシートを落とすとか、縁起悪っ！

やっぱり、受けても受けなくてもどちらでもいいなどという不届きな考え方の人間には、この場所は相応しくないのだろう。

そのときの俺は、大層ばつの悪い顔をしていたに違いない。一向に紙を受け取ろうとしない俺に、彼女は催促するようにもう一度それを差し出す。

「ありがとう、ございます……」

やる気なくそれを受け取った俺に、彼女の口元がわずかに緩んだ。

「これで君はもう大丈夫ね」

「――はい？」

きりっとした印象の顔は、決して愛想がいいほうではない。万人に好かれて可愛がられるタイプというよりは、頼りにされる一匹狼のような無表情……いや、クールビューティー。

でも、俺に向けられた眼鏡の奥の瞳は、確かに慈愛に満ちていた。

「だって、私が拾ったもの。一度落ちてしまったから、ここから下はもうない。上がっていくことだけを目指して、なりたい自分になりなさい」

エントリーシートを落としてしまったことで落ち込んでいるように見えたのだろう。

彼女は優しい口調で俺に語りかけて、激励するようにポンと肩を叩くと颯爽と去っていった。

……たった、それだけの出来事。

その後の試験の内容についての記憶は曖昧だけれど、「どうしてもこの会社に入りたい」と、熱弁を振るったことだけは、覚えている。

無事に採用が決まり、実家を出て一人暮らしを始めた。誘拐やらストーカーやらの危険性を考慮されて住む家だけは指定されたけど、必要最低限なものしか持ち込まなかった。

――なりたい自分になるために、俺にはなにが必要なのだろう。

あの日俺に声をかけた女性のことは、入社してすぐに知ることができた。

設計部の入社五年目。ストイックな性格で、その仕事は正確無比。おまけに正義感が強く、後輩の面倒見もよい、女子社員のリーダー格。女子社員からの人気は絶大で、部署を問わず、セクハラやパワハラまがいの不当な扱いを受けた女の子は彼女を頼り、彼女はいつもみんなを守っていた。

堂々と先陣を切って歩く姿は惚れ惚れするものがあるが、その背中は案外華奢だったりもする。

じゃあ、みんなを守るあなたのことは、誰が守るんだろう——

どんなに自分は強いと自負していても、人間は誰しもが必ず弱い部分を持っている。子供の頃にお世話になった武道の先生が、そんなことを言っていた。

廊下の片隅や人目につかない非常階段で、涙ぐむ後輩を優しく慰めている姿を何度か見かけた。

クールだなんていう評価は間違っていると思う。本人は努めて表情を崩さないように心がけているようだけれど、瞳の奥では一緒になって腹を立て、悲しんでいる。それからまるで女神のように、慈愛の笑みを投げかける。後輩を庇って上司に抗議するときも、平気そうな顔をしながら、その瞳は微かに、でも確実に揺れていた。

彼女の情報は、意識していなくとも自然と耳に入ってきた。父親は元警察官で、弟と妹がいる三人きょうだいの長女。剣道の有段者。手がけたい仕事のこと。好きな男のタイプ……

彼女の追い求める理想は、そのまま彼女を体現しているようだと周りは言っていた。

でも、本当は違うと思う。

どうして彼女は、あんなにも強がっているのだろう。

あの頑なまでのポーカーフェイスを、崩してみたい。

彼女から頼りにされる男になりたい。

俺は、守りたいと思う人を、守れる自分になりたい――

最初から俺の心を掴んで離さなかった人に、気がつけば夢中になっていた。

彼女に振り向いてもらうため真面目に仕事に取り組んで、サボっていたトレーニングやジム通いも再開した。最初のうちはかなり体力的にもきつかったけど、努力の後の疲労は心地よくて、結果もすぐに現れる。営業成績はメキメキと上昇し、先輩や上司からは褒められた。そうなると人間というのは現金なもので、いつしか仕事にやり甲斐を感じるようになる。

興味のなかった建設業界にも詳しくなった。こうやって努力を重ねていれば、いつか彼女と一緒に仕事できる機会がくるかもしれない。

会社という組織を知って、守りたいと思うものができたとき、爺様の言っていたことの意味がなんとなく理解できたような気がした。

目標を手に入れてからの毎日こそが、本当に、我が世の春だった。

これまでの俺が持っていたものは、所詮は他人から与えられたものに過ぎなかった。

当たり前に与えられていたものだって、無償で手に入れられたものじゃない。如月の家に生まれて、自分が手にしてきたものには、自分とは関わりが薄いと思っていた働く人たちの思いが込められていた。上に立つ祖父や父は、彼らを守る義務と覚悟を持っていた。

それに気づくことができたのも、きっと、真純さんの背中を見てきたからだ。

だけど、まだ努力が足りない。

年齢も部署も違う自分のことを彼女に知ってもらうためには、もっともっと努力しなきゃならない。

名前の通り、真っさらで、純粋で。

俺の人生を変えてくれた、特別な女性。

俺が真純さんに夢中なくらい、真純さんも俺に夢中になってくれればいいのに……

彼女に振り向いてもらうため、彼女に相応しい自分になりたい。

他の誰かに取られる前に、早く——

「如月くんに、朋興建設の手がける事業への参加計画を任せたい」

それは、入社四年目のある日のこと。

部長に呼び出され、社を挙げての大きなプロジェクトを任されることになった。部長は俺と朋興建設の関係を知らないはずだから、実力が認められて与えられたものだと思う。

「担当としてもう一人ほしいと考えているのだけれど、誰か希望があったりするかね？」

――やっと、チャンスが巡ってきた。

憧れの彼女と接点を持つのは、今しかない。

「でしたら――設計部の、本郷主任でお願いします」

真純さんの夢が叶うプロジェクトは、俺の願いを叶えるものでもあった。

だから絶対に、失敗なんかしたくない。

修業期間は、あと一年。

ようやく、あなたに追いついた。

第七話　あなたを守りたい

「本郷くん、ちょっといいかね」

週が明けた、月曜日。いつも通りに会社に出社した私は、部長に呼び止められた。指定された部屋へ向かうと、部屋の中にはすでに営業部の部長、そして如月くんが待っていた。そこに設計部の部長が加わり、三人は部長室の応接ソファに向かい合って座っている。その空気は重苦しいもので、これから行われる話が決してよいものではないことは、容易に予想ができた。

この面子が揃うということは、十中八九、先日のパーティーの件についてだろう。

「遅くなって申し訳ありません」

正面に陣取った上司に一礼して、二人がけのソファに座る如月くんの隣に並んで座った。

チラリと見た如月くんの横顔からは内面は読み取れない。でも、固く結んだ口元や膝の上で握られた手から、彼がなにかを決意している雰囲気は察することができた。

「朋興建設の三枝さんから、君たち二人に無礼を働かれたとの連絡を受けた。しかも如月くんには暴力まで振るわれたと……。どういうことか、説明してもらえるかい？」

どうやら、事を荒立てるなという如月くんの忠告を、先輩は聞き入れなかったらしい。

それもそのはず。会社のパワーバランスから見ても、被害者であるはずの私たちに比べて、あちらのほうが遥かに大きい権限を持っている。

覚悟していたとはいえ、案の定の話題に私の背筋には冷たいものが流れる。如月くんは小さくチッと舌打ちした。そしてその音が、四人だけの密室で響かないはずがない。

「……如月くん、今の態度はどういうことかね？」

冷ややかな上司の言葉に、私は慌てて口を開こうとした。だが、それを如月くんに制される。

「その件に関しては誤解があります。自分は三枝氏に対して暴力などを振るった覚えはありません」

「宿泊先にまで勝手に入り込んだというじゃないか。なぜそんなことをしたんだね？」

「それは……言いたくありません」

グッと息を詰めた如月くんは、理由について語ることを拒否した。

彼が先輩の部屋に乗り込んだのは、そこに私がいたから。

――まさか？

視線を送ると、それに気づいた如月くんが小さく首を横に振る。

やっぱり。彼は、私が先輩に襲われそうになったことを、隠すつもりなんだ……

取引先の相手に強姦まがいなことをされたと暴露されるのは、女性として決して気分のよいものではない。非常にデリケートな類いの話でもあり、ここにいるのが私以外全員男性という環境の中では、正直口にするのは憚られるものである。

それに、そんなことが知れたら、私はきっと担当から外されるだろう。それどころか、今後は女性社員がこういった仕事に関われなくなる可能性だってある。

間違いない。——如月くんは、私を庇おうとしている。

「朋興建設とのコネクションを持つためにパーティーに参加したんだったね。だが、宿泊先にまで乗り込んでの直談判というのは、営業として行き過ぎた行為ではないだろか？」

「営業部ではそのような活動を推奨なんてしていませんよ」

「三枝氏の部屋を訪れたのは事実ですが、営業活動ではありません。あくまで、個人的な理由です」

「個人的な理由とは？」

「それも、お答えできません」

如月くんは頑なに口をつぐみ続ける。これでは、いつまで経っても堂々巡りでしかない。

「如月くん。それじゃ、我々だって君たちを庇うことも、弁明のしようもないんだよ？」

「それは、わかります」

ため息を吐きながら顔を見合わせる上司たちに向かって、如月くんが頭を下げる。

「今回の件は、あくまでも自分と三枝氏の個人的なやり取りが原因です。それに、こちらに落ち度があったわけでもありません。なので、自分がもう一度三枝氏と話し合って解決してきます」

そこでふたたび、上司の大きなため息が聞こえる。

「君はそう言うけどね……。先方は、君を担当から外してほしいと言ってきているんだよ」

上司の言葉に、私と如月くんの肩が揺れた。

「今後の担当は本郷くんのみ。それが、今回の件を手打ちにするための先方からの提案だ」

つまり、私が一人で先輩の相手をしろと……？

本来の私の職務は営業である如月くんの補助であり、私一人が担当できるような案件であるはずもない。それなのに、私を指名してきた先輩の手段を選ばないやり方に恐怖すら感じる。

筋骨隆々とした肉体美に見惚れていたのも今は昔。頭の中に先輩の姿が浮かんだ途端、おぞましさから身体が震えた。

その相手と一人で対峙するのは、相当の勇気と覚悟がいる。

だが、私の心境など知るはずもない上司は、無情な宣告を続けた。

「君が暴力を振るったかどうかは定かではないが、先方を怒らせてしまったことは事実のようだ。如月くんには担当を外れてもらい、事実関係の調査が終わるまで自宅謹慎を命じる」

「そんな……！　如月くんは、暴力なんて振るっていません！」

一方的な処分に、ついに堪えきれなくなった私は叫んでしまった。

「調査が終わるまでの間だ。身の潔白が証明されない限り、お咎めなしというわけにはいかない。これは、我が社の信用問題に関わることなんだ」

視界の隅に、膝の上でふたたび手を強く握りしめている如月くんの姿が映った。

真実とは違った内容であっても、先輩が吹聴し続ければ、いずれうちの会社の評判は落ちるだろう。如月くんは、あくまでも個人レベルの問題だと言い張ったが、やはりそれでは通らないのである。会社としてなんの対応もしないわけにはいかない。

如月くんのためにも、私は自分から真実を話すべきだ。

でもそれは、私を庇って必死に我慢をしている如月くんの思いを無駄にすることになる。

躊躇する私を突き動かしたのは、上司の一言だった。

「如月くんには期待をしていたんだが……正直、今回のことに関しては失望したよ」

――これには、我慢できなかった。

「待ってください！」

「ます……本郷さん⁉」

大きく身を乗り出した私の肩を、如月くんが掴んだ。だけど、もう黙ってなんていられない。

「本当に如月くんは悪くないんです。あのとき……私が、三枝さんに、ホテルの部屋に連れ込まれてしまって……。如月くんは、それを助けようとしただけなんです。非があるのはむしろ、私のほうです」

――恐らくこれで、私は朋興建設の仕事からは外れることになる。

建設業界に入ったときから叶えたかった長年の夢。それがもしかしたら叶うかもしれないと、ようやく掴みかけたチャンスではあった。

でも、長年の夢を諦めるよりも、私を庇ったために如月くんの評価が下がってしまうことのほうが、許せなかった。それに、夢はまた次の機会に叶えればいい。晴れやかな気持ちにはなれそうにはなかったが、後悔もなかった。なのに――

「……そんなことくらいで」

　上司の一言に耳を疑い、言葉を失った。

「本郷くん、なぜもっと上手く立ち回れなかったんだ？　若い女性ならまだしも、君のようなベテランなら、それくらい軽くあしらえたんじゃないか？」

　まさかそんなことを言われるなんて想像もしていなかった私は、驚きで目を見開きながら固まってしまった。そんな私に、上司たちは顔を強張らせながら、厳しい視線を向けてくる。

「それは……」

　なにか、言わないと。そう思う頭とは裏腹に、口が渇いて言葉がうまく出ない。

　それに、あのときのことを思い出しただけでも、吐き気がする。

「今のは、女性に対してするべき発言ではありません」

　微かに感じる身体の震えを打ち消すかのような強い力が肩を掴んだ。

　隣で立ち上がった如月くんは、私を守るように両肩に手を置き、上司たちをキッと見据える。

「年が若いとか、ベテランだとか、だから平気だろうなんて考えるのは男の傲慢です。だったら、あなた方は仕事のために奥さんや娘さんを差し出せと言われてその通りにするんですか？　今の発言はたとえ上司であっても見過ごすことはできません。謝ってください」

「如月くん、言い過ぎ……！」

如月くんを庇ったつもりが、いつの間にかまた守られていた。でも、上司に向かってなんてことを。

「君の言うことはもっともで、私の発言はセクハラに該当するかもしれない。だが、これは本郷くんが招いた事態でもあるんだろう？」

上司の口調は至極冷静なままだった。

「残念ながら世の中はすべての女性に対して優しくできてはいない。だからこそ、本郷くんは自分自身でよく考える必要があったんだ」

──違うかい？

無言の圧力に、首を縦に振るしかなかった。

「でも、本郷さんは……っ」

「如月くんは、黙ってて！」

まだなにか意見しようとする如月くんを今度は私が制し、その場で静かに目を閉じた。

上司の言うことに思い当たるふしはあった。男女共同参画社会が叫ばれて久しいが、裏を返せばいまだに叫ばれ続けていること自体が、男尊女卑の考えが根強く残っている証拠でもある。それは、今までだって痛いくらいに経験してきた。

男には負けたくないとどんなに頑張っても、生まれ持った力の差は歴然で、力任せの喧嘩を挑んだところで敵うはずもない。

——でも、まだ他に方法がある。

決心した私は、ふたたび目を開くと上司に向かって宣言した。

「今回の件は私の失態が原因です。この落とし前は、必ず私が自分でつけます」


「真純さん、待って！」

部長室を出た私は、三枝先輩への謝罪に向かう準備を整えて会社を出た。

ちょうどそのとき、私が出てくるのを外で待っていた如月くんに呼び止められた。

私の姿を見つけて慌てて駆け寄り腕を引っ張った如月くんは、さっきまでとは打って変わって青い顔をしている。私を掴む手と反対の手には、通勤用のビジネスバッグと私物の入った紙袋を提げていた。

自宅謹慎のため、今日は退社するのだろう。その姿に胸がズキリと痛んだ。

「大丈夫ですか？　一人で、アイツのところに行くなんて……誰か、俺の代わりになるヤツを」

「三枝先輩が指名してきたのは私だけよ。他の人間を連れていったら、それこそ信用なんてしてもらえないわ」

「でも、さっきだって、震えていたじゃないですか！」

如月くんが、掴んだその手にギュッと力を込める。本当は手がまだ震えていることくらい、自分でもわかっていた。

「あちらの会社で会うわけだし、二人きりではないから大丈夫よ」

朋興建設に謝罪に赴いたとしても、通されるのはきっといつぞやと同じくロビーで、周囲の目がある。だから、その場で先輩になにかされる事態にはならないだろう。そう自分にも言い聞かせる。

「心配しなくても、人前で頭を下げることには慣れてるのよ。これでも、入社八年目のベテランなんだからね」

子供の頃から、白黒はっきりつけるのが好きだった。でも、大人になって社会に出れば、自分が悪くなくとも、時には下げたくもない頭を下げないといけない場面があることも知った。

そんなときはいつだって胸の中に抱えたモヤモヤをもてあましていたけれど、今は少し違っている。

「くれぐれも熱くなりすぎないように。真純さんって、意外と喧嘩っ早いから」

「大丈夫よ。鉄壁のポーカーフェイスを舐めないで」

「俺には通用しませんでしたけどね……」

確かに、彼にはいつだって表情を読まれっぱなしだ。サムライ王子と呼ばれた私も、彼の前では形なしだ。

だって如月くんは、私の弱い心に気づいてくれて、守ってくれたから。

これ以上心配させないように、無理に笑顔を作って見せる。それを見ている如月くんのほうが泣き出しそうな顔をしているので、逆に気持ちが楽になった。

「自宅謹慎でしょう？　ふらふらと出歩かないで、大人しくしていなさい」

「終わったら、連絡してください……。待っています」

名残惜しそうに手を離した如月くんが、私とは反対の方向へ向かって歩いていく。

遠ざかっていく背中を見つめながら、私が彼にできることはなにかを、考えていた。

実は、如月くんが自分の部署に戻って帰り支度をしている間に、私はふたたび部長室に呼び出されていた。

『如月くんは、若手のホープとして上層部からの期待も大きいんだ。特に、社長は彼に随分目を掛けているみたいでね……。今回の処分は、彼の将来を考えるとあまり好ましいものではない』

『だが本郷くんが、うまく先方の怒りを収めてくれれば、我々も如月くんを処分せずに済む。自宅謹慎は、そのための時間稼ぎでもあるんだ』

待っていた上司たちに告げられたのは、如月くんを擁護しているともとれるようなもので、これには私もちょっとだけ安堵した。

私の行動次第で、事はなんとか丸く収まるかもしれない。それがわかれば、憂鬱なことでも少しはやる気が出てくるというものだ。

『はい。必ずよいご報告させていただきます』

ふとしたことで折れそうになる心に蓋をして、私は自分を奮い立たせる。

私にはこの先、会社での出世なんてものは望めないだろう。厳しい男社会が色濃く残るこの業界では、今の役職で頭打ちになる可能性だって大きい。でも、彼にはまだ未来がある。将来有望で期待の星である如月くんに、汚点はつけられない。

如月くんは、三十路の枯れたＯＬだった私に希望をくれた。その私が、彼の足を引っ張るわけにはいかないんだ。

でも、話はそれだけではなかった。

『先ほどの話を蒸し返して悪いけどね。三枝さんが君を担当に指名した意味を、よく理解しなさい。君たちにとっては時代遅れな考えかもしれないが、女性が仕事をするには女を武器にするくらいの覚悟が必要なときもあるんだよ。我々が若い頃には、取り引きの場に女性が必要なときは、割とよくあることだったんだ』

随分回りくどい言い方ではあるものの、彼らの意図は伝わった。

『それは、身体を張って、仕事を取れということですか……？』

口に出した声がにわかに掠れる。

『強制ではない。自分でよく考えなさい、ということだ』

上司たちは、私の質問に明確には答えなかった。それは恐らく、彼らの保身のためだろう。

万が一、先輩から先日の続きを強要されたとして、それを断るかどうかは私自身。断れば恐らく、この仕事はなかったことになる。

でも、もしも断らなければ――

私が彼のためにできることは、こんなことしかないのかな……？

なんだか無性に泣きたくなるのを堪えて、私も、目的の場所へ向かって歩を進めた。

「これはこれは。匠コンストラクションの、本郷さんじゃないですか」

朋興建設に着いた私は、受付で三枝先輩を呼び出してもらい、ロビーにある応接セットに座って彼が現れるのを待っていた。

しばらくしてエレベーターから降りてきた先輩は、私を見つけるとわざと明るい声を出しながら満面の笑みを見せ、向かいに座る。

――なぜか、その頬には大きな湿布が貼られている。

「随分地味な格好ですね。やはり先日とは大違いだ」

私の姿を上から下までジロジロと見る目が、すでに気持ち悪い。

「……そのお顔は、どうかされたんですか？」

「ああ、これね。君の会社の男に転ばされたときにぶつけたんだよ」

――嘘つけ。あんたが大の字に寝転んだ場所は、ふかふかのベッドの上だったじゃない！

わざとらしく湿布の上をさすったりして、大袈裟（おおげさ）にもほどがある。

きっとこの人はこうやって騒（さわ）いで、如月くんに乱暴を働かれたと騒（さわ）いだに違いない。

「ところで、その彼はどうしたんだい？　今日は姿が見えないようだけど」

ニヤニヤ、ニヤニヤ。さっきから締まりのない顔ったらありゃしない。

どうして私はこんな人を素敵だなんて思って憧（あこが）れていたんだろう。もしも今、大学生の頃の自分に会ったら、さっさと目を覚ませと平手打ちしてやりたい。

――間違っても、告白なんかしなくて、よかった。

「彼は担当を外れました。今日は私がお詫（わ）びに参りました」

座っていたソファから立ち上がり、姿勢を整える。周囲には人の気配も多く、謝罪のパフォーマンスをするにはうってつけの環境だろう。

先輩は相変わらずにやけた顔で私を見上げている。立ち上がって頭を下げることの不幸中の幸いは、この男に見下されずに済むことだ。

「このたびは――」

「ああ、待って」

深々と腰を曲げようとしたそのとき、謝罪を受ける本人に止められた。

今の角度は、せいぜい斜め四十五度。これでは、周囲からはただのお辞儀としか見られない。

「こんなに目立つところで、女性が一人で頭を下げるものじゃないよ。そんなことをされたら、私が君に謝罪を強要していると周囲に誤解されるじゃないか」

――チッ、読まれていた。

頭を下げた後は、先輩のお誘いを断ってしまって申し訳ないとでも大声で詫びて、如月くんの乱暴という事実はなかったことを認めさせてやろうと思っていたのに、その作戦はあえなく失敗に終わった。

悔しさで奥歯を噛みしめる私を、先輩は席に着くよう、にこやかに促す。

仕方なく座り直した私に向かって、先輩は一枚のメモを差し出した。

そこには、走り書きでどこかの住所が記されている。

「君の話は、もっと落ち着いた別の場所で聞きたい。――今夜八時にどうだろう」

ああ、やっぱり。ここまで予想通りの行動をされると、こちらとしても決心が鈍らずに済むというものだ。

「こちらは、どこでしょう？」

「私が贔屓にしている料亭だよ。食事でもしながら今後についてゆっくりと話そう」

「でしたら場所の手配はこちらでしましょう。謝罪の場ですので、上司も同席させます」

「ここには来ていないのに？」

私の抵抗を、先輩は小馬鹿にしたように鼻で嗤った。

「上司まで引っ張り出してきたら、それこそ大事だと認めることにならないかい？　彼の処分は今、どうなっているの？」

——そこまで、知っているんだ。

もしかしたら、上司の苦渋の選択かのように聞かされた如月くんの自宅謹慎自体が、先輩からの提案だったのかもしれない。

「私としても、若い彼が懲戒解雇になるなんていうのは後味のいいものではないからね。ひとまずは担当を外れてくれて、君が誠意ある対応をしてくれたら、今後もよい付き合いができるんじゃないかな？」

ニヤリと口の端を持ち上げる先輩に、言葉も出なかった。

——ゲス男、ここに極まれり。

どうして私なんかにここまで執着するのか疑問だが、多分、この人は単なる好色家なのだろう。他の女性と毛色の違う私を面白がっているに違いない。

先輩の左手の薬指には、あのときはあったはずの指輪は見当たらなかった。この人はこうやって、今までも自分よりも立場が弱く言う通りになりそうな女性を食い物にしてきたのかもしれない。

事前にどんな予防策を張ったとしても、無事に逃げ切れるなんていう保証はない。なによりも、この人と二人きりになる時点で、私が耐えられないかもしれない。

——それでも、やるしかないんだ。

「……わかりました」

大人しくメモを受け取った私に、先輩はいやらしい笑みをさらに深くした。


「待ってください」

先輩と別れ、朋興建設のビルを後にしようとした私は、一人の女性に呼び止められた。

……それにしても、今日はよく呼び止められる日だ。

振り返ると、そこに立っていたのは先ほど私の応対をしてくれた朋興建設の受付嬢だった。

でも、その顔にはどこかで見覚えがあるような気がする。

「あの、今日は、如月さんはご一緒じゃないんでしょうか……？」

薄いピンク色の口紅が塗られた唇から如月くんの名前を聞いた途端、彼女を思い出した。

この子は、以前如月くんが会社の帰りに落ち合っていた、あの子だ。

私服姿と今の受付嬢スタイルとでは印象が違っても、あのときに感じた可愛い女性の雰囲気はそのままだ。

「如月は、御社の担当を外れました」

「やっぱり……」

そう小さく呟いて顔を伏せた彼女は悲しそうで、やっぱり如月くんを好きなんだと感じる。

でも今は、嫉妬に駆られている場合ではない。

「噂で、三枝課長が取引先との間でトラブルになっていると聞いて……。その相手が、如月さんなんでしょうか？」

そりゃあ、これ見よがしに顔に湿布なんぞ貼って出社すれば、噂にだってなるだろう。

なにも知らない人たちからすれば、先輩が誰かに殴られたと思ったって仕方がない。

「確かにトラブルはありましたが、如月が三枝さんになにかしたという事実はありません。その場に私もいましたので、それは真実です」

ほんの少しでも誤解が解ければいいと、あえてそこまで口にした。

彼女と如月くんの関係はわからない。でも、先ほどの態度から察するに、彼女のほうは少なからず如月くんに好意を持っていると見ていいだろう。だったら、彼女はきっと如月くんを擁護してくれるはずだ。

よその会社のあらぬ噂であっても、如月くんの汚名は雪いであげたい。

私は結局、こんなことしか彼にしてあげられない。

「あなたは、大丈夫ですか？」

「──はい？」

ふと気がつけば、如月くんの身を案じていたはずの彼女は、同じような労りの目を私へと向けていた。

「三枝課長は……こう言ってはなんですが、社内でも女癖が悪いことで有名で……。あなたみたいな女性が一人で応対して、大丈夫ですか？」

彼女から聞かされたのは、十分すぎるほど納得できる先輩の悪い噂。社内でも有名になるくらいなんだから、泣かせた女は数知れない、のかもしれない。

それにしても、この私が見ず知らずの人にまで心配されるだなんて。

おずおずと私を見上げながら瞳を揺らす可憐な女性は、物語のお姫様といった役がよく似合う。

そして私は、姫に頼られる王子だ。

長女気質の私は、あてにされて頼られると張り切ってしまう。そして、心配されればされるほど、俄然燃えてくるタイプでもあるのだ。

恐怖で縮こまっていたけれど、今までだってずっとそうやって乗り越えてきたじゃない。剣道でも、仕事でも。弱い自分を知って、そこで諦めたことなど一度もない。

「心配してくれてありがとうございます。でも私、こう見えて結構強いんですよ？　だから、大丈夫。必ずなんとかしてみせます」

いまだに不安げな彼女に、ようやく私は私らしく微笑むことができた。

彼女を見送り、一人になったところで、スーツのポケットからスマホを取り出す。やっと如月くんと連絡先を交換したけれど、実際に連絡するのは初めてだった。まさか初めての連絡が、こんな用件だなんて思ってもみなかった。

『もしもし、真純さん⁉』

短いコール音の後で、如月くんが焦った声で電話に出る。

「うん。今、朋興を出たところ……。ちゃんと家に帰ったの？」

『はい。自宅じゃなくて実家のほうにですけど』

「それは、親御さんもビックリしたでしょうね」

息子が自宅謹慎を言い渡されて帰宅したのだから、ご両親もさぞかし驚いたことだろう。

もしも私がそんなことになって、父がまだ生きていたら、お堅いお父さんのことだから鉄拳制裁なんてのもあったかもしれない。でもきっとお母さんが、のほほんと笑いながら止めに入ってくれたんだろうな。

私もしばらく実家に帰っていないから、全部終わったら、実家に帰って久しぶりにお父さんのお墓参りに行こう。お母さん孝行に皆で温泉へ旅行でもして、真弘と真奈美の恋人の話だって詳しく聞きたい。

『それで……どうなりました？』

実家に戻ってものんびりなんてしているはずもない如月くんが、緊張した声で私に尋ねる。

「三枝先輩とは、無事に話がついたわ」

『本当に……？』

電話の向こうの如月くんに安堵した様子はなく、逆に声のトーンが低くなり、ものすごく疑っているようだった。

だから私は、あえて明るい口調を心がける。

「それどころか、すごく話が盛り上がってね。このままいけば、仕事の受注も早々と決まっちゃうんじゃないかしら。……それで、今夜、会食しながら具体的に話を進めることになったの」

『嘘、ですね？』

ひと呼吸する間もなく、如月くんは私の嘘を即座に見抜いた。

『まさかアイツの誘いにまんまと乗ったわけじゃないですよね？　不用意に男と二人っきりになるなと、忠告しましたよね⁉』

「……不用意なんかじゃないわ。私が、自分の意思で行くの」

騙されてついていったときとは違って、今回は、自分の身になにが起きるかもすべて承知の上で行く。

はっきりと告げた私に、如月くんは急に声を荒らげてまくし立てる。

『なにを馬鹿なことを言っているんですか⁉　自分がどんな目に遭ったか、忘れたわけじゃないですよね⁉』

「心配しないで。本当に、ただの会食なの。それに、素面で話してみたら、先輩は素敵な人だったのよ」

――本当は、全然違うけど。

「この間は先輩も酔っていただけみたいなの。今日話してみたら、やっぱり私の好きなタイプだってつくづく思ったわ」

――そんなこと、これっぽっちも思わなかった。

「年上で、頼りがいがあって、包容力もあって。今回のことも、上には内緒にしてくれているみたいなの。勢いでカッとなって上司に口答えするような君とは違うわね」

——でかいのは図体ばかりで、ありもしない暴力をでっち上げて、権力ばかりを振りかざそうとする器の小さい男だった。

「それから、受付の可愛い女の子も、君のことを心配していたわよ。あの態度は、絶対に君に気があるわね。いい機会だから、君もああいう女の子と付き合ってみればいいんじゃないかしら」

——そんなのは、嫌だ。

私の心の声なんて、電話の向こうの如月くんには届かない。

『なんでそんな……、わかりやすい嘘を吐くんですか？』

あえて傷つけようとしているのに、如月くんはまだ私のことを信じようとしてくれる。目の前で話をしてもちっとも伝わらない相手だっているのに、どうして彼は、そこまで私を想ってくれているんだろう。

今はそれが、苦しくて、嬉しい。

「どうして、嘘だなんてわかるの？」

『わかりますよ。だって、真純さんが好きなのは俺ですよね？』

——そうだよ。私が好きなのは、君だけだよ。

君はいつだって、私の味方でいてくれる。文字通り、身体を張って私を守ろうとしてくれた。

一人じゃないということが、こんなにも心強いものだと、君が私に教えてくれた。

「庇(かば)ってくれたことは嬉しかった。でも、人の気持ちは変わるものなのよ?」

私がやろうとしていることは、彼に対する最大の裏切り行為だ。でも……

「ありがとう、如月くん」

――あなたは、私が守ってみせる。

＊＊＊

料亭になんて足を運んだことは一度もない。先輩に渡されたメモの住所は、大物政治家の食事会や企業の重役たちが密会する場としてよく週刊誌に登場するところで、大昔には遊郭(ゆうかく)なんてのもあって栄(さか)えたエリアだった。

緊張の面持(おもも)ちで店の門をくぐると、人当たりのよさそうな顔をした初老の女将(おかみ)さんらしき人が出迎えてくれた。名前を名乗らなくとも、顔を見るなり「三枝さまのお連れ様ですね」と微笑(ほほえ)まれ、奥のお座敷へと案内される。

時刻は、夜の七時五十分。約束の時間よりも十分早く到着したというのに、部屋の中ではもうすでに先輩が待っていた。

「……早いですね」

「体育会系出身なもので、規律には厳しいんだよ」

スポーツマンの風上に置けないような卑怯者は、指輪も、顔の湿布も外している。

「お顔はもう治ったんですか？」

「これかい？　せっかく君とのデートなんだから、見苦しいのは嫌じゃないか」

白々しく頬をさする上機嫌な先輩の前には、見た目にも美しい会席料理が並べられている。

けれど、到底食欲なんてあるはずがない。先に料理が並べられているということは、会食の最中には誰も部屋には入ってこないということだ。

「お飲み物はなんになさいますか？」

「ウーロン茶をお願いします」

案内役の女性にソフトドリンクを注文すれば、いやらしい笑みを浮かべた先輩がこちらを見上げる。

「おや、今日は呑まないの？」

先日のパーティーで勧められるままにお酒を呷っていた私のことでも思い出しているのだろう。だけど、今日はそんな失態はしない。それに、お酒を呑んだ自分がどうなるのかくらい、いい加減に私も学習した。

「仕事中ですので」

先輩の正面へと腰を下ろすと、持っていたバッグを座布団の隣に置いた。

上座の床の間には掛け軸と小ぶりの花が活けられた花器が一つ。残念ながら、こういった席にありがちな模造刀や木刀といったものはない。本当は、護身用に使い慣れた竹刀でも持参したかったが、さすがにそれは目立ち過ぎるので断念した。

私のうしろは隣の部屋へと繋がる襖で仕切られている。廊下と反対側の窓の外には、日本庭園が灯籠の灯りでぼんやりと照らされていて、いざというときの逃げ道にはなるのかもしれない。

とりあえずは、私と先輩の間に置かれたテーブルが、私たちの境界線だ。

「そんなに警戒しなくとも、ここには俺たち以外には誰も来ないよ。この店は仕事でよく使っていて、一見の客はお断りだからね」

目線だけで周囲を確認する私を先輩は一笑した。

――危険なのは、あなたがいるからよ！

そう喚き散らしたい気持ちを、今は相手を刺激するべきではないと我慢する。

……まったく、ゴリラの檻の中にでも入れられているような心境だわ。

「今日は邪魔者も入らないし、君とゆっくり過ごせそうだ」

「心配しなくても、私は誰も連れてきたりしていません」

如月くんには、先輩と会う場所も時間も教えなかった。

一方的に電話を切ったときの如月くんの悲痛な声は今でも耳に残っている。思い出すたびに胸は痛むけれど、そんな声の記憶ですら、私にとっては力になる。

飲み物を運んできた仲居さんが下がるのを待って、座布団を外して三つ指をつき、正面から先輩を見据えた。

「このたびは、私の軽率な行動でこのような事態を招いてしまい、大変申し訳ありませんでした！」

大きな声を張り上げながら、畳に額がつくくらい深々と頭を下げた。

「私が先輩に気を持たせるような態度を取ったのなら謝ります。ですが、あのときお部屋に伺ったのも、酔った女性を一緒に介抱してほしいという言葉を信じたためです。私は、先輩に対して個人的な感情を抱いてはいません」

私だって騙されていた。それでも、これで解決するのであれば、頭なんて何回だって下げてやる。

「興ざめだなあ……」

しばしの沈黙の後で、先輩がつまらなさそうに息を吐いた。

「だったら、今日ここに一人で来たのは、軽率じゃないの？」

「ここには、謝罪するために参りました。今回の件の責任は、すべて私にあります。謝罪だけで足りないのであれば、退職届を提出する覚悟です。それでどうか、如月への誤解を解いていただき、我が社への信用を回復させてください」

一度受けた依頼は最後までやり通すのが私の身上。どんなに逃げ出したい状況であっても、それだけは譲れない。

「君が会社を辞めれば、それで責任が果たせるとでも思っているの？　君は会社の経営者でも重役でもないのに？」

私の覚悟を、先輩は鼻で嗤って一蹴した。

「それは……」

「君みたいな人間が会社を辞めたところで、俺は少しも困らない。それに仕事の発注先なんて、他にいくらでもあるんだからね」

冷たく言い放たれた言葉に、畳の上についた指をきつく握り締める。

先輩の言い分はもっともで、私が会社を辞めたところで誰も困ることはない。所詮私は会社という組織の歯車の一部で、主任という肩書きはあってもなんの権力も持っていない。

「仕事がほしいのなら、もっと俺に対して有益な提案をするのが賢い選択なんじゃないだろうか？　そのためにわざわざ君との時間を作ったんだよ？」

随分柔らかな口調に変わった先輩に頭を上げろと促されて、ゆっくりと顔を上げる。

机の向こうで、先輩は手酌した日本酒を片手にニヤニヤと笑っていた。

有益な提案とは、つまり――そういうことだろう。

「でも、あなたには奥様がいらっしゃるじゃないですか」

モラルに反する提案に、思わず眉間に皺が寄る。

「そんなものを気にする必要はない。君が俺の妻になりたいとでも言い出さなければ、誰にも迷惑はかからないじゃないか。君は俺に気があるわけでもないんだから、お互いに後腐れがなくていい。それに、頼まれたって妻と離婚する気もないからね」

返ってきた答えは予想とは少しばかり違っていて、ちょっとだけ驚かされた。

「奥様のことが、大切なんですか？」

だったらどうして、こんなことを。

離婚する気がないのであれば、他の女性と不義理を働くなんてこと、しなければいいのに。

身体だけの関係だから許される、なんてことがあるはずない。もしも奥さんがこのことを知れば、きっと傷つく。

だけど先輩が奥さんに対して抱いていた感情は、私が思っていたものではなかった。

「ああ、大切だよ。妻はうちの重役の親戚筋にあたるんだ。俺がこれから出世していくためには大事なカードだからね。パーティーで指輪を着けていたのも、上役が出席するかもと妻に促(うなが)されたからに過ぎない。もっとも、うちは仮面夫婦だ。あっちはあっちで好きに遊んでいるし、面子(メンツ)さえ保てれば問題ない」

ゲスな笑顔に、心底吐き気を覚えた。

「ひどい……」

「君に今さらどう思われようが結構だよ。それに、どうせ逃げられやしないんだからね」

コトリと杯(さかずき)を置いた仕草にハッとなって、置いていたバッグをたぐり寄せた。

正座なんて、剣道の練習で慣れているからどうってことない。いつでも逃げの体勢がとれるように身構える。

大声でも出せば、騒(さわ)ぎに気づいた人がきっと集まってくる。

そうなれば、あんただって、社会的に終わるんだ。

「まさか、店の中だから安心だなんて思ってる？　なんのためにここを準備したのか、わかってないね」

クッと漏(も)れる笑い声には私を見下す気配が存分に含まれている。

「ここは昔から女性との接待に使われてきた場所なんだ。隣の部屋には、その準備がちゃんとされているよ」

うしろの部屋の中身をバラされたことで、これまで意識していなかった背後にもより緊張感が高まる。

それって、襖を開けたら布団が敷いてあるヤツ？

そんなの、時代劇でしか見たことないんだけど？

平成の世の日本に、そんな売春宿みたいな店があるはずない。そうは思っても、わざわざ襖を開けて確認する勇気もない。

「君には洋室よりもこっちのほうが似合うと思って、わざわざ手配してあげたんだ。君のその長い髪が布団の上に広がる様は、さぞかし見物だろう。そうだ、今度一緒に温泉にでも行こうか。浴衣の君を乱れさせるのも楽しそうだ」

恍惚とした表情で妄想を垂れ流す男に、心底ゾッとした。

枕営業も、妻帯者を相手にするのも、好きな人以外に抱かれるのも、死んでも御免被りたい。

——それに、黙ってやられるつもりなんかないわ。

「今日はそう簡単には押し倒されたりしません」

相変わらず不遜な態度の先輩ににこりと微笑みかけると、手に持っていたバッグから中身を取り出して突きつける。

「暴行被害の嘘に不倫、おまけに枕営業の強要まで。よくぞベラベラと喋ってくれましたね。証拠は、しかといただきました」

その瞬間、先輩の顔色が一変した。

奇しくも某時代劇の印籠と同じく、黒く光るICレコーダー。そのディスプレイには、はっきりと「録音」の文字が浮かんでいる。

「この部屋に入ってからの会話は、最初からすべて録音していました」

現代の侍が携帯するのは刀じゃない。世はIT時代まっただ中。高性能の集音マイク搭載のICレコーダーはバッグの中に入れた状態でもはっきりと録音できる代物で、ここにくる途中の家電量販店にて購入した。

如月くんから暴行を受けたというのが嘘であること、仕事のために性的な関係を強要してきたこと。私の謝罪も返答も、念のためにできる限りはっきりとした口調を心がけた。

これを持って出るべきところに訴え出れば、必ず彼を破滅させられる。

――これが私の、切り札。

「これを持って、あなたの会社の上層部に掛け合ったらどうなるでしょうね。それで聞き入れてもらえなければ、警察にでも。あなたが私にしようとしたことも、如月が無実だということも、これですべて明らかにできます」

これが某時代劇であれば、観念した悪党はその場に「ははーっ」とひれ伏すものだけど、いかんせんICレコーダーにはそこまでの効力はなかった。

「俺を、脅すつもりか……？」

引き続き警戒を怠らない私の前で、先輩はジャケットの内側から煙草を取り出して火を点けた。

呑気に一服する先輩を睨みつけながらも、ぷかりと吐き出された煙に嫌悪感から眉をひそめる。

だが、ここで煙草を手にしたということは、動揺している証拠でもある。

「あなたの行いは許されるものではないと思いますが、それは私が決めることでもないでしょう。私はただ、会社と、如月の名誉を守れれば十分です」

「随分あの男に肩入れするね。……ただの仕事仲間じゃないってこと？」

図星をつかれて、内心焦った。

「あなたには関係ありません」

即座に否定したのが余計にまずかったらしい。クッと鼻を鳴らした先輩は、どうやら私と如月くんの関係に勘づいたようだ。

「あんな男のどこがいい？　たかが下請け会社の平社員で、なんの力も持っていないつまらない人間じゃないか」

「如月くんは……つまらない人間なんかじゃないわ」

先輩は、さらにからかうように肩をすぼめる。

「ああ、君みたいな枯れたＯＬは、若くて体力があって精力旺盛なほうがお好みってこと？　まあ、サルみたいに腰を振るのだけは上手そうだよね」

――カッチーン。

ゴリラのくせに、如月くんをサル扱いって……？

自分の好きな人を貶されて、黙っていられるわけがない。それでなくとも、私は如月くんの汚名を晴らしたい一心でここまで来た。

「――私の王子様を、馬鹿にすんじゃないわよ……？」

私のことはどう言われてもいい。だけど、こんな男に如月くんを馬鹿にされることだけは、我慢ならなかった。

だから、わかりやすい挑発に――まんまと、乗ってしまった。

「年下なのも精力旺盛なのも否定はしないけど、彼はあんたみたいに平気で卑怯なことをする人間じゃないわ！　筋肉ばっかり分厚くって中身はぺらぺらのあんたなんかより、如月くんのほうがずっと立派で、かっこいいんだからね！」

――はっ！　私ったら、勢いに任せてなんてことを⁉

自分でも引くくらいにこっぱずかしいことを口走ってしまったような気がする。

手にしているＩＣレコーダーはいまだ作動中で、つまりは私の絶叫もばっちり録音されただろう。今のは後でなんとか……削除しなくては。

　そんなことを考えていたものだから、若干(じゃっかん)対応が遅れた。

　一服を終えた先輩が灰皿を引き寄せて火を消す——と思ったら、おもむろにテーブルに飛び乗った！

「——きゃあっ！」

　踏み荒らされたテーブルの上でお皿が大きな音を立てる。

　飛び散る料理よろしく私もその場から飛び退(の)こうとしたのだけれど、学生時代にアメフトで鳴らした先輩の瞬発力は並じゃなかった。

——でかい図体のクセに素早いだなんて、反則だ！

「……嫌っ！」

　立ち上がった私は、廊下に向かって逃げようとした。でも、それよりも早く先輩の手が私の腕を掴(つか)む。

　はずみで持っていたICレコーダーが手から離れて、ゴトリと畳(たたみ)に落ちる。

「は、離してくださいっ！」

　気遣いなどまるで感じられないその手の力に、顔が歪(ゆが)んだ。

「いい加減、往生際(おうじょうぎわ)が悪いんじゃないかい？　この期(ご)に及んでなにもないわけないじゃないか」

掴まれた手は圧倒的な力の差でビクともしない。おまけに、ストッキングが畳で滑って、身体がジリジリと引っ張られてしまう。

——怖い。

恐怖で身体がいうことをきかない。私を掴む手とは反対の手が、隣の部屋の襖へと伸びていくのを見て、さらに絶望感が襲いかかる。

でも、まだ諦めてたまるものか……！

「離してよ！　あんたとなんか、死んでもお断りよ！」

キッと威勢よく睨みつけてはみたが、声の震えは隠せなかった。

先輩は、楽しげに口元を歪める。

「気の強い女性は嫌いじゃない」

勢いよく腕を引っ張られ、煙草臭い顔がすぐそこまで迫っていた。

「君のような人は、どんな顔をして喘ぐんだろうね……？」

気味の悪い妄想に、全身に鳥肌が立った。

——ひいいっ、無理！　限界！

もう悲鳴を上げて外に助けを求めるしかないと大きく息を吸ったのと、ガラリと勢いよく襖が開けられたのはほぼ同時だった。

「——っ、な⁉」

驚きの声を上げたのは、先輩のほう。

――襖(ふすま)の先には、赤鬼と、青鬼が座っていた。

隣の部屋に敷かれた一組の布団。その布団と私たちのいる部屋を仕切る襖との間に座り、門番のようにこちらを見上げているのは、二人の女性。

一人は、赤鬼のように顔を真っ赤にして先輩を睨(にら)み、もう一人は青鬼のように顔色を悪くして、ガタガタと震(ふる)えながらも同じように厳しい視線を投げかけている。

顔色の悪い女性は、昼間私に声をかけた、受付嬢の女の子だ。

そして、もう一人。

「だーれが真純さんの色っぽい顔を、おまえなんかに見せるかよ。バーカ」

布団の上にあぐらをかき、その太腿(ふともも)に片肘(かたひじ)をついてふてくされているのは――

「如月くん……!?」

――どうして、君がここにいるの!?

二人の女性を従えて、堂々とした姿で座る如月くんは、時代劇でいうところの上様(うえさま)のようだった。

「な……、おまえたち、どうしてここに……」

掠れた声をようやく絞り出した先輩に、デジャブを感じる。

「その台詞、あんたこの間も言ったよな？」

狼狽える先輩に、如月くんは仏頂面を崩してニヤリと口の端を上げる。

「あの時、ケチって経費で落とそうとするなって忠告したよな？　なにを、真純さんのために特別な場所を用意したように偉そうに吹いてんだよ。毎回同じ場所を使いやがって、あんたに連れ込まれたことのある女の子に聞いたら、場所なんか簡単にわかったよ」

如月くんの言葉に、震えながらも先輩を睨みつけていた青鬼彼女がふと目を伏せる。

「おまえ……っ」

ギリ……っと、先輩の歯ぎしりする音がはっきりと聞こえた。

——もしかして、彼女も……？

だから彼女は、私に気をつけるようにと教えたんだ。

「そんなことよりも、いつまでその人の手を掴んでいるんですか？　あなた」

黙り込んだままの青鬼に代わって口を開いたのは、赤鬼だ。

年は私よりも少し上だとお見受けする。ショートボブの毛先を緩くカールさせた上品な髪型に、大ぶりのイヤリングが貫禄を感じさせる。白のニットと黒いスカートという清楚(せいそ)な出で立(いでた)ちに反して、その顔つきは鬼神(きしん)のごとく怒りで真っ赤に染まっていた。

赤鬼の言葉に、先ほどまで苦虫を噛みつぶしたような顔をしていた先輩は、今度は大きく肩を揺らす。

「あなた……?」

赤鬼の言葉を私が復唱すると、彼女は怒りをぐっと堪(こら)えた神妙な顔つきで私に向かって頭を下げた。

「うちの愚夫(ぐふ)がご迷惑をおかけいたしまして、申し訳ありません」

――もしかしなくとも、先輩の奥さんだった。

「いい加減にその手を離しなさい。あなたの馬鹿力で掴(つか)まれるのは、苦痛以外のなにものでもありません」

顔を上げた赤鬼……いや、奥さんに睨(にら)まれて、先輩は慌てて私から手を離す。

離したというよりは、払われたというほうが正しいだろう。奥さんに対してあれほど強気な発言をしていたというのに、これではまるで恐妻家にしか見えない。

「あなたの女癖の悪さには薄々気がついていましたが、ここまで卑劣な男だとは思ってもいませんでした」

「いや、これは……その……、か、彼女に色仕掛けで迫られたんだよ。俺は断ろうと思ったんだけど、つい魔が差して……」

ちょっと待て。誰がいつ、あんたを色仕掛けで誘惑したって⁉

「見苦しい言い訳はよしてください。先ほどまでの会話は、すべてここで聞かせてもらいました」

やっぱりというか、彼女の怒りの原因は、この部屋で私たちの会話を聞いていたからに他ならなかった。

そうなると、先輩が奥さんに対して思っていることも、すべて彼女の耳に入っているということだ。

「帰りが遅いのは仕事だとばかり信じていましたが、どうやら本当に私には見る目がなかったようですね。おまけに、私は私で好き勝手に遊んでいるですって？　ふざけないでちょうだい」

「ち、違うんだ！　それは誤解というか……、君だって、俺の帰りが遅くなっても、顧みることがなかったから……」

「こういうときばかり年下ぶって甘えるのはやめてください！」

──おお、怖い！　まさに、一喝。

彼女のあまりの剣幕に、関係ないのになぜか如月くんまでもが首を竦めている。

「あなたは、もともといい年になっても結婚していなかった私に父が宛がった相手ですから、なにか思惑があることはわかっていました。それでも自分のうしろめたさもあってこれまで我慢してきましたが、ここまで馬鹿にされたからにはもう限界です。離婚しましょう」

「ま、待ってくれ……！　俺は君のことを……」

「愛している、とでも仰るんですか？　自宅にいるときには必ずはめている指輪を、わざわざ外しているのに？」

夫婦の修羅場に割って入ったのは、ずっと黙り込んでいた受付嬢の彼女だった。

「奥さんに愛情を感じたことは一度もない、俺には君だけだ。……あなたは、私にそう言いましたよね？」

「おい……っ、なにを余計なことを……！」

「余計、ですって⁉」

先輩の失言に奥さんはますます怒りを露わにする。

もはや、現場は大混乱の様相を呈していた。

「あなたがそう言って何度も私に言い寄ってきたのは本当のことじゃないですか！　それなのに、バレたら自分は守ってもらえるけど、私は会社にいられなくなる。そう言って、あなたが脅したから！　だから私は……！」

受付の女の子は、今にも泣き出しそうな顔をしながらも、懸命に前を見据えていた。

「ここに来るのは、本当に嫌でした。私なんか、奥様に合わせる顔もなくて、どうお詫びしてもしきれないのに……。でも、もう終わりにしたいんです。いい加減に、あなたみたいな人から解放されたい！」

悲痛な叫び声とともに、彼女はその場で泣き崩れた。

彼女と先輩の間になにがあったのか、私には想像することしかできない。きっと最初は強要され、脅されて……彼女はこれまでも、こうやって罪悪感に苛まれてきたのだろう。

しかも、相手には妻がいることを知ってさらに苦しんで。

彼女の隣の奥様は、黙ったまま自分の握った拳をじっと見つめている。思うところはいろいろとあっても、少しは彼女に理解を示してくれているのかもしれない。

「君が協力してくれなければ、また同じような境遇の女性が生まれるところだったんだ。君だって、この男の被害者だよ」

泣きじゃくる彼女を労るように、立ち上がった如月くんが彼女の肩に手を置いた。

「君のお陰で、この男はもう終わりだ」

如月くんが見据えた先では、先輩がわなわなとその唇を震わせていた。

「俺が……終わりだと……？」

そして、急に逆上し始めた。

「ふざけるな！　不倫くらい、今時珍しくもなんともないんだよ！　たかが下請け会社の一社員の分際で、何様のつもりだ⁉」

とんでもない言い訳に、その場にいた全員が凍り付いたに違いない。

——ゲスの真髄、ここに極まれり。

不倫を珍しくないと言ってのけた先輩は、周囲の冷ややかな視線を気にすることなく怒鳴り続ける。

でかい図体なだけあって、腹の底から喚き散らすような声に周囲の空気が震え、怒りの形相をたたえていた奥さんも泣き崩れていた受付の女の子も、瞬時にびくりと肩を揺らす。

ただ、如月くんだけは動じずに、まっすぐに先輩を見据えていた。

そしてこのときの私は、矛先が自分以外に向いていたこともあって、完全に油断していた。

すでに引導は渡された。如月くんたちが隣の部屋にずっと控えていたというのであれば、もう言い逃れなんてできるはずもない。それに、証拠だってある。

畳の上で動き続けているICレコーダーを拾い上げようとした、そのときだった。

はあはあと肩で息をする先輩がふいに私のほうを振り返った。大きく見開かれた血走った目が私を捉え、口元がニヤリと歪む。

——マズイ。

反射的に足を一歩引く。ほぼ同時に、逆上した先輩が猛然と襲いかかってきた。

「全部、おまえの……おまえのせいだ――！」

「――っ！」

咄嗟に、畳の上を転がる。

調子に乗って日本酒を呷っていた先輩の動きは幾分か鈍くなっていて、肩を掴まれる寸前に間一髪でなんとか巨体をかわした。

勢い余った先輩の身体は格子戸に当たってガタンと大きな音を立てる。

……あんなのに突撃されたら、私なんてひとたまりもない。

なんとかしなければ――

「真純さん、これ……っ！」

すぐさま立ち上がった私に、如月くんが呼びかける。それから、私に向かってなにかを投げた。

茶色の棒状の、手によく馴染みそうなそれが、私の前に飛んでくる。

――パシッ！

片手でそれを受け取ると、すぐさま両手でしっかりと握る。

両足を踏ん張って、迫り来るがら空きの胴体めがけて上から下に一気に振り下ろした。

――くらえ、天誅！

「ど――おぉぉぉぉ！」

胴打ち、一閃。

恐らくは、今までの剣道人生の中でも最高の、会心の一撃だった。

ぐうっ、と低い声を漏らした先輩の身体がゆっくりと前に傾き、やがてドサリと私の横へ倒れ込んだ。

辺りをしばしの静寂が包む。今現在はまだ彼の戸籍上の妻である奥さんは、倒れ込んだ夫を呆然と見つめ、その隣の彼女も涙に濡れた目を見開いている。

しまった。ちょっと、やり過ぎた……？

剣道の心得がなさそうで、おまけに丸腰の相手にこういうことをするのは、本当はよろしくないと思う。でも、状況が状況なので、大目に見てもらえるだろうか……

自分がしたことを後悔し始めた矢先――

パチパチパチ！

沈黙を破って鳴り響いたのは拍手の音。手を叩く如月くんだけは、その大きな目をキラキラと輝かせていた。

「すっげー！　真純さん、かっこいー！　惚れる、いや、惚れ直すー！」

「あ、ありがとう……」

男の人をぶちのめした姿を褒められるのは、なんとなく複雑だ。

むずむずする口元を引き締めながら、足元で丸まっている大男を見下ろした。

「うう……」

畳の上にだらしなく伸びた指先がピクピクと動いているから、まかり間違っても死んではいないようだ。

それに、いくら会心の一撃でも、本気で振りかぶるまではしていないから、分厚い筋肉が偽物でなければ骨折なんてこともないだろう。

「……かはっ……、ぼ、暴力……」

しばらく蹲っていた先輩が、軽く咳込みながらのろのろと身体を起こす。いまだに顔も上げられないまま、唸るような声を絞り出した。

「おまえが振るったのは、暴力だ……。警察に連絡しろ、訴えてやる……」

如月くんに渡された木刀を持つ手に力が入る。

確かに、先輩の言う通り――

「警察沙汰になって困るのは、あんたのほうだろう？」

はあ、とため息をついた如月くんは、自分のうしろの、部屋の隅へと視線を動かした。

「暴力だと訴えていますけど、先生の見解はいかがですか？」

如月くんの問いかけに答えて、屏風の陰から、一人の男性がスッと立ち上がった。

――ま、まだ誰かいたの⁉

グレーのスーツ姿の彼は、静かに立ち上がると銀色の眼鏡のブリッジを中指でスイッと直しながら室内をゆっくりと見渡す。ふと私と目が合ったとき、眼鏡の奥の目が優しく微笑んだような気がしたから、恐らく敵ではないと思う。

それから、視線を如月くんへと戻し、にっこりと笑った。

「私の見聞きしていた限りでは、正当防衛が適用されますね。もしも三枝氏が暴行罪で彼女を訴えるというのであれば、私も彼の横領罪や強姦の余罪を準備して、法廷で徹底的に迎え撃ちましょう」

穏やかながらもはっきりとした聞きやすい声で発せられた法廷という言葉に、私も先輩も目を丸くする。すると彼は穏やかな笑みを浮かべたまま私に向かって軽く頭を下げた。

「申し遅れました。私は弁護士の羽田野悠一と申します」

「弁護士……？」

訝しむ先輩を尻目に、如月くんも会話に加わる。

「また難癖をつけられたらたまったもんじゃないからね。知り合いの弁護士に立ち会いを依頼したんだ」

「うちの事務所の威信にかけてでも、ここにいる皆さんの名誉は必ずお守りしますよ」

悠然と微笑むその顔は、自信に満ちていた。

説得力のあるその言葉に安堵したのは私だけではなく、これから先輩との離婚調停を迎えるのであろう奥さんも、不倫関係を清算したい彼女からも、ホッと肩の力が抜けるような気配がした。

「さっすが悠一さん！　法曹界の期待の星！」

すかさず、如月くんが合いの手を入れる。

「でも、彼女が録音機器を持ち込んでいるなら、俺がわざわざこんなところで隠れている必要はなかったと思うんだけどね？」

「だってそこまでの意思疎通はできてなかったんですもん」

さっき弁護士先生が言った彼女って、私のこと……？　まったく話が見えないけど、如月くんとの間では通じているようだ。

「この屏風、結構低いし、あの体勢はきつかったよ？　……って、そんなことより、早いとこ終わらせてくれるかな？　俺もこんな胸くその悪い現場はさっさと後にして、愛しい妻と子に会いたいんだけど」

「そうですね。あとは報告書の作成をお願いします。爺様たちへは俺から伝えるので」

如月くんと弁護士先生はよほど近しい間柄にあるらしく、軽い口調でこれからの段取りをあっという間にまとめ上げた。

最後に、弁護士先生は眼鏡の奥の目を意地悪く細める。

「報告書には、ただの下請け会社の一社員で、精力旺盛で、腰を振るしか能がないというあなたへの暴言も名誉毀損として追加しますか？」

――ぎゃあ！　やっぱり、そこも聞かれてた⁉

ずっと隣の部屋にいたということは私たちの会話はすべて筒抜けで、当然ながら私の恥ずかしい絶叫も如月くんの耳に届いていたことだろう。

「いや、それは結構です。不本意だけど、真純さんも否定しなかったし？」

ばっちりと目が合った如月くんに微笑まれて、思わず目が泳ぐ。

ああ……穴があったら、入りたい。

「それに今の俺は、匠コンストラクションの一社員であることに間違いないので」

含みを持たせたような言い方に違和感を覚えた。

でも、この違和感は、ずっと前から私にはあったものだ。

初めて如月くんとプライベートで会ったとき。パーティー会場から連れ出された私を助けにきたとき。――そして、今。

如月くん、あなたは一体……？

「おまえ……一体、何者だ？」

私の抱いた疑問を、やっと畳の上に座るまで回復した先輩が代わりに口にした。

ひとまず、まだ悪あがきをしないとも限らないので、身体を引いて隅に移動しよう。

なんだか、上様に仕える女忍者にでもなった気分……

「重役の親戚だっていうあんたの奥方を連れ出せるのも、朋興建設の名前を使って利用しているホテルや料亭に出入りできるのも、そこに関わりがある立場だからに決まっているだろう？」

如月くんがゆっくりと進み出る。

周囲を凍らせるような冷たいオーラに、私の背中がビクリと震える。そこには、私の知っている如月くんの面影はなかった。

周囲を煙に巻くような軽い口調も、飄々とした穏やかな笑顔もない。足元の先輩を見下ろしている目は、圧倒的な気品と威厳に満ちていて、それは、昨日今日で身につくようなものではない。

恐らくはこれが、彼の本来の姿だ。

そしてようやく、彼はその正体を明らかにした。

「俺は如月達貴。朋興建設の創業者一族の直系で、現会長は俺の祖父だ」

――ということは……御曹司？

彼の正体は、日本有数の大手ゼネコンの御曹司。

つまり彼は、正真正銘の「王子様」だったのである。

「今の俺は身分を隠して他の会社で修業中の身だ。だが、朋興建設はいずれ俺が継ぐもの。その会社がおまえのような男に食いものにされて地に落ちるのを見過ごすわけにはいかない」

「そんな……」

如月くんの正体を知った先輩の顔が驚愕に染まる。それもそのはず、たかが下請けの一社員だと侮っていた相手が、よりによって自分が勤めている会社の後継者だったのだから、真実を知って固まってしまうのも無理はない。

それに、如月くんは先輩の働いていた悪事の証拠を事細かく調べ上げて、すでにその手中に収めているのだ。

「密会に利用してきた場所は、ほとんどを会社の名前で領収書を切らせているよな？接待と称しておまえがやってきたことの数々は、私利私欲に満ちたものだ。このことは上に報告して、しかるべき処分を言い渡してやるから、覚悟しろ」

もはやこれ以上の悪あがきも言い逃れもできない。先輩は両手を畳につくと、ガックリとその場に伏せてしまった。

「言っただろう？　この件に関しては、俺は一歩も引く気はない、と」

如月くんは身を屈めて、顔を俯かせている先輩の耳元に顔を近づけると、そっとささやいた。

「――切り札は、最後まで取っておくものなんだよ」

第八話　君にクレイジー・ラブ

奥さんから連絡を受けた実家の人たちに連れて行かれる形で、先輩はその場から立ち去った。

その背中に、かつて私が感じていたような男らしさは微塵もない。

大きな身体を小さく丸めながら両脇を抱えられる様は、捕獲されたゴリラにしか見えなかった。

もう一人の彼女は、弁護士先生が帰るついでに自宅まで送っていくそうだ。如月くんは後始末のためにその場に残り、当然、私も一緒にいる。

「女将には、ちょっとした騒ぎがあるかもしれないってあらかじめ話はしておいたんです。もしも乱闘になったときのために、事前に貴重品は片付けておいてくれって頼んだんですけど、思っていたよりも被害は少なかったですね」

料理が散乱したテーブルや座布団を片付けながら、如月くんはホッとした表情で笑っている。

だけど、その態度はなんだかとってもよそよそしくて、さっきから落ち着きなく私の顔を何度もチラチラと覗(のぞ)いている。

「……言いたいことがあるなら、はっきり言ったらどうなの？」

煮え切らない態度に、私は大きくため息を吐(つ)いた。

「だって……。やっぱり、引きますよね？」

如月くんは、私に自分の正体がバレてしまったことを、ずいぶんと気にしているようだ。

「それは、如月くんが朋興建設の御曹司だったってことに対して？」

「その呼び方は止めてください。なんか、恥ずかしいです」

本当に照れているらしく、如月くんは両手で顔を覆(おお)って頭を振っている。

――君は、乙女か⁉

「でも、なんでそんなご身分の人が、わざわざうちの会社に就職したの？」

下請(したう)け会社の営業社員というのは世を忍ぶ仮の姿。しかして、その実態は――

「もしかして、自分のところの会社の不正を取り締まるために……？」

「違いますよ。匠コンストラクションに就職したのは修業の一環です。しかも俺だって、まさか身分を隠したまま自分が朋興に関わることになるなんて、思ってもなかったんですよ」

彼がうちの会社に就職したのは、いずれ組織に入るまでの武者修行という理由だった。

「でも、それって、まずかったんじゃないの？」

彼がうちの会社に入社してから現在まで、朋興建設と大々的に取引をするようなことはなかった。それが今回、よりにもよって如月くんが営業担当になるなんて。

もしかしてなんらかの権力が動いていたのではないかと思ったが、如月くんはすぐさまそれも否定した。

「匠側で俺のことを知っているのは社長くらいで、担当を選んだ部長たちは知らないんですよ。念のため、話を受けるときに親父には確認しましたけど、特別待遇はしないから腕試しにやってみろと言われました」

「……ちなみに、お父様の仕事って？」

「朋興建設の専務です」

「先輩も、自分の会社の偉い人をもっとちゃんと把握していたらよかったのにね……」

現会長が祖父で、父親が専務。会社の重役に連なっているであろう「如月」という名前に対して、先輩はもっと慎重になるべきだった。

それに、会社名だって。

月が二つで「朋」。如月は旧暦の二月。

真実を知った今なら、社名の由来はなんともシンプルだ。

「俺が朋興の一族だなんて知って、真純さんは、なんとも思いませんか？」

「なんとも、というわけではないけど……」

実際のところ、驚きはしたけれど、そこまでの意外性はなかったりもする。

彼がアラブの石油王だとか、どこかの国の皇太子だとかいう突拍子もない身分だったらまだ衝撃は大きかったかもしれないが、大企業の御曹司というのは割と考え得る妥当な設定で、妙に納得したところがあった。

「だって君、そこまで必死に隠していたわけじゃないでしょう？　百貨店のＶＩＰ待遇だとか、高級ホテルのスイートルームにご宿泊とか、どう考えたってセレブ感丸出しだったもの」

「……っ、真純さぁぁぁん！」

――ガバッ。

突然、如月くんは歓喜の声を上げて私に抱きついた。

「よかったぁ。俺、真純さんが俺を見る目が変わっちゃったらどうしようかと思って」

「そんなこと気にしてたの？」

なにをビクビクしているのかと思えばそんなくだらないことだったのかと、自然と笑みが零れた。

如月くんの背中に手を回して、あやすみたいにポンポンと軽くさする。

今の彼は年下の男の子そのままの姿で、さっきまでの威厳に満ちた姿とはまるで違っていた。

　私を抱く腕も身体もそれほど太くないのに、実際に触れてみるとしっかりと引き締まっていて、人は見た目によらないというのをそのまま体現しているようだ。

「御曹司だろうが営業社員だろうが、如月くんが如月くんであることに変わりないじゃない」

　どんな一面を持っていても、それが全部合わさって、今の彼を作っている。

　最初はただのチャラい後輩だと思っていた。だけど、その印象は彼が見せるいろいろな顔により次々と変わっていって。

　いつの間にか、そのギャップに私は夢中になってしまっていた。

「本当に……無事でよかった」

　私を抱き締める如月くんの腕が、いっそう強く私を引き寄せる。如月くんは、もうさっきまでの年下の顔はしていない。

「真純さんが一人でアイツのところに向かうつもりだとわかったときには、焦(あせ)りました。それに、あんな別れ話みたいなことまでして。……ようやく、やっと、付き合えることになったのに」

「そうだね、ごめんね。……でも、私は、君を守りたかったんだよ」

　如月くんのために私ができることはそれしかないと思っていた。でも、たとえ合意の上ではなかったとしても、好きでもない男に抱かれたら、私は何事もなかったことにはできない。だから、全部終わった暁には会社を辞めて、如月くんのもとからいなくなる覚悟をしていた。

私を抱き締めている腕がふいに緩み、代わりに両肩をがっちりと掴む。少しだけ身体を離した如月くんを見上げると、至近距離で目が合った。

「俺は、真純さんに守ってもらわないといけないような、頼りない男に見えますか？」

肩を掴む手の力強さとは対照的に、私を見る如月くんの瞳は不安そうに揺れていた。

「俺はずっと、真純さんに頼られるような男になりたかったんです。そのための努力だってしてきました。これからだって続けていくつもりです。だからもっと、俺に甘えてくれませんか？」

——ボンッ！

身体中の血液が顔に集中していくのがわかるくらい、私の顔は一気に赤くなったことだろう。

真摯な瞳に見つめられながらそんなことを言われて、嬉しくないはずがない。

自分が彼を守るんだと息巻いていたときとのギャップからか、どうにも照れくさくて、顔を横に背けてしまう。

「私は、そんなに弱く見えるの？」

「見えますよ。だって真純さんは、女の子ですもん」

にっこりと笑いながら事も無げに言った如月くんは、憎らしいほど綺麗な顔をしていた。

社内で「サムライ王子」と呼ばれるお局様の私を捕まえて、面と向かって「女の子」呼ばわりするのは、君くらいなものだ。

「――年下のくせに、生意気」

わざと口を尖らせながら呟いた言葉に、如月くんはちょっとだけ傷ついたような顔になる。

「年の差だけは、どうやったって埋められないじゃないですかぁ……」

耳を立てて喜んだかと思えば、尻尾を下げて落ち込んでみたり。

目まぐるしく変化する表情を見るたび、私はいつだって、君に夢中にさせられるんだ。

「嘘よ。ごめんね……ありがとう。これからはもっと、君に頼る」

彼の胸元に手を当てて少し踵を上げる。驚いた様子の如月くんの形のよい唇に、そっと自分のそれを重ねた。

「さ、さあ、帰りましょうか」

自分からキスをしたことが恥ずかしくて、突き飛ばすように如月くんの身体から離れるとくるりと踵を返した。

……が、如月くんが伸ばした手に腕を取られて、あっという間に捕まえられる。

「――真純さん、それじゃ、足りない」

大きな手の平が首のうしろに添えられて、唇にそのまま彼の唇が押し当てられた。柔(やわ)らかくて温かい唇が、角度を変えながら私の唇の上を滑(すべ)っていく。

「好きです……、真純さん、大好き……」

キスの合間に愛をささやかれて、甘い調べに私の胸も熱くなる。

「私も……大好きよ」

唇の隙間から割って入った舌に自分の舌を絡めながら、私たちは何度も何度もお互いの愛情を確かめ合った。


ちょっと盛り上がってしまった私たちが、「はい、さようなら」と別々の帰路(きろ)につけるわけがなく、如月くんの車でそのまま彼の部屋へと移動することになった。

如月くんに手を引かれながらたどり着いた彼の自宅は、都会の真ん中に佇(たたず)むラグジュアリーなマンションだった。

最上階のいわゆるペントハウス。

外に広がる景色にただただ見とれていたら、背後から如月くんに抱き締められた。

「そんなにくっつかなくても、今さら逃げ出したりはしないんだけど……？」

ここに来たことがどういう意味を持つのかくらいはわかっている。だけど、くっつき虫になってしまっている如月くんはなかなか私から離れようとしない。

「だって、この部屋を見たら、やっぱり引くんじゃないかと思って」

如月くんの言葉に、窓に映った部屋の内装を改めて見渡してみる。

広い。というか、なんにもない。だだっ広いワンルームにベッドとテレビとローテーブルだけって、庶民には理解しがたいセンスだ。

「防犯上の理由で住む場所は決められたけど、中身は自分で買い揃えてる途中なんです」

マンション自体はご実家の持ち物なので家賃こそかからないが、その他の生活費は給料をやりくりして生活している、のだそうだ。

二十代そこそこの若者にとっては、確かにそれはキツいだろう。でも……

「私の誕生日にドレスとかレストランとか、いろいろ贅沢してたのは平気なの？」

「あれは……貯金を切り崩してなんとか。店の手配は親のコネを使いましたが。なりふり構わず、使えるものはなんでも使いました」

百貨店やホテルは、朋興建設の御曹司として子供の頃から幾度となく利用してきた場所なのだそうだ。

「両親には事前に了承を得てありますから平気ですよ」

「ちょ、ちょっと待って！　まさか、誰とそれらの場所に行ったかまでは話してないわよね……!?」

「もちろん伝えてあります。後から知られて面倒なことになったら嫌じゃないですか」

——面倒なことって、なに!?

「真純さんの話は、それこそ入社当初から話してました。俺のやる気を引き出してくれた女性だって、うちの母親なんかはすっかり真純さん贔屓ですよ？」

「私と如月くんって、そんな前から面識なんてあったかしら……？」

以前から引っかかっていたのだけれど、如月くんが言うほど私たちの間には接点なんてものはなかった。年齢も部署も違う彼のことは、彼の活躍が社内で評判になり始めた頃から知っていたという程度で、ろくに会話したこともなかったと思う。ましてや、彼の入社当初のことなど、私にはまったく記憶にない。

「真純さんが覚えてなくても当然です。俺の、一方的な、一目惚れです」

「ひ、一目惚れ!?」

すっかり狼狽えてしまっている私に、如月くんは目を細くした。

「初めて真純さんに会ったのは、俺の入社試験のときでした。そのときの俺は、実はちょっと腐っていたんです」

実家への就職を断られた挙句に修業まで言い渡され、複雑な気持ちで入社試験に向かっていた如月くんは、そこで私と出会ったのだそうだ。

「会社のロビーで俺がエントリーシートを落として、それを拾ってくれたのが真純さんでした。そのときに交わした会話は、他愛のないものだったけど、俺の頭からは離れなかった。入社してからも、社内で真純さんの姿を見かけるたびに、ずっと目で追っていました」

「そ、そう……」

熱っぽく語ってくれているけど、ごめんなさい。まったく、覚えていない。

「全然記憶にないって顔してますね？」

窓ガラス越しに私を見ながら、如月くんは小さく苦笑する。

「うん、あの……、ごめん」

「だから、謝る必要はないんですって。あのときに交わした言葉はほんの一言か二言で、真純さんにとっては取るに足らないものだったんだと思います」

私のうしろでくすりと笑った如月くんは、改めて私のことを抱き直す。

「だけど俺にとっては、大きかった。というよりも、あの日あの場所で真純さんに会えたことが、その後の俺に影響を与えた。部署の違う真純さんに少しでも自分のことを知ってほしくて、真面目（まじめ）に仕事に取り組んで、営業成績を上げて、やっと掴（つか）んだのが今回のチャンスでした」

「そ、そう……」

なんだか、心の中がくすぐったい。自分の知らないところで、長い間如月くんに想われていたのだと思うと、自然と口元が緩んできてしまう。先ほどまで料亭で熱くなっていた顔はようやく落ち着いてきていたというのに、ドキドキとうるさい鼓動に合わせて、また温度が高まってきているようだ。

「それは、いいんだけど……」

話に集中したいのに、さっきからそれを邪魔するものがある。

如月くんの手が、ちょっとずつ私のブラウスを引っ張り上げて、服の中への侵入を試みているんだもの……！

「ちょっと、まだ話の途中でしょう⁉」

言っている傍からするすると入り込んだ手が、ブラジャーの上から胸の膨らみをやわやわと揉み込む。

「だって、せっかく真純さんを抱き締めているんだから、触らないともったいないでしょう？」

「そんなの、ちっとももったいなくない！」

――君はちょっと、がっつきすぎ！

それに、さっきからなんだか腰の辺りに触れる如月くんの下半身の質量が増していて、その存在を主張し始めている。……このままでは、マズイ。

「話はもう終わりです。その他の質問については、終わってからゆっくり、ベッドの中で答えますよ」

——終わったあとでって、なんか妙に生々しいわ！

それに、この間みたいに貪られたら、話を聞く体力なんて残っているわけがない。

頼むから、体力差と限度ってものを考えて！

なんていう心の叫びが如月くんに届くわけもなく、私の背中に胸をつけた如月くんの重みで身体が前のめりになっていく。窓ガラスに手をついて身体を支える私は、自然と彼に向かって腰を突き出すような体勢になった。窓に反射して映る私たちの姿がやけにいやらしく見えてしまう。

「だから、ちょっと待ってよ！　別に、逃げたりしないから」

「これまでずっと待っていたんですよ？　だから、これから先は一秒だって待てません」

——だから、そういう発言を真顔でするな！　この、天然タラシ王子！

膨らみを包み込むように揉んでいた指が、ブラジャーの縁から入り込んで直に頂をくすぐる。ガラス越しに如月くんの唇が私の耳元へと寄せられ、ぱくりと軽く耳殻を唇で挟むのが見えた。

触れられている場所から快感が広がり、思わず甘い声が漏れそうになる。……ダメだ、このままではまた、流される！

「だから、たまには……せめて、シャワーくらい浴びさせて！」

ずっと気になっていたんだけど、君とはいつも、シャワーも浴びずにシちゃってるから！

首だけ回して如月くんを睨みつけると、キョトンとした顔の如月くんと目が合った。

「俺はそんなの気にしませんけど？」

「君がよくても、私は気にするの！」

酔っ払ってしまっていたときは仕方がないとしても、今日の私は素面の状態で、理性や羞恥心はちゃんと残っている。一日働いてくたくたになった身体にそのまま唇をつけられて、呑気に感じている場合ではない。

「わ、私だって……好きな人には、綺麗な身体を見てほしい、わけです？」

なんだか違う気もするけど、だいたいのニュアンスは合っていると思う。

私の気持ちを問いかけるのも間違ってはいるが、如月くんには通じるだろう。……多分。

ふるふると震えながら懇願する私をしばらく見つめ、如月くんは満面の笑みを浮かべた。

「あー、もー、真純さんってば、やっぱり可愛い！」

それからまた、私の身体をぎゅうっと強く抱き締める。

「そうですよね？　やっぱりシャワーとか浴びたいですよね？　がっついて申し訳ありません！」

「わかったなら、離しなさいよ……」

ええい、頬(ほお)ずりするな！　余計に恥ずかしいわ！

しばらく悶(もだ)えていた如月くんにやっと解放されて、浴室まで案内してもらう。

白と黒のツートンカラーで統一された浴室は、洗面所兼脱衣所と洗い場がガラス板で仕切られた開放的なもので……って、なんでこんなに丸見えなのよ⁉

「……タオルを置いたら、さっさと出ていく！」

「あ、やっぱり？」

入り口のドアを背にして私と一緒に脱衣所の中にいた如月くんに退去命令を出すと、軽い口調で肩を竦(すく)めた。

「初めてじゃないんだから、一緒に入ればいいじゃないですか？　隅々(すみずみ)まで洗ってあげるし、時短になりますよ？」

「そういう問題じゃないの！」

そりゃあ、裸なんて、もう何回も見られちゃってますけど？　終わってから意識を失った状態で、綺麗にしてもらってますけど？

私にだって、いろいろと準備ってものがあるんだからね！

「冗談ですよ。ゆっくり入って疲れを癒やしてください。……あんまり待たされたら、強襲しちゃうかもしれませんけど？」

「……そのときは、蹴っ飛ばしてあげるから」

こっちには弟がいるんだから、その手の喧嘩には慣れている。

「おー、怖っ。タオルと、羽織るものはこれでも使ってください。では、ごゆっくり」

もう少し粘るかと思った如月くんだけど、バスタオルと着替えのシャツを用意すると、意外と早く脱衣所の外へと出ていった。

しかし、改めて考えてみると、他人の、男の人の家の浴室を借りることなんて初めてで。いろいろと要領がわからない。

身体を洗うって、どこまで洗えばいいの？　ボディタオル、如月くんのものしかないよね？

髪の毛ってどうするの？　お化粧落としは？　下着って、身につけるの？

——ああ、もう、さっぱりわからない！

まったく、エッチの前にシャワーを浴びるだけなのに、どうしてこんなにも苦労しなくちゃならないんだろう？

なんだかどっと疲れが押し寄せてきて、がっくりと肩を落とし大きくため息を吐いた。

これじゃあ、先が思いやられるわ……。


あれこれと悩んでいる間に結構な時間がかかってしまったけれど、如月くんが入ってくることはなかった。髪を洗った頭にバスタオルを被り、着替えとして用意された彼のワイシャツを着て浴室を出ると、ベッドの端に腰掛けている彼がゆっくりと顔を上げた。

「お、お待たせして、ごめんなさい」

物がない部屋だからそこにしか居場所がないのだけれど、いきなりベッドに直行というのはなんだか生々しい。

「大丈夫です。俺も、だいぶ落ち着きましたから」

その場で足を止めて躊躇している間に、立ち上がった如月くんが目の前まで近づいてきた。

如月くんの手が、濡れた髪を優しく撫でる。

「髪も洗ったんですね」

クスッと小さく笑われて、洗わないのが正解だったのかと心の中で反省する。

「だって、やっぱり気になって……」

なにをされたわけではないけど、先輩と一緒の部屋で過ごした空気が残っているようで嫌だった。

「ドライヤー、貸してくれる？　乾かすのに結構時間がかかるから、ゆっくりしてきていいよ」

「わかりました……ちょっと、座っていてください。あ、飲み物は冷蔵庫にあるので、ご自由にどうぞ」

一房（ひとふさ）持ち上げた髪の先と額にチュッと口づけを落として、如月くんは浴室へと消えていった。

……なんなの、この落差。

シャワーを浴びる前とは違う落ち着き払ったテンションに、口づけられた額に手を当ててしばし呆然（ぼうぜん）としてしまう。

絶対、「遅いー！」とか、「待ちくたびれちゃいましたー！」とか言われると思っていたのに、如月くんは意外にも冷静で、余裕すら感じさせる。

また私ばっかり緊張しちゃって、悔（くや）しい。

今の間に少し落ち着こう。飲み物をもらうために、キッチンスペースの隅に置かれた冷蔵庫に向かって、オシャレなボルドーカラーの扉を開けた。

——一人暮らしの男の人の冷蔵庫って、こんなものなの？

冷蔵庫の中身は、ビールと、見たこともないラベルのミネラルウォーターだけ。

普段はどんな食事しているのかしら……？

この知らないメーカーは、セレブ仕様？　勝手に飲んじゃって大丈夫なのかな？

ここは景気づけに見慣れた国内メーカーのビールでも呑んでしまったほうがいいのだろうか。それに、酔った私は気が大きくなる傾向にあるから、気持ち的に楽になれるかもしれない。

冷蔵庫に手を伸ばしたまま悩んでいたら、そのうちに開けっ放しを知らせる電子音が鳴り始めて、結局お水を選んで扉を閉めた。

今さら照れるのも緊張するのも、如月くんには滑稽に見えてしまうかもしれない。でも、今日くらいは、自分の素直な気持ちを大切にしたかった。

ふと浴室のほうへ目をやるが、如月くんが出てくる気配はない。

ドライヤー、持ってきてくれるって言ったのに……

如月くんも私の前では無理しているだけで、内心は緊張しているのかもしれない。

すっかり忘れてシャワーを浴びているのだと思ったら、ちょっとだけ安心した。

まだしばらくは戻ってこないだろうからと、ベッドの端に座ってペットボトルのキャップを捻った途端、浴室のドアが開く。

ただ単にドライヤーを探して持ってきたのかとも思ったけど、髪の毛は濡れているし、上半身が裸で腰にバスタオルを巻いているから、しっかりシャワーを浴びた証だろう。

――は、早っ！

男の人の入浴時間が短いのは弟で知っていても、如月くんのことだから、もっと念入りに身体を洗ってくるのかと思っていた。

――というか、なにその格好⁉　色気がダダ漏れなんですけど⁉

どうせ脱ぐのだから服なんて着る必要はないのかもしれないけれど、そんなあからさまな格好をされたら、初心者は直視できないじゃないの！

無駄な肉のついていない身体はしっかりと引き締まっていて、見るからに筋骨隆々としたマッチョではないが、如月くんは多分、着やせするタイプなんだ。

「は……早かったのね」

というわけで、正面にいる如月くんから顔を背け、ペットボトルの水をごくりと飲んだ。

ゴシゴシとタオルで頭を拭きながらベッドまで来た如月くんは、そのまま私の隣へと腰を下ろす。

――ええっ⁉　このまま、始めてしまうものなの⁉

如月くんの重みの分だけ座面がわずかに傾くのを感じながら、軽いパニックに陥った。

だって、手にはペットボトルがあるし、私の髪も如月くんの髪も濡れたままだ。特に私は、しっかりと乾かして眠らなければ、翌朝は撥ねたりうねったりとんでもないことになってしまう。

でも、ちょっと待って、はシャワーの前にも使ったし……

もう待てないと宣言している如月くんに対して何度もお預けを食らわせるのは酷かもしれない。もったいぶっていると勘違いされてしまったら、冷めてしまうという事態にもなりかねないし、それが原因で嫌われるということだってあり得る。

そんなことを考えていたら、ひょい、と如月くんの手が背後から伸びてきて、私の持っていたペットボトルが奪われる。

ああ、ほら、やっぱりこうやって始まるもの、なのね。

ゴクゴクと如月くんが水を飲む気配がして、コトリとペットボトルが置かれる音がする。

——ええい、女は度胸だ！　さあ、こい！

抱きすくめられるであろう感触を想定して身構えた途端、ブオーッという熱風がうしろ頭にかけられた。

「——へ？」

ゆっくりと振り返ってみると、如月くんが、ドライヤー片手に私の髪を乾かしている。

……するんじゃ、ないの？

「せっかくなんで、俺が乾かしてあげようと思ったんです。熱くないですか？」

「え、あ、大丈夫……」

なんというか、拍子抜けした。あー、気持ちいい……

「真純さんの髪、真っ黒でさらさらですよね。今まで染めたこととかあります？」

「いや、ない」

「癪だけど、アイツの言っていたこともわかるんですよね。この髪が布団の上に広がるのを想像したら、やっぱ燃えるなぁ」

「……変なことを思い出させないでよ」

「すいません」

クスッと小さく笑いながら、髪の合間に差し込んだ指で、上から下に流れるように梳いていく。

もっとわしゃわしゃと乱雑にしてくれても大丈夫なんだけど、慎重すぎるほどの手つきに、胸の奥がキュンとしてしまう。

「でも、いい加減に切ろうかとも思っているのよね」

「なんでですか？　もったいない」

「長いといろいろ面倒だし、三十歳にもなったからね」

今はまだ真っ黒だけど、そのうちに白いものが交ざってくるだろう。三十歳になったら白髪が目立つようになって、三十五歳を過ぎたら一気に増えた、というのは、母から聞いたことがある。

「元々好きで伸ばしていたわけじゃないの。母の希望でそうしていただけで……」

毎日剣道や弟や妹たちの世話に明け暮れてちっとも女らしさのなかった私に、髪を伸ばすように勧めたのは母だった。そういえば、小さい頃はよくこうやって母に髪を乾かしてもらったものだ。弟たちが眠った後に、その日にあったことを話しながら過ごすときだけは、忙しい母を独占できる唯一の時間だった。

……そうか。甘やかされなかったわけじゃ、ないんだ。

私は長女で、皆のお姉ちゃんだからと気を張っていたけど、お母さんはちゃんと私にも甘える機会を作ってくれていたんだ。

如月くんの手は、あの頃の母のように優しくて、繊細で。

ああ、私、大事にされているんだなあ……

自分が大切に想われているのだと教えられているようで、くすぐったくも、嬉しかった。

「はい、終わりましたよ」

最後に二回軽く頭をポンポンされて、ドライヤーが止まった。

私の髪を乾かしてもらったんだから、彼の髪は私がやってあげないと。

「如月くんのは――」

振り向いた途端、彼の濡れた頭が私の胸元に飛び込んできた。

「ちょっと、如月くんの髪、乾かさないと……」

「もう乾いたから、大丈夫」

濡れた髪が顎や首もとに触れて冷たいというのに、如月くんは聞かない。ボタンひとつ分だけ開いた襟元に顔を埋めて、すん、と鼻を鳴らす。

「真純さんの身体から、俺と同じ匂いがする」

「そりゃ、君のボディソープを使ったから……」

ボディソープだけじゃなくてシャンプーも、浴室に置かれていたものを使ったから、彼と同じ匂いがして当然だろう。

「すげぇ嬉しい。真純さんが自分のものになったみたいで、感動する」

鎖骨の辺りにそっとキスをしながら、如月くんが独り言のように呟いた。

彼とのエッチはこれで三回目。初回は酔った勢いでも、二回目のときにはお互いの気持ちはちゃんと通じ合ったはずだった。それなのに、彼がまたこんなことで喜ぶのには、少なからず自分の行動に原因があるのだと思うと胸が痛んだ。

――だったら、きちんと如月くんに伝えなくちゃ。

「好き」だけじゃなくて、彼がもっと、安心してくれる言葉を。

しかし、素面で言うには照れくさい。いくら如月くんに甘えることを許されていたとしても、これまでに築いてきた自分のプライドやらポリシーやらアイデンティティやらが邪魔をして、なかなか口には出しにくい。

だけど、彼を不安にしたままでいいわけはない。

――ええい、ままよ！　女は度胸。さあ言え、真純！

「とっくに、君のものだけど……？」

私はもう、どこにも行ったりしない。

だって、君のことが、好きだから……

パッと顔を上げた如月くんは驚いて目を見開いていたが、それからすぐに、嬉しそうに破顔した。

「そうでしたね」

それはもう、二人にとっては当たり前の、決定事項。

「……髪。乾かさなかったら、風邪を引くかもよ？」

「じゃあ、真純さんがあっためてよ」

背中に落ちていた髪が持ち上げられて、身体の前へと流される。それから、ゆっくりと如月くんの顔が近づいてきて、私は静かに瞼を閉じる。

彼の唇が私の唇に触れ、二人の身体が折り重なるようにベッドへと沈んだ。

身体を反転させた如月くんは私の身体に覆い被さり、キスがさらに深いものへと変わっていく。重なった唇の間から熱い舌が差し込まれると、私も彼の首に手を回してそれに応えた。

シャツのボタンがひとつずつ外されて、ちょうど胸の真上まではだけたところで、彼の手が一度止まった。

「ノーブラだ」

シャツと膨らみとの間に遮るものがないことに驚いたのか、唇をくっつけたままささやかれた。

「つ、着けるのが、正解だったの……？」

せっかく綺麗に洗った身体に一日使った下着を着けるのはどうかと思って、迷った挙句に、下も穿かなかった。

着替えなんか持ってないし。使い物にならなくなるのは、困るもの……

「ごめん……だって、わからなくて」

「謝らなくていいんですよ。素肌に直接自分のシャツとか、男のロマンです」

……そ、そういうものなの？

クスッと笑った如月くんは、ふたたびシャツのボタンを外し始めた。

「やっぱり、真純さんは可愛いや。こんなに真っ赤になってうろたえて、涙目で見上げられたら、もうたまらなくなります」

　留まっていたボタンをすべて外し終えると、腕を持ち上げながらシャツが取り払われた。

「あ……」

　如月くんは、持ち上げた私の手の平にそっと唇をつける。

　柔らかな唇の感触に肩がぴくりと跳ねた。唇はそのまま指の先まですするすると滑り、人差し指の先端にまでたどり着くと、ぱくりと口に含んだ。

「ん……、あっ……」

　ぬるりとした感触が爪の間を舐めて、くすぐったさに似た感覚に身体が震えた。

　私の顔を見つめながら、半開きになった口の中でちろちろと指を舐め回す舌の動きがやけに扇情的で、その目に見つめられているだけでも身体の芯がかあっと熱くなる。

　唾液をまとった指を、ジュルッと音を立てて吸い上げられる。指の間までも丁寧に舐めた舌が隣の指へ移る頃には、堪えきれずに両足の間を擦り合わせてしまった。

「も……、これ、いいから……」

「もうですか？　まだあと片手と、両足も残ってますよ？」

　――あ、足!?　足まで舐めるの!?

　手はともかく足なんてそんなに綺麗なところでもないのに、さも当然のような言い方をする如月くんに軽く目眩を覚える。

「そ、そんなとこ舐めなくてもいいの！」

慌てて、彼の口から唾液にまみれた指を引き抜いた。

「ふうん。じゃあ、どこなら舐めていいんですか？」

「――へ？」

「手と足がダメなら、どこを舐めればいいのか、真純さんが教えてください」

「――っ！」

困惑する私に向かって、如月くんがにこりと微笑む。……いや、笑ってはいるけど、なんだか雲行きがアヤシイ。

「そんなの……如月くんの、好きな……」

「じゃあ続けますけど？」

ふたたび如月くんの手が伸びてきたので、咄嗟に手足をぎゅっと縮めた。

「ダメダメ！　わかった、言うから……！」

叫んだ途端、彼の目が意地悪く細められるのを見逃さなかった。

しまった、謀られた。しかもこれ、言わなきゃ収まらないパターンだ。

観念して答えなければ、この生殺し状態はいつまでも続くだろう。悔しいことに、これまでの流れから私の身体はもう熱くなっていて、彼のすべてを求め始めている。

こうなったら、言うしかない。でも、どこと言えば正解なの？

正直、如月くんがくれるものならなんでも気持ちいい。でも、そんなことはとても本人には言えない。まして、足の間だのと口に出すのは……

よし。ここはひとつ、無難なところを。

「む……胸？」

恥ずかしさを堪えて口にしたのに、如月くんはまだ許してはくれなかった。

「胸のどこですか？」

「――ひいっ！」

具体的な部位を言えと⁉

無理無理無理無理っ！　自分から愛撫されたがっている場所を言うのも、「ここがいいの」なんて差し出すのも、私にはハードルが高すぎる……！

でも、如月くんが引いてくれる気配は一向にないし、こんな羞恥プレイが待ち受けているなら、大人しくされるがままになっておけばよかったなんて後悔しても遅い。

「こ、こ……」

仕方なく、胸の前で握った指を開いて、胸の頂を指し示した。

「本当に真純さん、乳首弄られるの好きですねー」

にこっと笑って恥ずかしい台詞を吐いた如月くんは、身体を伸び上がらせるようにして私の指が示す場所へと勢いよく吸いついた。

「あ、んっ」

それだけで身体が浮かび上がりそうなくらいに感じてしまって、そこからはもう、いつも通りに彼のペースにはまってしまった。

つんと尖った乳首に舌を絡めながら、もう片方の胸を手の平と指で存分に弄び、空いている手で執拗に身体の線をなぞる。胸だけじゃなく、脇腹とか腰骨の辺りとか太腿なんかも絶妙なタッチでくすぐられて、身体の熱がどうしようもなく高まっていく。

「ん、ああ……、あっ、はあっ、は……、あ、あ……っ」

丁寧な愛撫に、シーツの上で髪を乱しながら身体が勝手に捩れる。そのたびに如月くんは逃がさないとばかりに私を強く引き寄せて、腕の中に閉じ込めてしまう。

「や、あ……、いや……あ……」

「嫌じゃないでしょう？　こんなに気持ちよさそうなのに」

掠れた声でささやいた如月くんは、今度は反対の胸に舌を這わせた。根元から大きく舐め上げられて、身体が大きくびくんと跳ね、口からは絶えず甘い声が漏れる。彼の唾液で濡れた乳首を指できゅっと摘まれて、もどかしい痺れが身体全体に広がった。

「そろそろ、こっちも触ってあげましょうか？」

身体の線をなぞっていた手が内腿を撫でて、また身体が跳ねた。もともと熱くなっていた下半身の熱が、意識をしたことでさらに激しさを増す。

わざと緩慢な手つきで絶妙な場所を避けられながら撫でられて、もどかしさでどうにかなってしまいそうになる。理性や羞恥がなくなっているわけじゃない。でも、迷っている間にも下肢の中心はじんじんと痺れて、もう自分ではどうすることもできないみたいだ。

「い、意地悪、しないで……、お願い、だから……」

腰が揺れて、下半身を擦り合わせる。そこはもう、すっかり濡れて潤っている。

年甲斐もなくはしたないお願いを、しかも照れながらするのは、かっこ悪くてみっともない。だけど私は、大人の余裕で大胆に彼を誘うような技量なんてのは持ち合わせていない。

いつか私が、大人の女の余裕で彼を翻弄できる日が来るのだろうか。

……今のところ、そんな予感は、まるでしない。

「……聞きたいんです」

ふいに、如月くんの声色が真面目なものになる。

「真純さんが俺を求める声が、聞きたいんですよ」

真摯な瞳にまっすぐ見つめられて、反応しないわけがない。それに、彼の瞳には、いまだ少しだけ不安の色が残っているようだった。

力の抜けた手を伸ばして、如月くんの顔を包み込んだ。軽く持ち上げたら、察した如月くんが近づいてきてくれたので、自分から彼にキスをした。

「好きよ……如月くん。お願いだから、もっと、して？」

どうやら私の頭は自分でも制御不能になっていたらしい。そうでなければ、こんなにも甘く蕩けるような声が、自分から出るはずもない。

「それじゃ、足りないなぁ……」

「――は？」

こんなにも可愛くおねだりしているというのに、まだ欲張るか⁉

「名前で呼んでよ、真純さん」

ニヤッと口の端を上げる彼は、本当に憎たらしい。

どうしてこうも、私を振り回してくれるんだろう。

「好きよ、達貴……」

「はい。俺も、大好きです」

優しい声とは裏腹に、彼の指がぐちゃりと音を立てながら私の中に差し込まれた。

「ふあ……っ、そんな、あ、ああんっ」

「真純さんのおねだりが可愛すぎたから、もう限界」

沈められた指に浅いところを搔き回されて、電流のような痺れがつま先にまで一気に走った。

「ずる……い、はあ、私ばっかり、変になって……あっ、あんっ」

「狡くないですよ。ほら……」

やり場がなくてばたつかせていた手首を掴まれ、下のほうへと導かれる。

手の平に、熱く硬いなにかが触れた。

「な……っ⁉」

もしかしなくとも、アレですか――⁉

いつの間にか彼の腰を覆っていたタオルははだけ、天を突くようにそそり立つ彼自身を握らされている。

「真純さんがこうしたんだ。責任を持って、慰めてよ」

手の中でドクドクと脈打つ鼓動を感じていると、彼に甘えるようにささやかれて、私の中がきゅんと締まった。心なしか、手に持ったコレもピクリと強張り、一段と強度を増したような気もする。

「な、慰める……？」

それって、コレを舐めたり、しゃぶったりする、アレのこと……⁉

「心配しなくとも、真純さんが考えているようなことはしませんよ。……今日は」

クスッと笑った如月くんは、二本目の指を私の中に押し込んだ。

「そんなことされたら一発で終わっちゃう。そこまでの余裕はもう、ありませんからね」

「あっ、……ああっ、……あん、や、ああ……っ」

ぐちゅぐちゅと最奥から熱い蜜が溢れてくる。手前から奥へと出し入れされる指の動きに合わせるように自然と腰が揺れる。

「真純さんの中、熱い……。早く、この中に入りたい」

ぐっと曲げられた指に最も感じるところを刺激されて、悲鳴にも近いような声を上げた。

突き上げるように肉壁を押し上げた二本の指が緩められるたびに、追いすがるようにして私の中がまたキュッと締まる。

「あ、ああ……っ、達貴……だったら、もう、……」

「なに？　真純さん。俺がほしいの？」

「ん……、早く……」

如月くんの肩にしがみつきながら、震えるように頷いた。

ふと表情を崩した如月くんは、少年のようなあどけなさを残した、可愛い男に見えた。

……でも、本性は鬼畜だった。

「でも、もうちょっとだけ我慢。真純さんが俺に気持ちよくされてるところ、もう少しだけ見せて」

　ぐちゃっという水音とともに三本目の指が入ってきて、最奥まで抉るみたいに掻き混ぜられた。同時に、伸ばした親指で蕾を押しつぶされて、一気に目の前が真っ白くなった。

「──ひゃ、あ、あああああっ」

　魚が飛び跳ねるようにびくびくと背中を反らし、私は絶頂に達した。

　──本当に、我慢強い人だと、つくづく思った。

　ぐったりと弛緩した私の身体から指を引き抜き、如月くんはベッドのヘッドボードへと手を伸ばす。

　さっき達したばかりだというのに、ピリッと袋を破く音を聞いただけで、私の身体の奥からはまた新たな蜜が溢れ出してくるような感覚がした。

　いつの間に私の身体はこんなにもいやらしくなったのだろうかと、自分でも呆れてしまう。

　でも──知ってしまった。

　この世の中で一番大切な人とひとつになれることの悦びを。

　彼の手で丁寧に蕩けさせられることも気持ちがいいものだけれど、私はもっと貪欲だから、それだけでは足りなくなってしまう。

もっと深いところまで呑み込んで、覆い尽くしてしまいたい。私以外のなにも目に入らないくらい、夢中にさせてしまいたい。

熱を湛えた秘所に、同じくらいに熱い彼自身が宛てがわれ、私の中にゆっくりと入ってくる。

「ひ……あ、ああ……っ、ああ……」

指とは比べものにならない圧迫感に押しつぶされそうになりながらも、今までよりも深いところで彼の存在を確かめられる充実感で、身体が快感に震える。

「はあ……真純さんの中、やっぱり熱い……溶けそう」

切なげに眉根を寄せる如月くんが、挿入したままぐるりと横に倒れ込む。

気がつくと私は、仰向けに寝そべる彼の上に跨っていた。

「あ、あの……」

彼の胸板から顔を上げて恐る恐る覗き込むと、如月くんは優しく微笑んだ。

「真純さんの好きに動いてみて？」

催促するように下から腰を突き上げられて、今までに感じたことのない場所が貫かれる衝撃に腰が跳ね上がる。少し遅れて、敏感な蕾が彼の肌と擦れて生まれる痺れがじわりじわりと広がった。

「ふ……んあっ、あ、あっ」

腰に添えられた彼の両手にリードされて、ぎこちなくも腰を揺らせば、次から次にまた新しい快感が生まれて身体中を巡っていく。

私のペースに合わせた緩い律動。時折強く突き上げられながらも、少しずつ上り詰めていくような感覚に、次第に夢中になっていた。

どうしよう。溺れる――

激しく攻め立てられるときとはまた違ったなにかが、身体の奥から這い上がってくる。背筋が震えるほどの甘い快感がどうしようもなく気持ちいい。

「真純さん、気持ちいい？」

「あ……ん、いい……」

もはや私に、理性は欠片も残っていない。二人が繋がった場所からはぐちぐちと淫らな水音が響き、霞む視界の先では、如月くんも恍惚とした表情を浮かべている。そんな顔をさせているのが自分なのだと思うと、また身体の芯が熱くなる。

「……あっ、あああっ……」

背中がぶるぶると震えて身体が弓なりにしなりかけた瞬間、腰を押さえていた手に身体を持ち上げられた。

ずるり、と如月くんの滾りが抜け、達しかけた身体が硬直する。

「な……んで……っ、いや！」

行き場をなくした熱が暴走する恐ろしいほどの虚脱感に襲われて、見開いた目から涙が零れた。

「大丈夫だから、泣かないで」

如月くんは持ち上げた私の身体を俯せになるようにベッドに寝かせ、私のうしろにぴったりと寄り添う。

「真純さんのほしがるものは、なんだってあげる」

腰がうしろへ引っ張られるのと同時に、ずん、と背後から貫かれた。

「……あああっ」

一度大きく引き抜かれたものが、彼の身体ごと打ち込まれる。さっきまでとは違う激しい抽送に、目の前には火花が散った。

大きく身体が揺さぶられ、乱れた髪の毛が目の前を覆う。如月くんは私の背中を反らせるように両脇に腕を差し込んで、激しい動きとは裏腹な優しい手つきで髪を掬い、そっと耳にかける。

そして、その耳元に唇を寄せて、荒い吐息のままにささやいた。

「……だから、俺のすべてをほしがって」

両方の乳房を揉みながら、猛然と追い立てられる。

「だめ……、如月く……ん……っ、あっ、はあ、あっ」

私の身体の中で、感情や快感がぐるぐると回って大きな渦(うず)を描いていく。

激しく上下する視界、軋(きし)むベッド、荒い呼吸――理性も余裕もなく腰を振り続ける獣のような交わりから、彼の切実な想いが伝わってくるようだ。

「好きです……真純さん、大好き、です……」

苦しくて、切なくて、狂おしいほどに愛おしい。

言葉だけでは伝えきれない想いのすべてを、今こうやって、全身で感じている。

「……達貴……」

朦朧(もうろう)とする意識の中で、彼の動きが一層激しくなっていく。

私自身も、限界が近い。無我夢中で彼の名前を呼びながら、私を抱き締める手をぎゅっと掴(つか)んだ。

「好き……達貴……、一緒に、あっ、ああ」

「……っ、真純、さ……」

「あ、達貴……っ、あ、ああああ！」

絶頂に達した身体が戦慄(わなな)き、私の中の彼にも射精を促(うなが)すように絡みついた。

「……っ、あ、……」

一際(ひときわ)強く私の奥底に叩きつけられたものが質量を増し、一気に弾け飛ぶ。

彼の熱さが、薄い膜越しにでも、確かに流れ込んでくるような気がした。

＊＊＊

「俺、匠を辞めて朋興に戻ります」

熱狂と興奮の後で、腕枕をしながら私の頭を撫でていた如月くんが唐突に切り出した。

「元々、修業の期間は五年って決まっていたんです。今日親父と話をして、今回のこともあったので、少し早まることになりました」

「そう……」

匠に対して、思い残すこともあるのかもしれない。ぽつぽつと話す彼はどこか寂しげで、自信なさげに見えた。

「如月くんなら、どこへ行っても大丈夫よ」

ゆっくりと頭を持ち上げて、彼の顔を上から覗き込む。

「それに、一人じゃないもの。君が辛いときには、いつでも私が傍にいる。だから君は、君のやりたいことを目指して、頑張って」

職場が離れてしまっても、私たちが離れるわけじゃない。毎日顔を合わせることができなくなってしまうのは寂しいけれど、私たちの心は、今までよりもずっと深く結びついている。

「真純さんは、そうやっていつも背中を押してくれるんですね……」

私の言葉に、如月くんはどこか懐かしげに顔を綻ばせた。……と思ったら、突然真顔になる。

「ところで。真純さんは、いつまで俺のことを名字で呼ぶんですか？」

ぐるんと視界が反転して、私の上に如月くんが覆い被さった。

「えっ……」

そんなことを急に言われても、返事に困る。

「さっきは俺のこと、名前で呼んでくれましたよね？」

「あれは……」

口ごもる私に、彼はとんでもない爆弾発言をした。

「真純さんだって、いずれは同じ名字になるんですよ？　だったら早めに慣れておいたほうがいいと思うんです」

――は？

「えええええ⁉」

同じ名字になるということは、戸籍をひとつにまとめるというわけで。つまりは、結婚ということだけど……

──なにそれ⁉　そんなの、聞いてないんだけど⁉

「だ、だって君、この間は子供ができたら困るって……」

「そりゃ、今すぐできたら困るでしょう？」

私の慌てっぷりをきょとんと見ていた彼が、やがてなにかを思いついたように眼光を強めた。

「言っておきますけど、あのときのあれは、真純さんとの子供がほしくないっていう意味じゃないですよ？　俺にだって、いろいろと準備ってものがあるんです。これ以上、順番を狂わせたくないんです」

「……狂わせちゃって悪かったわね」

身体から始まった関係の引き金を引いたのは私。多分コレ、一生言われ続けるんだろうな……って、なに将来を予測しちゃってんの⁉　だからまだ、そんなことを考えるのは早いというに！

「俺と結婚したら、朋興建設の未来の社長夫人ですからね。尻込みされたら困ると思って、明かすタイミングは慎重に決めなくちゃと思っていたんですけど、真純さんは気にしないって言ってくれたしよかったー」

──もしかして、私、このまま如月くんと付き合い続けたら玉の輿っていうのに乗っちゃう⁉

そんな私の困惑っぷりを知ってか知らずか、如月くんは早くも妄想を爆発させている。

「これから忙しくなるから、覚悟してくださいね？　ウエディングドレスはニューヨークにいる知り合いに頼んでオーダーメイドにしましょう。もし白無垢がよければ、それでもいいですよ。むしろ両方でも」

――話が、飛躍しすぎている！

私は昔からドレスに憧れていたから、白無垢よりもウエディングドレスを優先してくれたのは嬉しいけれど、問題はそこじゃない。

「ちょ、ちょっと待ってよ！　まだ早すぎる！」

「そうですね。まずは真純さんの家に挨拶に行って、それから俺の家で。親戚の挨拶とかも先にしておいたほうが――」

「そうじゃなくて！　結婚！　まだ決めるのは早すぎるでしょう⁉」

私たちが正式にお付き合いを始めたのはつい先日のことでしょう⁉

恋愛の延長線上に結婚があればいいな、とは思っていたけど、現時点で決めてしまうのはあまりにも時期尚早すぎる。

そりゃあ、心の距離は近づいたと思うけど、私たちはお互いのことをまだそこまで知らない、じゃないの。それに……

「如月くんはまだ若いんだから、もしかしたらこれから先に私よりも――」

「真純さん以外にいません」

私の言葉を遮るように、如月くんは強い口調できっぱりと言った。

「俺の人生に、真純さんほど影響を与えた人はいません」

如月くんが、決して軽い気持ちで結婚の話を持ち出していないことはわかる。それでも、いきなりそんなことを申し込まれても、戸惑う気持ちだってある。

「……真純さんは？」

さっきまであんなにも不安がっていた如月くんは、もういなかった。

「真純さんの人生に、俺以上の男は存在しますか？」

問いかけておきながらも、そこには自信も垣間見える。

――如月くん以上の存在なんて、いないに決まっている。

年下だとか、知り合って間もないとか、そんなことは関係ない。私の弱さに気づいて支えてくれるのも、可愛げのない私を愛おしがってくれるのも、三十年間生きてきた中でも君だけしかいなかった。

可愛らしく甘える姿も、男らしくて頼りがいのある姿も。

如月くんの姿は、私が今まで見てきた男性の中で――私の中で圧倒的な存在であった父親よりも。

最高に素敵で、かっこいい。

きっとこれから先も、私には如月くん以上に好きになれる人なんて現れない。

「……私のほうが、先にオバサンになるのよ？」

「そんなの、そのうち気にならなくなります。真純さんがおばあさんになる頃には、俺もおじいさんです」

「いや、その過程が気になるんだって……」

「俺は気になりません」

一歩も引かない如月くんに、呆れた私からはため息しか出てこない。

「それに俺は、真純さんの王子様なんですよね？」

したり顔の彼に、私が固まってしまったことは、言うまでもない。

――でも。

もう一度大きく息を吐き出して、開いた口元を引き締める。静かに瞼を閉じて、ふたたび開いたとき、目の前にいる如月くんは、穏やかな笑みを浮かべていた。

私が出した、結論は……

エピローグ

あれからしばらくして、如月くんは匠コンストラクションを去っていった。

営業部のエースの自宅謹慎処分からの電撃退職に社内には衝撃は走ったものの、時間の経過とともに落ち着きを取り戻した。会社という組織は、歯車のひとつが欠けたとしても、どこからかまた同じような代用品がやってきて、変わらずに動いていくものだ。

私に変なことを吹き込んだ部長たちは、上からなにかしらのキツいお仕置きは受けたようだが、変わらずそのポストに居続けている。お茶を出しに行った際、『老害にもまだ意味はある』と、部長は寂しげにぽつりと呟いた。

朋興建設のプロジェクトに関しては、私は引き続き担当することになった。これは、今回の件で迷惑を掛けたからという、あちら側からの希望もあってのことなのだそうだ。

三枝先輩は、奥さんと離婚して、朋興建設の地方の支所へと左遷になったらしい。懲戒解雇という厳しい意見もあったが、元奥さんの親戚が恩赦を願い出たのだそうだ。多少は情というものが、元奥さんにはあったみたい。

もちろんそれだけではなくて、もうひとつの力も働いたためでもある。

『ああいう輩には多少の恩を着せておいたほうがいいんですよ。下手に恨みを買って、ストーカーにでもなられたら困りますからね』

――先輩の処分を教えてくれた彼は、とっても、黒い顔をしていた。

「本郷主任、よろしくお願いします！　ああ、緊張する……」

そして如月くんが抜けた分、営業部に人を補充することになり、抜擢されたのは風間くんだ。しかも如月くんの後任と一緒に、風間くんも朋興建設との事業に参加することになった。彼は勉強を兼ねて、上司のお伴という感じだけれど。

今日はようやく朋興建設側の後任の人事が落ち着いたとのことで、二人で挨拶に出かけることになった。本当は風間くんの上司も同席するはずだったのだけど、急な体調不良で早退してしまい、急遽二人で伺うことに。日を改めさせてほしいと申し出たのだけど、先方が今日は顔見せ程度の場なので構わないと言ってくれたのだ。

「いらっしゃいませ」

「匠コンストラクションの本郷と、風間と申します」

「本郷様ですね。承っております。いつもお世話になっております」

受付の彼女は、今日も元気に働いている。左遷された社員との不倫というスキャンダラスな情報は、二人の関係の始まりがよろしくなかったことも考慮され、女性に優しい誰かがもみ消してくれた。元奥さんも、自分は会社には関わっていないからと、黙認してくれたみたいだ。

そして、そんな名裁きの数々を披露した張本人は――

「お待たせして申し訳ありません」

エレベーターを降りて、颯爽と登場した人物。

「三枝の後任の、如月達貴です。よろしくお願いします」

すらりと伸びた華奢な身体に、黒目の大きなアイドルのように甘いルックス。

朋興建設に入社した如月くんは、私の「交渉相手」となった。

「えええ⁉ き、如月さん⁉」

突然退職した憧れの先輩が目の前に現れて、風間くんは驚きと喜びの入り交じった叫び声を上げる。そんな彼を如月くんがジロリと一瞥すると、私に向かって引き攣った笑みを向けた。

「どうして、彼がここにいるんですか？」

どうやら、まだ風間くんに対して嫉妬心というものを持っているらしい。

……まあ、私もそれを知っているから、今まで黙っていたのだけれど。

「前任が退社したタイミングで、彼が営業部に配属されたんです。それで、将来有望な彼も、この事業に加えようということになって。いい選択でしょう？」

風間くんの愛想のよさは、誰かさんと一緒で営業向きだと私が推薦しておいた。

別に、今まで散々振り回してくれた如月くんへのちょっとした嫌がらせだなんて意味はない。

「まだまだ若くて経験不足だけれど、いい身体をしているだけあって体力もあるのよ？」

……いや、本当は、嫌がらせ以外のなにものでもない。

「へえ、本郷さんが好きなのは、年上の男らしいタイプじゃなかったですか？」

「あら私、最近嗜好が変わったの。如月くんは転職したから知らなかった？」

「……なんか二人とも、オーラが黒くありません？」

ニコニコと笑い合いながらも牽制し合う私たちに、風間くんはちょっと引き気味だ。

「さあ、仕事の話をしましょう？　これが、今までうちが手がけてきた事業の資料なんですけど……」

「ああ、必要ないですよ。そちらの仕事っぷりはよく存じています。技術面も経営面においても、特に問題なく優秀だと思っています」

「ありがとうございます」

「でも……ひとつだけ、決め手に欠けるんです」

ふう、と短く息を吐いた如月くんが、わざとらしく首を横に振る。

「俺が一番ほしいものだけが、なかなか差し出されないんですよね」

彼は上着のジャケットに手を入れると、そこから取り出した小さな箱を私の前へと差し出した。

「真純さんがこれを受け取ってくれたら、契約というのはどうでしょう?」

ビロードのグレーの小箱に埋められているのは、燦然と輝くダイヤモンドの指輪――ダイヤモンドは、永遠の輝き。でも、それ以上にうっとりするような顔をして、如月くんは私に優しく微笑んだ。

突然の公開プロポーズに、私の隣に座っていた風間くんは叫びながら立ち上がり、遠くから私たちの様子を窺っていた受付の彼女は真っ赤な顔をして口元を押さえている。

それだけじゃなくて、ロビーにいた誰もが、固唾を呑んで見守っている。

大勢の人に注目されているのを承知で、私はその小箱に手を伸ばして――蓋をした。

「……仕事の話をしましょうね」

「えー!? いい加減、受け取ってくれたっていいじゃないですかぁ!」

「こんなときだけ年下のフリして甘えないの!」


あの日の如月くんからのプロポーズを、私はお断りした。

いや、正式には保留の状態だ。

一度手がけた仕事は、最後までやり遂げるのが私の身上である。今、結婚を受けてしまったら、きっと大きなものに呑み込まれて、仕事どころではなくなってしまう気がした。なにせ、相手は朋興建設の御曹司なのだ。

如月くんが背負っているものに比べたら、私の仕事や夢はちっぽけなものかもしれない。でも、これはお局様として仕事第一で頑張ってきた私のプライド。志なかばで諦めることは、どうしてもしたくなかった。

だから私は、この朋興建設との事業が成功するまで、彼のプロポーズを受けないことにした。

「真純さんの夢を邪魔しようとは、俺だって思っていません。だから、仕事と結婚を両立すればいいじゃないですか。待っていたら、どんどん時間が過ぎていっちゃいますよ？」

如月くんはあの手この手で迫ってくるけれど、私にも譲れないものがある。

それに、「寿退社」への憧れだってあるんだもの……

――私は自分の力で、自分の夢を叶えてみせる。

そして、夢が叶ったそのときは、最愛の人に自分から、結婚したいという意思を伝えよう。

「時間が過ぎてしまったら、君の気持ちは変わってしまうのかしら？」

「まさか。俺の真純さんへの愛は、永遠です」

二人の夢が叶うまで、何度だって君を振り回してあげる。

それまでに、もっと――私が君に夢中なくらい、虜にさせてみせるから。

書き下ろし番外編

HOLIDAY

ある日の休日。私たちは、とあるレジャー施設でデートを楽しんでいた。

「如月くん、勝負しましょう」

突然、ゴムチューブの剣を鼻先に突きつけられた如月くんは、スポーツドリンクを飲もうとしていた手を止めて目を丸くしている。

あれから数か月。如月くんは実家である朋興建設で、私は匠コンストラクションの設計部主任として、相変わらず忙しくしている。毎日顔を合わせるのは難しくなったけれど、朝晩の電話やメールは欠かさず、休日は二人で過ごして、順調に交際を続けている。

もちろん、電話もメールもデートする場所のチョイスも、積極的なのは彼のほうだ。私だって、任せっきりはよくないと思っている。だけど彼は、とにかく手を打つのが早い。私が気づくより先に連絡をくれるし、デートの送り迎えも率先してくれる。もっともその都度、「一緒に住んだほうがお互い手間が省けると思いません？　同棲するなら、籍も一緒にしませんか？」と迫ってくるのだけれど……

とにかく、如月くんは私にはもったいないくらい、よくできた彼氏だ。それに、私が喜ぶものも熟知している。

今日連れて来られたのは、屋内型のスポーツ施設。豊富な設備で一日中遊べるという、体育会系の私にはうってつけの遊び場である。

「真純さんは、家族でアクティビティを楽しむのが夢なんですよね？　もちろん俺は、真純さんと過ごせるならどこでも大歓迎ですけどねー。いやー、楽しみだなぁ。子供とこんなところに来たら、パパは張り切っちゃうなぁ」

――なぜ君が、そんなことまで知っている？　あと、さりげなさを装って、子煩悩をアピールするのもやめてほしい。

そりゃ、いつかはそんな日が訪れたらいいとは思っている。でも、如月くんは年下で、しかも大手ゼネコンの御曹司。気にしないとは言ったものの、三十路で一般家庭出身の私には、いろいろと覚悟をする時間だって必要なんだから……

それに――私には、どうしても確かめておきたいこともある。

それを確認するために必要なのが、一通り楽しんだ後で目に留まった、私が彼に突きつけている剣だった。

「これって、スポーツチャンバラの武器ですか？」

如月くんは、自分へと向けられた丸い切っ先を摘まんでぶにぶにと潰す。

「そうよ。今度はこれで勝負しましょう」

スポーツチャンバラとは、文字通り「チャンバラごっこ」を安全かつ健全なスポーツとしたもので、ゴムチューブに空気を入れたソフト剣と、アクリル製の面を使用する。ルールも「相手の身体のどこでもいいから打ったほうの勝ち」と、いたってシンプルだ。

「でも俺、剣道はかじった程度なんですけど？」

「だからいいんじゃない」

剣道だと私が有利だが、あくまでもチャンバラ。男の子なら、子供の頃に一度は遊んだことがあるだろう。

「それに、剣術も心得てはいるんでしょう？」

「そりゃあ、まあ……」

一見すると華奢な如月くんだけど、実は格闘技の経験が豊富だ。大企業のお坊ちゃんだった彼は、幼少期から護身術としてありとあらゆる武道を習ってきたらしい。その証拠に、痴漢を片手一本でねじ伏せたり、自分よりも大きな相手を投げ飛ばしたりしている。だが、真の実力はいまいち把握できていない。

——だからこそ、確かめたい。

私が目下気になっているのは、彼の「強さ」だ。

「まだ強い男に拘ってるんですか？　どんな俺でもいいって言ったくせに」

剣を片手に息巻く私に、如月くんは呆れたように溜め息を吐く。

「そ、そんなんじゃないわ！　あくまでも、私自身の興味よ」

見た目重視の筋肉マッチョは、正直懲りた。だからこれは恋愛感情を抜きにした、私個人の関心事である。

「勝負事なら、散々やったじゃないですか」

「そうだけど……」

二人で遊びに来ているのだから、競う相手はお互いしかいない。あらゆるスポーツで対決したのだが、現在までの対戦成績は――私の、全戦全敗だった。

私も運動神経にはちょっとした自信があった。でも、元々が剣道一辺倒だったので、その他の、例えば球技なんかは苦手だったりもする。それに比べて如月くんは、なんでもそつなくこなした。華麗にスマッシュを打つ姿や、バスケットボールを自在に操りドリブルする姿は、思わず見惚れるものがあった。

でも――それとこれとは、話が別。

だって、負けっぱなしは悔しいじゃない⁉

「負けず嫌い……」

「うるさいわね！　ここに連れてきたのは君でしょう⁉」

勝負ごとに熱くなるのは性分だ。

それに、彼の実力を知りたいのも事実。如月くんは普段から飄々（ひょうひょう）としているせいか、いまいち本気を出している感じがしない。ならば、彼の実力を推し量（はか）るには、剣を交えるのが一番手っ取り早い。

「いいから、やるの？　やらないの？」

「その台詞（せりふ）は違う場面で聞きたい気が……なんでそんなに好戦的なんでしょうね。はいはい、とことん付き合いますよ」

渋っていた彼だけど、やがてのろのろと立ち上がり武器と防具を受け取った。

ふっふっふ。これでようやく、決着がつけられる。

私と如月くん、どっちが強いか——はっきりさせてやるわ！

なのに——

「ちょっと如月くん。真面目（まじめ）にやりなさいよ」

なによ、その構えは。穴だらけの隙だらけじゃない。

「そんなこと言われても、本当に剣道は初心者なんですってば」

気合い十分の私に対し、如月くんからはまったくやる気が感じられない。片手で握った剣をぷらぷらさせて、これでは「どこからでも斬ってください」と言っているようなものだ。

「剣道は初心者でも、居合いはやっていたのよね？　これ以上ふざけるなら、私にも考えがあるから」

「どんな？」

「……今日は泊まらない」

「真面目にやります」

脅した途端、剣を両手で握り直して下段に構えた。

「でも、どう考えても真純さんが有利ですよね。だったら、なにか賭けませんか？」

「賭け？」

モチベーションを上げるために、彼はある提案をしてきた。

「ベタだけど、勝ったほうのお願いを聞く、なんてのはどうですか？」

アクリルガラスの面の向こうにある夕チの悪そうな笑みに、思わず顔が引き攣った。

だって、如月くんのお願いというのは、当然、あんなことやそんなことしか考えつかない。

そんな私の動揺を感じ取ってか、如月くんの笑みがますます深くなる。

「あれ？　もしかして自信なくなっちゃいました？」

もちろん、その挑戦的な態度に、私が反応しないはずもなかった。

「……上等じゃない」

彼のお願いがなんだろうが、要するに負けなければいいだけの話じゃない。

再び闘志を燃え上がらせた私に、如月くんの眉がハの字に下がる。

「ほんと、負けず嫌いなんだから……」

小さく呟いた彼は、本当に私のことを熟知していた。

かくして、勝負の行方は――


「いやー、まさか勝っちゃうなんて。ビギナーズラックってあるんですねぇ」

隣でニコニコと上機嫌な彼に、いつも以上の目つきの悪さになってしまっても仕方がないだろう。

「もう、いつまで拗ねてるんですか？　勝負の結果は受け入れてもらわないと」

「拗ねてないわよ」

ただ、ちょっと納得がいかないだけ。

まさか、私が負けるとは……

勝負の幕切れは、実にあっけなかった。剣を構えたまま微動だにしない如月くんに、ジリジリと間合いを詰めたまでは良かった。そこから面を狙って大きく振りかぶった瞬間――彼の下げた剣が、がら空きになった私の胴に当たった。

そう。斬るでも打つでもなく、「当たった」のだ。ただし、押し当てられた剣には勢いこそなかったが、掠めるだけとは違う力が切っ先にまで込められていた。

「真純さんの気迫に押されてなんですけどね。俺のほうがリーチもあるし、竹刀よりも短い得物だったから、剣道歴の長い真純さんは距離感が掴めなくても仕方ないですよ」

「……白々しい」

身長差やリーチなら私だって考慮した。賭けのこともあって、冷静さを欠いた結果、必要以上に動作を大きくし過ぎたという反省もある。でもそれは、思っていた以上に如月くんに隙が見当たらなかったからだ。

負けは負けとして認めるしかないけれど、また実力を隠された。自分が本気だっただけに、彼が運だと強調するのが余計に悔しい。

「ねー、真純さん……怒ってる？」

如月くんが私の顔を覗き込みながら頬杖をついているのは、こぢんまりした私の部屋の、小さなローテーブル。

勝利した彼のお願いは――「真純さんの部屋に行きたい！」だった。

「怒ってないわよ……でも、せっかく勝ったのに、こんなことで良かったの？」

ソファを置けるスペースもないワンルームで、ベッドを背もたれにクッションを抱えて床に座る彼は、私の顔色を窺いながらもご満悦な様子だ。

「だって、真純さんの部屋に上がったことなかったから」

頻繁に送り迎えをしてくれる如月くんだけど、今まで私の部屋に足を踏み入れたことはない。もちろん、私が拒(こば)んでいたせいである。

「そんなに大した部屋でもないのに……」

拒(こば)んでいた理由も大したものではなく、本当になんの変哲(へんてつ)もない部屋だからだ。年齢に似合っていない少女趣味な部屋だとか、片付けられないゴミ屋敷というわけでもない。これといった見所もなく、強いて上げるなら、だだっ広いだけでなにもない如月くんの部屋よりは、生活感に溢(あふ)れている。

「もしかして、もっと過激なおねだりを期待してました？」

ニヤリと意地悪く持ち上げられた口角に、肩が跳ねる。

「あれ。その反応は、図星ですね？」

「だ、だって君、日頃から……！」

ことあることに結婚や同棲(どうせい)をちらつかせるから、そういった類(たぐ)いのお願いをされるのかと思っていた。決して、エッチなことを想像していたわけではない。

「お遊びの勝負で、本気のお願いはしませんよ」

ちゅ、と唇に柔(やわ)らかなものが押し当てられる。見つめた先では、瞳を細めた彼が微笑(ほほえ)んでいた。

「契約締結の条件に、指輪を持ち出したくせに……？」

「もちろん、真純さんが受け取らないことくらい承知の上です。でも、揺さぶりはかけてておかないと」

短いキスを繰り返しながら、骨張った指が耳朶をなぞる。

如月くんが仕掛けてくるのは、揺さぶりというより甘美な罠だ。男の人にも、甘やかされることにも慣れていない私にとって、狡猾な彼の愛情は劇薬でしかない。

背中からぞくぞくと這い上がってくる心地よい痺れに身を任せて、折り重なるように床へと倒れ込む。

「そういえば、真純さんは勝ったら、俺になにをおねだりするつもりだったんですか？」

唇を離した如月くんが、そんなことを聞いてきた。

「うっ、それは……」

「え？　そんな、口ごもるようなことですか？」

「違うわよ！」

――わざとらしく照れる真似なんぞしなくていいから！

彼にお願いしたいと思っていたことは前々からあったので、勝利した暁にはぜひ実行してもらおうと真っ先に思いついていた。でも、今ここで口にするのは恥ずかしい。

甘えるのが下手な私だから、賭けの報酬にするくらいがちょうど良かった。だけど、如月くんはだんまりでは納得しそうにない目で、ジッとこちらを見下ろしてくる。

「……言葉遣い、よ」

今回はしょうがないかと、早々に私のほうが折れた。もったいぶるほど大それたことでも、いかがわしいことでもない。それに、意地を張ったところで、こういうときの彼は引き下がらない。

「敬語を、やめてほしかったの」

礼儀正しい如月くんは、今でも私に敬語で話しかけてくる。体育会系は縦社会が当たり前で、年上で会社の先輩でもある私に対する気遣いだとわかっている。でも、ずっと壁があるようにも感じていた。年の差は埋まるものではないけど、こういう関係になったのだし、いい加減にやめてくれていいんじゃないかと考えていたのだ。

「私たちは、もう同僚でも、先輩後輩でもないでしょう？　いつまでも対等でないのは、嫌なの」

——これから先も、ずっと一緒なのに。

最後まで言い切る前に、ぎゅうっと凄い力で抱き締められる。

「ぐ……っ、ちょっと、如月くん、苦しい——」

見た目とは違って如月くんの腕は力強くて、口元に当たる三角筋は硬い。疑うまでもなく、彼の強さは本物だ。

堪らず肩をタップすると、やっと力が緩んだ。

「やっぱり、真純さんには敵わないなぁ」

抱き締められているので表情は読めないが、ポツリと漏れた声色ははしゃいでいた。

「わざと負けておけば良かった、なんて思ってない？」

「まさか。そんなことをしたら、真純さんに幻滅されるじゃないですか。どうやったら勝てるのか、真剣に考えましたよ」

手加減はしても勝負には勝つ。彼も大概、負けず嫌いだ。

「だったら、いっそ打ち負かしてくれたほうが諦めもついたのに」

「力でねじ伏せて無理矢理言うことを聞かせるのは性に合わないんです。それに、たとえ遊びでも、真純さんを打つなんてできません」

だけど、負ける気だけはさらさらなかったらしい。本当に叶えたい願いは、あらゆる手段で揺さぶりながら、最後は自分の力で掴み取るんだと如月くんは笑ってみせる。

防御力の弱い私は、そういうところもかっこいいと、すでに陥落寸前だったりするのだけれど――

「でもそういうことなら、もうひとつ追加します。今から敬語禁止。お互いに名前で呼び合うこと」

「ええっ⁉　卑怯よ、お願い事はひとつでしょう⁉」

「回数の指定はしてないもんね」

早速言葉を崩して調子に乗っちゃうところは、可愛いようで可愛くない。

いたずらっ子のような顔をした彼の手が、服の裾からするすると侵入する。

「やだ、ちょっと待って……っ、ん」

「なんで？　ここはちょっと弄っただけで反応してるよ？」

「ひゃんっ……あ……」

両方の膨らみを覆ったごつごつした手が円を描くように動く。厚みのある手の平が頂を擦るから、それだけで敏感なところが緩く芯を持ち始めた。

勃ち上がりかけた乳首を指で引っ掻いたり摘まんだりしながら、如月くんが唇を耳元に近づけた。

「好きだよ――真純」

低く囁かれた自分の名前には、超弩級の破壊力があった。

――うわあああ、なにこれ、腰にキタ！

男の人に名前を呼ばれるなんて、家族以外にはなかったことだ。たった漢字二文字を外しただけなのに、それだけでなにかが違う。

「やば、なんか照れるかも」

イレギュラーな事態に身悶えたのは私だけではなかったようだ。名前を呼んだ彼も気恥ずかしそうに息を吐く。

普段はもっと照れくさい台詞を連発しているくせにと、なんだか可笑しくなってつい笑ってしまった。

「なんで笑うん、すか？」

ムッとした顔をする彼だけど、早くもタメ口が乱れている。

「なんでもない。それよりも待って……達貴、するなら、ベッドでしょう？」

私たちが寝転んでいるすぐ横には、ベッドがある。彼の部屋のものに比べれば小さいけれど、硬い床の上よりかはいくらかマシだろう。

ちょっとした気遣いと、ちょっとした出来心。滅多に呼ばない名前を呼んでみたら、今度こそ、彼が撃沈した。

「うーわー……すいません、やっぱり、降参です」

白旗を掲げた如月くんは、力なく私の上に突っ伏してしまった。

「真純さんから名前呼びって、心臓もたない……」

簡単なことなのに、受け止めるのは意外と難しい。だけど、こうやって過ぎていく時間すら、たまらなく幸福に感じる。

「少しずつ、慣らしてもらっていいですか……？」

耳の端まで赤く染めた如月くんに、私も笑って頷いた。

慌てなくていい。少しずつ、二人で歩んでいこう？

いきなり始まった溺愛は、ゆっくりとじっくりと、時間をかけて深まっていく――

恋愛小説「エタニティブックス」の人気作を漫画化!
EC
Eternity COMICS
エロい顔も好きだよ
いやぁ…意地悪!
先輩が私の中に――……
はぁ
それくらいすぐに上書きしてあげるからね
ギシッ
漫画 キャラウェイ
Carawey
原作 ヒガキ モリワ
桧垣森輪
Can't Stop
キャントストップフォーリンラブ
FALL in LOVE

EC
Eternity COMICS
Carawey
桧垣森輪
Can't Stop
FALL in LOVE
クセモノ御曹司の
エロきゅんオフィスラブ
激あま包囲網
エタニティCOMICS

地味でおとなしい性格の那月には、明るく派手な、陽希という双子の姉がいる。ある日那月は、とある事情から姉の身代わりとして高校時代に憧れていた芳賀とデートすることに！　入れ替わりがバレないよう、必死で演技をして切り抜けた那月。一晩限りの楽しい思い出と思っていたのに、なんと二度目のデートに誘われてしまい…!?

B6判　定価：640円＋税　ISBN 978-4-434-24187-1

本書は、2017 年 3 月当社より単行本として刊行されたものに書き下ろしを加えて文庫化したものです。

エタニティ文庫

いきなりクレイジー・ラブ

桧垣森輪（ひがきもりわ）

2018年 3月 15日初版発行

文庫編集－福島紗那・塙綾子
発行者－梶本雄介
発行所－株式会社アルファポリス
〒150-6005 東京都渋谷区恵比寿4-20-3 恵比寿ｶﾞｰﾃﾞﾝﾌﾟﾚｲｽﾀﾜｰ5階
TEL 03-6277-1601（営業） 03-6277-1602（編集）
URL http://www.alphapolis.co.jp/
発売元－株式会社星雲社
〒112-0005東京都文京区水道1-3-30
TEL 03-3868-3275
装丁イラスト－千花キハ
装丁デザイン－ansyyqdesign
印刷－株式会社暁印刷

価格はカバーに表示されてあります。
落丁乱丁の場合はアルファポリスまでご連絡ください。
送料は小社負担でお取り替えします。

ISBN978-4-434-24359-2 C0193